Dorothy May Mercer

La

Guerras Cartel

Libro Cuatro – La Serie McBride

Mercer Publications & Ministries, Inc., Publisher
Stanwood, Michigan, USA 49346

ISBN 13:978-1-62329-058-0

ISBN 10: 1-62329-058-9

© Todos los derechos reservados 2011, 2017 por Mercer Publications & Ministries, Inc.

Stanwood, Michigan USA 49346-9644

Visítanos en www.mercerpublications.com

La Serie McBride está dedicada a todos los honorables hombres y mujeres que protegen y prestan servicio en la madre patria, especialmente a quienes han sacrificado sus vidas en el desempeño de su deber.

El Libro Cuatro está dedicado a los hombres y mujeres que sirven en la oficina ATF de los Estados Unidos – Alcohol, Tabaco, Armas de Fuego y Explosivos – y en la DEA – Administración para el Control de Drogas.

RECONOCIMIENTOS

Muchas gracias a la Sra. Ann Cormany que sirvió como asesora de imagen para la portada. Gracias, Ann. Gracias al Oficial de Marina de los Estados Unidos Alden Cormany, que sirve como nuestro asesor de artes marciales y a Kendal Cormany que sirve como nuestra asesora informática.

Como de costumbre, no habría podido escribir este libro, ni ningún otro, sin la ayuda y el apoyo de mi maravilloso y fiel esposo David Neal Mercer, que responde el teléfono, me envía chistes, compra, me mantiene organizada, me alimenta demasiado bien, sirve como mi confidente, corrector, editor y asesor, y se queda fuera de mi vista mientras trabajo.

La siguiente novela es un trabajo de ficción; producto enteramente de mi imaginación, y no tiene relación con ninguna persona, viva o muerta.

La Autora

NOVELAS ALTAMENTE RECOMENDADAS DE ESTE AUTOR

Ediciones en Español:
Disponibles en Físico, para Kindle y en formato Audible

LA SERIE McBRIDE –Acción/Aventura

Unidad 006 Respondiendo (La serie de McBride nº 1)
La Caza de la Cocaína (La Serie McBride nº 2)
El Inmigrante y la Moneda Dorada (La Serie McBride nº 3)
La Guerras Cartel (La Serie McBride nº 4)
La Pandilla Busto (La Serie McBride nº 5)

Ediciones en Inglés:

LA SERIE McBRIDE –Acción/Aventura
"Car 006 Responding" Book One
"The Cocaine Chase" Book Two
"The Immigrant and the Golden Coin" Book Three
"The Cartel Wars" Book Four
"The Gang Bust" Book Five

LAS NOVELAS WASHINGTON McBRIDE
Acción/Aventura/Crímenes /Comentarios
"the Fairfax Fix"
"the Arlington Alias"
"the Savage Surrogate"

AUTOBIOGRAFÍA & MEMORIAS
  "Stories I Haven't Told" From Barefoot Farm Girl to CEO in America; Memoirs of a Depression Baby
  "They Called Her Hat" That Little Old Lady, My Grandmother

COLECCIÓN DE HISTORIAS CORTAS
  Let's Talk A Black/White Discussion in the US and UK
  Short & Fun Stories

SERIE DE VIAJES
"Alaska and Back" with Dave and Dorothy
"Africa and Back" with Dave and Dorothy
"Hawaii and Back" with Dave and Dorothy Vols. 1-4

NOVELA HISTÓRICA
"Leon and Esther," an historical, Christian, romance novel.

SUSPENSO ROMÁNTICO

"Fran and Max," the Bungalow

"Cynthia and Dan" Cyber War

"Mary Beth and Sammy," Rolling Thunder

NO-FICCIÓN

Serie Cómo hacerlo Por Ti Mismo

#1-22 books for improving authors and self-publishers

Disponibles en la web en Amazon.com, Baker and Taylor, www.mercerpublications.com, Barnes and Noble, y donde sea que se vendan buenos libros.

Índice de Contenidos

La Guerras Cartel

Prólogo

Un Topo en la Casa Blanca

Estaba apenas rompiendo al amanecer sobre el jardín de rosas de la Casa Blanca. Los rociadores del césped seguían funcionando. El presidente Gerard Bigelow ya estaba en el trabajo, conversando con sus asesores. Fue una noche corta para la mayoría de ellos. Estuvieron despiertos hasta las primeras horas del día con la última crisis en el extranjero, algunos de ellos ni se molestaron en volver a casa, solo para tomar dos horas de sueño antes de dar la vuelta para volver a la ciudad.

La secretaria personal dedicada, leal y de confianza del presidente, la señora Terry estaba de pie al lado de su escritorio, entregándole pacientemente papeles para firmar, uno a la vez. La señora Terry había estado con Bigelow más tiempo que cualquier otro empleado. Comenzó a trabajar para él cuando era un legislador menor en la Casa Estatal. Ella se mudó con él cuando llegó a Washington y lo siguió mientras seguía ascendiendo. Bigelow a menudo bromeaba: "No podría hacerlo sin la señora Terry."

Bigelow era un hombre intenso, inteligente y capaz, un graduado de Harvard, conocido por su capacidad para llevar a cabo conversaciones múltiples sin perder los hilos. Se entrenó para funcionar a la máxima capacidad con cuatro o cinco horas de sueño. Anoche, según sus órdenes, los ayudantes lo despertaban cada hora con actualizaciones sobre las condiciones en varias partes del mundo.

El público, cansado de un Congreso estancado y de disputas partidistas, había elegido a Bigelow por un cambio. La suyo era una campaña de torbellino. Durante quince meses, hizo campaña incansablemente, permitiéndose siestecillas entre paradas. Comenzaba cada mañana en Oriente y seguía las zonas horarias hasta que cerraba los días a la medianoche en el Oeste, 22 horas después. Dormía dos horas en el avión volando hacia el Este. Luego, él levantaba, preparándose para el día siguiente. Su eslogan de campaña era simple: "El mundo nunca duerme y yo tampoco."

Bigelow veía a los Estados Unidos como la última gran esperanza de miles de millones de masas oprimidas, que morían de deseos de libertad, seguridad y prosperidad. Bigelow estaba decidido a resolver todos los problemas del mundo, incluyendo los de los Estados Unidos. Así, gobernaba por orden ejecutiva, demasiado impaciente para esperar que el Congreso actuara. "Si el Congreso hace algo, está bien, déjenlo ir," dijo. Sin embargo, Bigelow no se molestaba con el Congreso, en su mayor parte. Estaba muy adelantado en cada asunto; se contentaba con dejarlos ir a su ritmo mientras él iba por el suyo. Ambas cámaras estaban formadas por miembros leales de su propio partido. Nadie cuestionaba sus métodos ni pronunciaba una palabra contra él. La popularidad de Bigelow se mantuvo cerca de un setenta por ciento sin precedentes.

A las pocas semanas de su elección, Bigelow había reunido a su equipo, escogidos entre los mejores y más brillantes que pensaban como él; personas que compartían su visión para cambiar el mundo. Algunos recibieron posiciones de gabinete, pero la mayoría fueron nombrados simplemente en puestos recién creado como asistente presidencial a cargo de lo que sea. Eran bien remunerados y recibían todos los beneficios posibles, muchos de los cuales no tuvieron tiempo para disfrutar porque el presidente exigía que trabajaran tan duro como él.

Así, todas las mañanas, la señora Terry tenía una nueva lista de órdenes ejecutivas para la firma del presidente, preparada y presentada por su ejército de ayudantes. El presidente Bigelow tenía sus dedos en cientos de tartas con un asistente a cargo de cada uno. Insistía en que escribieran sus propias órdenes, como medida de seguridad, antes de llevarlas a la señora Terry.

Esta mañana, mientras la señora Terry colocaba papel tras papel exactamente en el centro de su escritorio, Bigelow los escaneaba en pocos segundos mientras continuaba sus conversaciones de alto nivel con la gente en la habitación. Con frecuencia, escribía correcciones y adiciones a las órdenes antes de añadir su firma de aprobación. Entre sus asistentes, su capacidad de multitarea era legendaria. Ocasionalmente, trataban de acosarlo haciendo tonterías, o haciendo alguna broma irónica. Hasta ahora, nunca había fallado en captarlos. De hecho, se convirtió en una mordaza al acusar al ofensor y pedirle una donación de veinte dólares para la caridad del día.

Por lo tanto, lo que la señora Terry estaba a punto de hacer era muy peligroso; su vida dependía de ella, al igual que la de su hija. No tenía elección. El cartel logró atraparla en sus tenazas.

A sugerencia del Servicio Secreto, la Sra. Terry envió a su niña a una escuela privada exclusiva, conocida por ser de vanguardia en la seguridad. Muchos de los hijos de altos funcionarios y ejecutivos ricos asistían a esta escuela por esa misma razón. La matrícula tomó una gran parte del sueldo de la Sra. Terry, pero valía la pena saber que su hija estaba a salvo. A pesar de sus elaboradas precauciones, el cartel había llegado a su hija, Annabelle. De alguna manera, se habían infiltrado en la seguridad de la escuela y le habían arrebatado a Annabelle.

"No le haremos ningún daño," le prometieron, "ya sea física o emocionalmente. Annabelle cree que está en un viaje de campo extendido con nuestro agente," aseguraron. "Nunca sabrá que algo anda mal, siempre que cooperes. Todo lo que necesitas hacer es obtener la firma del presidente en este solo pedazo de papel. Nosotros manejaremos el resto. Nadie lo sabrá."

Beth Terry era una viuda, criando a su hija sola. Annabelle era todo lo que tenía, la razón de su existencia. *Debo obtener la firma sea como sea, pero, ¿cómo?* se preocupó. *¿Cómo voy a hacerla pasar por el ojo agudo del presidente?* Había permanecido despierta, temerosa, la mayor parte de la noche incapaz de llegar a un plan.

La mano de Beth temblaba ligeramente mientras se aferraba a la página ofensiva. Incapaz de pensar y apenas capaz de moverse se quedó congelada en el lugar al lado del presidente. Bigelow miró las páginas en su mano mientras seguía hablando con su personal. Tomó el último papel, tomándolo de su mano. Beth estaba lista para desmayarse, esperando que gritara por guardias y que la arrestaran en cualquier momento. Justo en ese momento, el jefe de personal de Bigelow entró en la sala llevando un gran dossier. La pluma de Bigelow vaciló sobre el papel de Beth mientras levantaba la vista. El jefe arrojó el expediente en el escritorio del presidente y comenzó a hablar y agitar las manos de una manera excitada. Beth no oyó nada de eso. Todo su ser se centró en la pluma del presidente mientras él apresuradamente garabateaba su firma, le entregaba el papel y le indicaba que se alejara.

Beth miró el papel con incredulidad. *¿Qué acaba de ocurrir?* Volvió a revisar el papel. *¿La firma está allí?* Su corazón estaba latiendo salvajemente.

"Eso será todo por ahora, señora Terry; Gracias," dijo el presidente, con una sonrisa.

"S-sí, señor," Beth se las arregló para retroceder y salir de la habitación aturdida. Dentro de su puerta, se detuvo por unos segundos para reorientarse. *No funcionará si maestro demasiada emoción a las cámaras de seguridad.* Dejó caer un lápiz al suelo para darse un poco de tiempo para recogerlo. Se inclinó para recoger el lápiz, provocando así que la sangre volviera a su cerebro y su visión despejara. Se dirigió a su escritorio y colocó los papeles en un archivo. *Veré que las órdenes sean despachadas más tarde.*

*   *   *

Capítulo 1

Casa

"Adelante Mike," cantó Grace McBride desde su posición en el mostrador de la cocina.

"Vaya, trajiste a la perra Lady contigo. Ven aquí, Lady." Grace extendió su mano invitándola.

Lady trotó hasta Grace y le tocó la mano con la nariz húmeda. Grace se agachó para rascar a Lady detrás de las orejas. "¡Qué buena perra eres! ¿Tienes hambre?" Lady se movió y meneó la cola.

"Hola, mamá, también estoy aquí." Mike se rió. "¿Te acuerdas de mí, tu hijo?"

"Hola, querido," sonrió Grace, ofreciéndole la mejilla para un beso. Se acercó y abrió la nevera. "Sírvete una taza de café, ¿quieres, por favor? Quiero cortar un poco de carne para Lady." Sacó un plato de carne sobrante que había guardado para Lady, cortó una pieza y la sostuvo. "Habla, Lady," ordenó.

"Yip," dijo Lady con una mirada expectante en su cara de perrito.

"Siéntate," dijo Grace.

Lady se sentó sobre sus caderas y extendió una pata.

"¡Ya lo sabe!" gruñó Grace mientras se agachaba para estrecharle una pata. "Dame la pata," dijo Grace, aunque tardíamente.

Por último, Grace hizo un movimiento circular con el pedazo de carne, "Rueda, Lady," dijo.

Lady se dio la vuelta. Grace sacudió el trozo de carne y Lady lo agarró del aire.

"Por el amor de Pete, mamá. ¿Qué le estás enseñando a mi perra?" Mike agitó el azúcar en su café.

"Nada, realmente," dijo Grace a la defensiva. "Ya lo sabe. Eres una perra muy inteligente, ¿verdad, Lady?" Terminó de cortar la carne mientras Lady babeaba y meneaba su cola en aprobación.

"Mamá, mi perra es un perro de rastreo entrenado, perro de narcótico y perro de detección de bombas. Ella no necesita hacer trucos ridículos." Mike sonrió. "Lady y yo acabamos de regresar de una misión en la frontera. Ella ha estado rastreando narcotraficantes durante seis semanas. Creo que eres tú quien está siendo entrenada, mamá," Mike se rió.

Lady miró a Grace, meneó la cola y lanzó un ladrido.

"Bueno, en ese caso, aquí tienes, Lady. Te has ganado esto." Grace dejó los trozos de carne restantes en un plato en el suelo. Se lavó las manos, colocó un plato de rollos de canela en el microondas, y puso el temporizador en recalentar. "¿Quieres más café, Mike?"

"Sí, por favor," Mike sostuvo su taza.

Grace llenó el café de Mike y se sirvió uno. El microondas sonó.

Grace puso los rollos de canela delante de Mike y agregó una servilleta, mantequilla y cuchillo.

"Gracias, mamá, esto se ve y huele maravillosamente. ¿Te gustaría uno?"

"No, gracias, Mike, ya superé mi límite hoy." Ella alisó su traje y frunció el ceño en su estómago.

"¿Dónde está Pop?" preguntó Mike.

"Él fue a la tienda. Debería estar de vuelta en cualquier momento, ahora. Entonces, ¿qué hay de nuevo contigo, cariño?"

"Bueno, como ya sabes, Lady y yo hemos sido prestados a la Patrulla Fronteriza durante seis semanas seguidas. Las cosas se han calentado, pero, por ahora, tengo un par de días libres. Planeo tomarme un buen descanso. Gracias por cuidar mi casa, por cierto."

La puerta se abrió y el Jefe de Bomberos, el Capitán Michael McBride, Sr. entró.

"Hola, Pop." Mike se levantó y alivió a su papá de una bolsa de comestibles. "¿Hay algo más que cargar?"

"No, gracias, Mike. Eso es todo."

Mike puso los víveres en el mostrador y se volvió para darle a su padre un abrazo. Mientras tanto, Grace servía otra taza de café, preparaba platos para su marido y empezaba a guardar los víveres. Pop se lavó las manos en el fregadero, sacó una silla y se sentó a la mesa de la cocina. "¿Puedes sentarte un momento, Mike?" preguntó.

"Claro, Pop, estaba devorando uno de los rollos de canela de

6

mamá", dijo Mike, mientras ayudaba a su mamá a guardar los víveres.

"Sí, son geniales, Gracie," dijo Pop, dando un bocado a un rollo. Lo tragó con un sorbo de café. "Entonces, ¿cómo va todo, hijo? Veo por el periódico que alguien "hizo" a tu amigo John Jacobs."

"Nada de amigo, papá. Sí, también atrapamos al asesino en flagrancia. Aquí, mamá, toma asiento," dijo, sosteniendo una silla para Grace.

"No es un asesino muy inteligente," dijo Grace, sentándose.

"Es cierto," dijo Mike, mientras volvía a sentarse. "Parece una doble cruz."

"Así que comprendo," dijo Pop

"Vive por la espada, muere por la espada," dijo Grace.

"¿No era John Jacobs el mismo tipo que Hal Carolle persiguió con una pistola descargada?" preguntó Pop.

"Sí, es el que vino detrás de Juliette. También la habría tomado si Hal no lo hubiera detenido."

"Ese hombre horrible," dijo Grace. "Me alegro de que esté muerto."

"Ya, Gracie, no lo dices en serio," le advirtió Pop.

"Sí, lo hago," admitió con timidez.

"Entonces, ¿qué significa esto para la Ciudad de Carson?" preguntó Pop. "¿El periódico lo llamó el jefe del Cartel de la Costa Oeste?"

"Eso es cierto," dijo Mike. "Así que, ahora, no sabemos qué pasará dentro del cartel. Parece ser una lucha para ver quién se convertirá en el próximo jefe. Estamos escuchando rumores."

"¿Y el presunto asesino?" preguntó Grace. "¿El periódico dijo que era un jefe de pandillas de cartel en México?"

Mike comió el último bocado de canela y se lo tragó. "Sí, el supuesto asesino es de Ciudad Juárez, Chihuahua, México. Las autoridades especulan que él es el jefe de la infame pandilla Zorro que es responsable de cientos de asesinatos, tal vez miles."

"¿Esto significa que se está ramificando hacia los Estados Unidos?" preguntó Pop.

"Tenemos miedo de que ese pueda ser el caso. El cartel del Zorro y los Cerlitos han estado librando una feroz guerra por el control de las rutas de contrabando desde el norte de México hacia Estados Unidos. Podría ser que vieron una oportunidad de moverse a través de la frontera, y la tomaron."

"Algo así como 3400 asesinatos en Ciudad, solo el año pasado," dijo Pop. "Cuarenta y ocho mil muertes desde la Guerra de las Drogas comenzó en México."

"¿Y qué pasará, ahora?" preguntó Grace. "¿Podría haber otra pelea sobre quién toma el control de los Zorros?"

"Bueno, no sé de los Zorros. Solo porque tengamos al jefe en la cárcel no los detendrá por completo, pero debería ralentizarlos. Depende de lo ajustado que sea su control. Se le negó la fianza, por supuesto, y el alguacil lo tiene en aislamiento, pero tiene derecho a un abogado y a ciertos visitantes. Solo tendremos que ver, esperar y ver."

"Bueno, ¿cuál es el peor escenario?" preguntó Grace.

Mike sacudió la cabeza y tomó un sorbo de café.

"Definitivamente habrá algún tipo de disgusto, ahora que John Jacobs está muerto. El peor de los casos," dijo Pop," es una guerra total de carteles en los Estados Unidos, así como en México. Luchando entre los tenientes y otros, tratando de hacerse cargo del cartel de la droga de la costa oeste. Nuevas bandas surgiendo, invadiendo su territorio. Los carteles mexicanos tratando de conseguir un pedazo de la acción en los Estados Unidos. Podríamos estar en medio de tremenda pelea. Solo tenemos que aprovechar la situación, si es posible."

"Oh, querido," Grace frunció el ceño. "Deseo…"

"Ya, mamá," interrumpió Mike-, "no te preocupes por mí. Seré cuidadoso. En su mayoría, son los tipos malos matándose unos a otros."

Grace frunció el ceño a su hijo.

"Hey, tengo mi chaleco antibalas y el mejor perro de todo el negocio. ¿Verdad, Lady?"

Lady levantó la cabeza de sus patas y miró a Mike. Cuando no dijo nada más, acomodó la cabeza en su alfombra favorita y cerró los ojos.

* * *

Dormitando

Mike abrió la puerta trasera de su casa, cambió el sistema de alarma a "En casa", y dejó que Lady saliera al patio trasero. Seleccionó la opción "Mensajes" en su contestadora automática. Una voz femenina atractiva habló desde los altavoces ocultos. "Buenas noches, señor McBride. No ha habido intrusiones en las últimas 48 horas. Tiene 14 mensajes. ¿Desea reproducir sus mensajes, Mike?"

"Reproducir mensajes," ordenó Mike.

"Esto es un llamado de First Union Credit. ¿Cómo se encuentra esta noche?"

"Borrar," ordenó Mike.

"Este es el Partido Demócrata de Nuevo México..."

"Borrar," interrumpió Mike.

Y así pasó por once más mensajes hasta que llegó al mensaje número catorce: "Hola Mike, querido," dijo su chica, Juliette Carolle. "Me imaginé que estarías muy cansado esta noche; tal vez quieras descansar un poco antes de que yo vuelva. Hasta pronto, querido. Te amo."

"Devolver llamada," ordenó Mike.

"¡Hola, Mike, querido! ¡Bienvenido a casa!" cantó Juliette, adivinando correctamente.

"Hola, nena. Tienes razón, soy yo," dijo Mike, con cansancio. "¿Cómo estás?"

"Feliz de escucharte," dijo Juliette. "¿Acabas de llegar?"

"Me detuve donde Mamá y Pop por un minuto."

"Está bien. ¿Cómo están?"

"Están bien," dijo Mike. "Gracias por preguntar."

"Entonces, ¿tenemos planes para el fin de semana?" preguntó Juliette.

"Eso espero," dijo Mike. "Pero, tienes razón, esta noche estoy destruido. ¿Qué tal mañana por la noche? ¿Te va salir a cenar y a algún espectáculo?"

"Sí, vamos," estuvo de acuerdo Juli.

"¿A eso de las siete?" preguntó Mike.

"Que sea a las seis y nos tomamos algo en el patio con mamá y papá, antes de irnos, ¿de acuerdo?"

"A las seis entonces," coincidió Mike.

*   *   *

Mike se colocó debajo la ducha y dejó que la cascada de agua cayera sobre su dolorida espalda. Se secó con una toalla blanca y esponjosa, se cepilló los dientes, se colocó ropa interior limpia, suave, con un olor agradable, y al deslizarse en la cama, Mike dejó escapar un gran suspiro y dejó caer sus brazos y piernas, ocupando todo el espacio. No hay nada como tu propia cama cuando has estado pateando montones de traseros en el desierto abrasador. *Caramba, qué bien se siente.*

Lady se adentró en la habitación, escogió un punto en la alfombra, dio tres vueltas, y se acomodó para pasar la noche.

Los pensamientos de Mike se fueron hacia los pobres desgraciados que dormían bajo un cactus con la cabeza sobre una roca o una mochila. Dijo una oración rápida antes de caer en un sueño profundo.

*   *   *

Apenas estaba amaneciendo cuando el compañero de Mike, el Sargento Leroy "Brat" Bratowski siguiendo a un autobús urbano hacia Buchanan, giró a la derecha en Maple, y a la izquierda en la calle Oak. Entró en la calzada de Mike e hizo parpadear sus luces, con la esperanza de anunciar su presencia sin tener que tocar la bocina. En cuestión de segundos, Mike apareció en el porche trasero.

Mike se deslizó junto a Leroy. "Hola, Brat. ¿Cómo te va? "

"No me puedo quejar," dijo Leroy.

Mike cerró la puerta y se ajustó el cinturón de seguridad.

"Sírvete uno de los cafés," invitó Leroy, mientras se retiraba de la calzada y aceleraba para entrar en el tráfico.

"Gracias, amigo," dijo Mike, tomando un trago para probar. "Lo recordaste, azúcar, sin crema."

Leroy simplemente sonrió. "De nada."

"Entonces, ¿de qué va la reunión del sábado por la mañana?"

"No tengo ni idea," dijo Leroy. "Pero será mejor que sea algo bueno, ¿no crees?"

"En efecto. Si no es así, el Capitán va a tener que lidiar con un montón de policías descontentos."

"Y eso no es bueno."

"No."

"No vale la pena irritar a las tropas."

"Ya lo dijiste."

"¿Crees que esto vaya a tomarse todo el día?"

"Lo dudo."

"Tengo un montón de cosas que hacer en casa. Y más tarde, Juli y yo vamos a salir a una cena y a un espectáculo, creo."

Leroy condujo suavemente para entrar en la calle Buchanan. "Creo que Doreen y yo vamos a ver la televisión."

"¿Tú y Doreen?" Mike se sorprendió.

"Sí. Bueno, supongo que también podría saber. Doreen y yo hemos estado saliendo."

"Oh," dijo Mike, sin saber qué más decir.

"La enfrenté."

"¿Ah sí?"

"La dejé estar. Yo también estaba bastante loco y herido."

"Por supuesto que lo estabas."

"Le hice saber lo que sentía por las mentiras y la forma en la que me maltrató. Fingiendo que no tenía hijos cuando la verdad era que su ex marido tiene la custodia. Yo le dije que sabía que esa era la razón por la que era alcohólica, ¡una alcohólica de closet!"

"¿Qué hizo ella?"

"Ella se sentó a mirarme, sorprendida."

"Le dije que sabía sobre las tarjetas de crédito sobregiradas, el alquiler y los servicios públicos con tres meses de atraso. Le dije que su apartamento es un desastre; que sabía del delito de conducir en estado alterado y el tiempo que estuvo en prisión por un cargo de homicidio vehicular."

"¿Te guardaste algo?"

"No lo creo."

"Entonces, ¿qué pasó?"

"Le dije que estaba enamorado de ella y que había planeado pedirle que se casara conmigo, pero que ahora no podía hacerlo. Me sentía como si hubiese perdido a mi mejor amiga y a mi amante."

"Oh, cielos," dijo Mike.

"Ella no tenía mucho que decir. Después de todo, era cierto. ¿Qué podía decir?"

"¿Lo dejaste hasta ahí?"

"Sí, me fui, después de decirle que me daba asco y que lo sentía por mí mismo y por ella. Le dije, 'Eres hermosa e inteligente. Tienes un gran trabajo y simplemente lo estás tirando todo por la borda, desperdiciando la vida que Dios te dio.'"

"Entonces, ¿saliste y te emborrachaste?"

"No, pero tenía ganas de hacerlo. Solo me fui a casa y lloré."

"Lo siento, Brat."

"Bueno, hice lo que tenía que hacer."

"Lo sé, pero todavía duele como diablos."

"Sí", dijo Leroy.

"Tal vez me haya perdido algo pero, ¿no dijiste que ibas a pasar esta noche con Doreen?"

"Sip. Hey, has estado fuera seis semanas. Te has perdido de varias cosas ".

"¡Ya lo creo!" dijo Mike.

"Después de enfrentar a Doreen, no supe de ella por unos siete u ocho días; entonces ella me llamó y me invitó a su casa. Dijo que tenía una sorpresa para mí. No estaba muy seguro de querer ir, pero lo hice."

"¿Y qué pasó?" preguntó Mike.

"Bueno, la primera cosa que noté fue el patio estaba todo limpio, el que comparte con el otro inquilino. Cuando llegué a su casa, me llevé otra sorpresa, el apartamento brillaba y olía a nuevo. Toda la basura se había ido, nuevas bombillas, pintura fresca, alfombras limpias, accesorios lustrados. Doreen estaba arreglada, se había hecho el cabello y las uñas. ¡Tenía un aspecto como de un millón de dólares y -pilla esto- estaba sobria!"

"¡Wow!"

"Sí, exacto. Después de nuestra conversación, se registró ella misma en un centro de desintoxicación. Le dieron atención médica y la monitorearon mientras pasaba por el proceso. Vio a su propio médico y le confesó su alcoholismo. Él le dio un medicamento que la ayudará con los antojos. Voy a su casa esta noche. Mañana partirá al norte a un centro de rehabilitación de drogas donde vivirá durante seis semanas."

Leroy redujo la velocidad y se detuvo en un semáforo en rojo.

"Entonces, ¿qué crees que les deparará el futuro a los dos?" preguntó Mike.

"Es demasiado pronto para decirlo, Mike." Leroy sacudió la cabeza, dándole a Mike una mirada triste. En marcha de nuevo, continuó, "No vamos a hacernos ninguna promesa el uno al otro. Estoy tratando de no hacerme ilusiones. Sabes tan bien como yo cuáles son sus posibilidades. El alcoholismo es una enfermedad horrible y la cocaína hace que sea mucho peor. Te puedo decir esto, Mike, ella es una mujer diferente cuando está sobria."

"Wow, eso es increíble," dijo Mike. "Te deseo lo mejor, amigo, y a Doreen, también. Incluso si no tienen futuro juntos, le has hecho un gran favor."

"Gracias, Mike," dijo Leroy, mientras hacía entrar el coche en el estacionamiento de la estación.

"Bueno, aquí estamos en el cuartel general. ¿Listo para reunirte con los otros pobres desgraciados arrastrados aquí el sábado por la mañana?"

13

"Sí, vamos," dijo Leroy.

*   *   *

"Caballeros," dijo el capitán Allen Baker, en su voz de mando, mientras pasaba delante de los policías reunidos en la estación. "Gracias por venir esta mañana."

Como si tuviésemos alternativa, pensó Mike.

El Capitán giró la mirada hacia Mike. "Es bueno tenerte de vuelta, Teniente McBride."

Mike asintió en reconocimiento.

"McBride y su perro fueron cedidos temporalmente a la Patrulla Fronteriza durante seis semanas," dijo el Cap. "Como ya saben, en las últimas semanas, hubo un aumento repentino en el contrabando de drogas a través de la frontera."

El Cap continuó, "El asesinato del capo del Cartel de Drogas de la Costa Oeste, justo aquí en la Ciudad de Carson le añadió una nueva dimensión a la prevención del delito en nuestra ciudad, así como en todo el sur-oeste de Estados Unidos. De repente parece que estamos en el punto cero en la guerra contra las drogas. Estamos a la espera de una batalla sin cuartel entre el Cartel del Zorro y el Cartel de la Costa Oeste."

"Además de eso, está en curso una sangrienta lucha para seleccionar nuevos líderes en esos dos grupos. Sin duda, hay otras bandas menores, que tratarán de aprovecharse del caos, entrar en el territorio, y zafar una rebanada del negocio para sí mismas."

"Entonces, ¿qué significa todo esto para nosotros? Podemos tener algunos líos que resolver y algunas investigaciones de asesinato en nuestras manos. Pero el verdadero reto es ¿cómo podemos proteger a los civiles inocentes, nuestros propios vecinos, familias y amigos para que no queden atrapados en el fuego cruzado?"

El Capitán Baker sonrió a Mike, "Ahora, antes de que se vayan, voy a pedirle al Teniente McBride que diga unas pocas palabras acerca de sus experiencias en la frontera. Luego, creo que podemos valernos de él para responder algunas preguntas."

Mike fue tomado por sorpresa, pero se recuperó rápidamente, "Oh, claro, Capitán, lo que usted diga." Se puso de pie y se trasladó a la parte delantera.

* * *

Capítulo 2

Seis Semanas Después

Leroy se quedó fuera de la seguridad del aeropuerto, con una manada de familiares, observando con ansiedad que los pasajeros aparecieran. En su mano derecha, tenía tres globos de helio que decían Bienvenida a Casa Doreen en letras grandes y gruesas. En su mano izquierda, tenía un ramo de flores. A cada lado de Leroy estaban los dos hijos de Doreen, Bobby y LeAnn. Sosteniendo a LeAnn de la mano estaba su padre -el ex esposo de Doreen- Max.

*　*　*

Una semana antes, Max se había sorprendido más que un poco al responder la llamada de Leroy, "Max Middleton al habla."

"Hola, señor Middleton. No nos conocemos, pero tengo algo de información y, quizás, una sugerencia interesante para usted y sus dos hijos."

"¿Quién demonios habla?"

"Habla el Sargento Leroy Bratowski del Departamento de Policía de la Ciudad de Carson."

"¿Qué quiere?" Max estaba a punto de colgar.

"No es nada malo, señor, y esto no es un asunto de la policía. Simplemente quería identificarme para usted. Este es un asunto personal que involucra a su ex esposa, Doreen, la madre de sus hijos."

"No tenemos nada que ver con ella."

"Lo entiendo, perfectamente, señor, pero por favor, escúcheme."

"Que sea rápido."

"Lo haré." Leroy tomó una respiración profunda, "Bueno, conocí a Doreen a través de su trabajo en Monroe Empresas. Me gustaba mucho y la invité a salir. Salimos de manera constante durante un par de meses. Admito que me enamoré de ella. En el momento en que me enteré de su adicción y su historia, estaba dispuesto a proponerle matrimonio. Pero, al enterarme de la verdad, rompí con ella."

"Sabia decisión, pero ¿qué tiene eso que ver conmigo?"

"Tal vez nada, pero quiero que sepa que, desde entonces, Doreen ha cambiado por completo. Limpió su apartamento, pasó por desintoxicación y pasó casi seis semanas en rehabilitación."

"Lo hizo una vez antes. No va a durar," dijo Max.

"Esto es totalmente posible, lo sé. Sin embargo, tengo la intención de reunirme con ella en el aeropuerto y hacer lo que pueda para apoyarla y alentarla. El matrimonio está en segundo plano, se lo aseguro. Tengo que ver si esto va a durar. Pensé que le gustaría saber qué ha pasado, hasta ahora, por el bien de sus hijos. Eso es todo.".

Max pensó en ello por todo un minuto. "Está bien... ¿Cómo ha dicho que se llama?"

"Sargento Leroy Bratowski, señor."

"Bueno, Bratowski, hay que decir, te admiro por tu coraje al llamarme. Y aprecio tu franqueza. Estoy seguro de que entiendes por qué alejé a los niños de ella, especialmente cuando eran pequeños."

"Usted hizo lo correcto," dijo Leroy.

"Pero, mis hijos están más grandes ahora. Tal vez ellos entiendann. Voy a tener que pensarlo y decidir si hablarlo con ellos. Sería una vergüenza levantarles falsas esperanzas, porque, ya sabes, se saldrá del carril."

"Cómo manejar esta información, depende totalmente de usted."

"Bueno, al menos, espero que pueda mantenerme informado de su progreso, Sr. Bratowski. Déjeme tomar sus números de teléfono."

Leroy le dijo. "Y, por cierto, llámame Leroy."

"Te deseo lo mejor, Leroy. Gracias por la llamada. Adiós."

* * *

Los primeros pasajeros empezaron a salir del avión, cargados con su equipaje de mano, arrastrando su equipaje y mirando a su alrededor, en busca de la familia o dirigiéndose directamente al retiro del equipaje. El corazón de Leroy se aceleró cuando vio a Doreen caminando por la pasarela telescópica con un paso seguro. Ella no lo vio, en un primer momento, y casi sigue de largo.

"Doreen Middleton," gritó Leroy. "¡Por aquí!"

Se detuvo a mitad de camino y jadeó cuando lo vio, con los flores y globos, y con una sonrisa tonta.

"Por aquí," replicó Leroy.

Doreen se acercó, "Vaya, ¡Dios mío, qué agradable sorpresa! Viniste a conocerme."

Leroy le tendió las flores y la rodeó con un brazo. "Doreen, tengo algunas personas aquí que quieren verte."

"¿Qué...?" Ella los vio por primera vez.

Sonriendo de oreja a oreja, Leroy dijo, "Saluda a Bobby y a LeAnn Middleton y a su Papá, Max."

El color se le escurrió de la cara. Paseó la mirada desde Leroy pasando por los niños, hasta llegar a Max. Una mano se dirigió a su boca, "Oh," ella chilló.

"Hola, Madre," dijo Bobby, formalmente, mientras le tendía la mano. "Venimos a darle la bienvenida a casa."

LeAnn hizo una pequeña reverencia. "Hola, madre," dijo ella.

Leroy tomó las flores de su mano. Agarró la mano de Bobby entre las suyas. "Gracias, Bobby," se las arregló. "Y tú también, LeAnn." Miró a Max. "Gracias, Max."

"Bienvenida, Doreen. Los niños y yo queremos que sepas que apreciamos lo que estás haciendo y que todos te deseamos lo mejor."

"Gracias, Max."

"Sí, madre, todos te deseamos lo mejor," repitió Bobby.

Recuperándose un poco, Doreen preguntó, "¿Hay algún lugar donde podamos sentarnos por unos minutos?" Ella miró a Leroy para pedirle ayuda.

"Bueno, solo unos minutos," dijo Max. "No podemos quedarnos."

"¿Y la sala de ordenadores?" preguntó Leroy. "No hay nadie allí en este momento."

"Muy bien," dijo Max, "por unos minutos. No más."

Pronto todos estuvieron sentados. Hubo un silencio incómodo.

Doreen comenzó. "Tengo mucho que decirles a todos ustedes. ¿Debería empezar?"

Todos asintieron con la cabeza.

"Quiero que sepan que he tenido seis semanas muy ocupadas y productivas, pero que esto es solo el comienzo. Necesitaré cuidado continuo durante mucho tiempo. Ahora, sé que la adicción que tengo es una enfermedad que no tiene cura, aún no, de todos modos. El alcoholismo es una enfermedad terrible y yo la tengo. La única manera de manejarlo es nunca tomar otra bebida mientras viva." Hablando con los niños, dijo, "Quiero que ustedes dos sepan que la debilidad es hereditaria. Ustedes podrían tenerla, también, pero, en este momento, no hay manera de saberlo. Deben ser muy cuidadosos al usar alcohol, o cualquier narcótico, y así deben sus futuros hijos, hasta que se encuentre una cura permanente."

"Ahora me doy cuenta de que los he lastimado a todos terriblemente, pero sobre todo a ti, Max, y a nuestros hijos. Lo que está hecho está hecho, pero lo siento mucho. Créanme que lo siento mucho." Mirando a los niños, otra vez, continuó, "Ya sé, ahora, que casi he arruinado mi vida y que las suyas también se habrían arruinado, si Max no se los hubiera llevado. Su padre hizo lo correcto. Sé que ha sido difícil para todos. Muchas gracias por venir. Por favor, sepan que los quiero mucho. Voy a esforzarme mucho para mantenerme sobria. Tomaré la medicina y haré la terapia. A veces hagan una pequeña oración por mí. Oren para que Dios me ayude a permanecer sobria, ¿está bien?" tenía lágrimas en los ojos.

Bobby y LeAnn tomaron una de sus manos. "Lo haremos, mamá."

Ella asintió y aspiró con la nariz.

Max se puso de pie. "Es hora de que nos vayamos, niños. Tenemos un largo camino por delante."

Doreen lo miró a través de las lágrimas y soltó las manos de los niños.

"Adiós, Doreen," dijo Max.

"Adiós, mamá," dijeron los niños.

Doreen asintió y los vio irse.

Leroy esperó, en silencio, mientras Doreen buscaba un pañuelo en su bolso.

Decidió darle unos minutos para recuperarse. "Doreen, te voy a llevar a casa. ¿Puedes esperar aquí por unos minutos mientras voy al baño?"

Ella asintió y sonrió débilmente.

Leroy se tomó su tiempo para refrescarse. Cuando volvió, Doreen parecía más compuesta. "Hay un pequeño restaurante justo aquí en el aeropuerto," sugirió, "o podemos conducir por un rato, primero."

"Hagamos eso," dijo Doreen. "Prefiero recoger mis maletas y detenerme a comer más tarde."

Leroy la ayudó con sus maletas. Ella lo esperó en la zona de recogida, mientras Leroy buscaba su automóvil.

* * *

Instalados en una acogedora cabina en un restaurante al borde de la carretera, Leroy miró a Doreen por encima del borde de su taza de café. "Te ves maravillosa, Doreen, sana y feliz."

"Me siento como una nueva persona, Leroy. Por primera vez en años, tengo esperanza."

"¿Quieres hablarme de sus experiencias en Hale House?" preguntó Leroy.

"No me importaría, si estás interesado," contestó ella.

"Sí, muy interesado," dijo Leroy.

"Bueno, todas las personas allí eran profesionales muy altamente calificados. Muchos de ellos eran alcohólicos en recuperación también, así se nos llama "en recuperación", porque no se considera que podamos ser "curados." Nos mantenían ocupados desde la mañana hasta la hora de acostarnos, con solo una hora de descanso después del almuerzo. En realidad, eso era parte de la terapia, no permitirnos tiempo para preocuparnos o deprimirnos. Comíamos allí en el campus. Esa era una de las cosas buenas del lugar. Todo estaba cerca, todas las aulas, el dormitorio, las oficinas, los consultorios y las salas de terapia."

"Todos tenían un compañero de cuarto. Nuestras camas eran cómodas. Las habitaciones, en sí, estaban escasamente amobladas, mientras que las zonas comunes eran cómodas. La idea era fomentar la interacción y la actividad social. No querían que te sentaras y te quedaras solo en tu habitación."

"¿Cómo era un día típico?" preguntó Leroy.

"Bueno, todo el mundo tenía que tomar un examen físico completo en los primeros dos días después de la llegada. Todos nuestros medicamentos eran prescritos y llenados allí mismo. No se nos permitía tener ningún medicamento en nuestras habitaciones; eran dispensados por una enfermera, sin importar cuántas veces al día tuvieras que tomarlos. Los días incluían conferencias y testimonios para todo el grupo, reuniones en pequeños grupos y terapia individual con un psiquiatra. También teníamos lecturas, asignaciones de tareas y reuniones de Alcohólicos y Narcóticos Anónimos."

"¡Eso es increíble!" dijo Leroy.

"En cierto modo, tuve la suerte de haber hecho el programa de desintoxicación antes de llegar, pero algunas personas llegaron alcoholizadas y tuvieron que pasar por la desintoxicación antes de poder avanzar a la siguiente fase. Había un par de personas así en mi pequeño grupo. Fue increíble ver la transformación en ellos cuando se volvieron más sobrios. Nos alojamos con el mismo grupo pequeño las seis semanas enteras, y nos reuníamos con ellos una vez al día. Antes de terminar, todos conocíamos las historias de los demás. Oh, Leroy, es increíble lo que esas personas han pasado. La mayoría de ellos lo han perdido todo, sus familias, empleos, salud y dinero, y la mayoría de ellos han sido arrestados al menos una vez, a veces repetidamente."

"¿Era la primera vez que la mayoría de la gente asistía a la rehabilitación?"

"Eso es lo que es desalentador, Leroy. La mitad de la gente había pasado por ella más de una vez. Sabiendo lo que saben, vuelven a beber, la adicción es demasiado convincente. Es una enfermedad horrible, Leroy. El costo en vidas humanas y fortunas es simplemente incalculable. Un hombre contó cómo la primera vez que salió del centro de rehabilitación, tomó un taxi al aeropuerto, fue al bar y pidió tres bebidas."

"¡Por Dios!" dijo Leroy.

"No estaba orgulloso de eso, ¿entiendes? Parte del programa es hacer frente a la verdad sobre ti mismo y admitirlo ante los demás. Hay mucha vergüenza y pesar."

"Qué triste," dijo Leroy, empezando a comprender un poco. Sin embargo, era difícil imaginar que alguien pudiese ser tan estúpido. "¿Era la mayoría de la gente, ya sabes, de clase baja, tipos sin educación?" preguntó.

"Oh no, no en absoluto. La adicción no discrimina según el estatus. La mayoría de las personas que conocí eran muy amables, bien educados y venían de buenos hogares. Hay todo tipo de personas atrapadas en la red. Después de todo, el alcohol es legal en casi todas partes en nuestra sociedad. Claro, hay algunos sitios donde está prohibido, pero incluso allí, sospecho que algo de la bebida está presente, en privado. Los narcóticos son ilegales, por supuesto, y, por lo tanto, no están disponibles tan fácilmente. El número de alcohólicos es asombroso, en comparación con los usuarios de narcóticos. Por ejemplo, en los Estados Unidos, se estima que hay ocho millones de alcohólicos, en comparación con 1,2 millones de adictos a la cocaína."

"No tenía ni idea," dijo Leroy. "Gracias por compartirlo conmigo. Bueno, ¿quieres que te pida algo más?"

"No, gracias, Leroy. Terminé."

"Bueno, entonces, creo que será mejor llevarte a casa."

"Casa suena bien para mí," admitió.

*   *   *

Capítulo 3

Deber de la Patrulla Fronteriza

"Buenos días, Mike. Me alegro de verte de nuevo a bordo," dijo el Comandante Albert "Bert" Nelson, Patrulla Fronteriza, división de El Paso.

"Buenos días, Comandante," dijo Mike. "Entonces, ¿qué tiene hoy para mí?"

"Estarás patrullando en jeep con otro oficial de la división. Estarán inspeccionando el cercado desde la milla veinte hasta la milla cuarenta, buscando brechas y signos de actividad. Mientras tanto, tendremos un punto en avión que despegará a las 0900 durante dos horas. Estaremos transmitiendo cualquier mensaje de ellos, así como de nuestras cámaras y sensores de movimiento. Si se detecta algún movimiento cerca de ustedes, le enviaremos esas coordenadas para su investigación. Como de costumbre, si detectan alguna actividad, sus órdenes son pedir respaldo antes de intentar detenerlo."

"Entiendo, Comandante," dijo Mike.

"Tu compañero, hoy, será la Oficial Anne Cory. ¿La conoces?"

"No, señor," dijo Mike.

"Ven conmigo, por favor." Nelson lo guió hacia la sala del escuadrón, donde una joven agradable en uniforme estaba inclinada sobre su escritorio. "Perdone, Oficial Cory."

Alzó la vista, vio quién era, e inmediatamente se levantó de su silla.

"Anne Cory, él es el Teniente Mike McBride, que nos ha sido cedido por el Departamento de Policía de la Ciudad de Carson. McBride y su perro serán sus compañeros hoy en patrulla."

"¿Cómo estás?" dijo la Oficial Cory mientras sonreía y le tendía la mano.

Mike tomó su mano, "Feliz de conocerte," dijo Mike.

"¿Vamos?" preguntó Cory, inclinándose para poner dejar en suspenso su computadora.

"Sí, estoy listo," dijo Mike.

"Por aquí, por favor," dijo Cory. "Adiós, Comandante."

"Cuídense," dijo Nelson. Regresó a su oficina.

Los dos oficiales salieron juntos, para retirar un jeep de la sección de vehículos. Mike le silbó a la perra Lady. Saltó por la ventana abierta del vehículo de Mike y se acercó a saludar a Mike con movimientos y meneos de alegría, como si no lo hubiese visto en años. "Saluda a la Oficial Cory," dijo Mike. Lady levantó una pata.

"Hola, Perra," dijo Cory mientras se agachaba para estrechar la pata de Lady y rascarla detrás de las orejas.

"Ella se llama Lady o Perra," dijo Mike. "Le agradas."

"Buena perra, buena Lady," dijo Cory acariciando la cabeza de Lady.

"¿Puedo conducir, Teniente?" preguntó Cory.

"Sí, Oficial Cory. Eso estará bien," respondió Mike.

"Llámame Anne," dijo mientras subía al asiento del conductor.

Mike abrió la puerta trasera de Lady. "Anne será, yo me llamo Mike," dijo mientras cerraba la puerta, se subía al frente y buscaba su cinturón de seguridad.

"Muy bien, Mike," ella encendió el jeep, salió suavemente del estacionamiento, continuó alrededor del bloque y se dirigió a la carretera. Condujeron por una media hora a través de la ciudad y hacia la carretera de tierra que estaba en paralelo a la zona de patrulla designada.

No había nubes en el cielo. En otra hora, el sol batiría sin descanso, convirtiendo el desierto en un horno. Mike se alegró de que su sector cortara las montañas donde la elevación más alta les daría un pequeño alivio del calor. Por supuesto, los contrabandistas también preferían esas rutas, por la misma razón, y porque las montañas proporcionaban una mejor cobertura.

"¿Has estado trabajando mucho con la Patrulla Fronteriza, Mike?"

"Esta será mi séptima semana," respondió Mike. "¿Y tú?"

"Dos años," dijo Anne. "Lo disfruto, la mayoría del tiempo."

"Estoy de acuerdo con eso," Mike rió entre dientes. "Ah, dos años, ¿y antes de eso?"

"Antes de eso estaba en la universidad. Me casé justo al salir de la universidad, hace tres años, en realidad. Me uní a la patrulla fronteriza, poco después de casarme, pero tomé un permiso de maternidad con cada uno de mis hijos. Así que, solo tengo dos años de servicio activo."

"Así que tienes dos hijos pequeños," dijo Mike.

"Sí, un niño de dos años y medio, y una niña de ocho semanas."

"Eso está bien," dijo Mike. "Apuesto a que son adorables."

Ella se rió, "¿Adorables? Bueno, sí, cuando están durmiendo. El resto del tiempo pueden mantenerte en marcha."

"Apuesto a que sí," dijo Mike con una sonrisa.

"Mi suegra se encarga de ellos mientras estoy trabajando. Es una joya."

"Eso es una suerte."

La radio chisporroteó, "Oficiales Cory y McBride. Tenemos actividad sospechosa en la milla quince. ¿Nos copian?"

"Copiado: Actividad en el marcador de la milla quince," respondió Mike.

"Parece ser una media docena de personas que se dirigen hacia el norte."

"Entendido. Vamos a investigar," dijo Mike.

"Una patrulla más se unirá a ustedes. Ahora están en el marcador de la milla treinta."

"Entendido," dijo Mike.

"Conozco bien esa zona," dijo Anne. "Es uno de los lugares favorito para las tropas Rip."

"Todavía estoy aprendiendo la jerga," dijo Mike. "¿Dijiste tropas rip, deletreado R-I-P?"

"Sí, son voluntarios con los carteles, usualmente ex soldados del Ejército Mexicano, expertos con rifles, y entrenados como francotiradores. Se esconden en el alto terreno y vigilan los trenes de mulas rivales que se mueven por debajo. El objetivo es dispararle a los porteros, uno por uno, con rifles de largo alcance y arrancarles las mercancías de contrabando. Después de la matanza, las mercancías son recogidas por la gente de sus empleadores. A cambio reciben un porcentaje generoso."

"Muy fácil," dijo Mike.

"Bueno, no siempre lo es. Los carteles se han visto obligados a contraatacar con más guardias para sus trenes de mulas y fuerzas especiales que buscan a los francotiradores antes de que puedan atacar."

"¡Wow!"

"Puede ser un asunto sangriento," dijo Anne.

"Entonces, ¿qué podemos hacer?" preguntó Mike.

"Lo mejor es mantenerse alejado de la línea de fuego y pedir refuerzos," dijo Anne.

"Buena idea," convino Mike.

En la milla 14.5, Anne salió del camino de tierra y se dirigió a través de una zona desértica. "Conozco un mirador donde podemos ocultarnos y escanear el área con nuestros prismáticos de alta potencia."

"De acuerdo," dijo Mike, sujetándose de una manilla mientras rebotaban.

"Esto puede ser un poco rústico," advirtió Anne, agarrando el volante.

"Oops, lo siento," dijo Mike, cuando golpearon una roca que lo hizo caer junto a Anne.

"Aguanta," se rió Anne, mientras le daba a su brazo un empujón útil. "¿Podrías informar de nuestra posición, Mike?"

"¿Qué mano quieres que use?" bromeó Mike.

"Prueba con un pie," gritó Anne, por encima de los ruidos de impactos y sacudidas.

Después de veinte minutos de crujidos de la columna vertebral, se asentaron en un sendero de dos vías que conducía a la ladera de la montaña. "¿Mejor ahora?" preguntó Anne.

"Liso como la cola de un bebé," dijo Mike con los dientes apretados.

"Solo podemos permanecer en esta pista a medio camino, y luego nos dirigimos a un bosquecillo donde podemos esconder el jeep."

"¿Cómo te va, Lady?" preguntó Mike.

"Yip," dijo Lady, con la lengua y la nariz en la brisa.

"Bueno, al menos la perra está feliz," observó Anne.

"No hace falta mucho para complacerla," replicó Mike.

Después de veinte minutos, Anne llevó el jeep a un matorral. Salía vapor del motor. "Dejaremos el jeep aquí y nos colaremos a lo largo de esta cresta hasta el mirador que tengo en mente."

"¿Quieres que traiga al perro?" preguntó Mike.

"Como quieras," dijo Anne.

"Ella estará mejor aquí, en la sombra," dijo Mike. Sirvió un vaso de agua para Lady y le ordenó, "Siéntate, échate." Mike sujetó su chaleco a prueba de balas. Notó el chaleco de Anne tendido en el asiento. "¿No llevas protección?" preguntó.

"No detendrá una bala de rifle," dijo Anne, "además de que hace demasiado calor para esa cosa."

"Vale," dijo Mike mientras sujetaba una botella de agua a su cinturón.

Anne y Mike empuñaron sus armas, municiones y prismáticos y salieron a través del monte. "Intenta no tocar nada," dijo Anne. "Aquí afuera, toda la naturaleza pica, araña, golpea o muerde."

Los sentidos de Mike se agudizaron.

Recorrieron 100 yardas justo por debajo de la cresta hacia un campo de cantos rodados grandes, con la intención de dirigirse a la cubierta donde tendrían una visión clara de un área grande a lo largo de varias millas. El sol golpeaba en el suelo del valle. Las olas de calor rodaban hacia arriba, distorsionando las imágenes. En lo alto, una estela de vapor blanca se deslizaba por el cielo hacia California. Ninguna otra nube perturbaba el cuenco azul. En esta elevación, hasta los insectos eran silenciosos. Mike podía imaginarse ojos ocultos observando su avance. "Veamos si podemos encontrar un lugar de sombra," sugirió.

"Voy a ir junto a..."

De repente, un agudo silbido de arena rompió el aire mientras algo miraba a un roquero cercano. Anne corrió a cubrirse cuando una ola de balas barrió el área que los rodeaba. Mike se tiró al suelo y se arrastró sobre su vientre hasta detrás de un montículo. Segundos después, su rifle de francotirador estaba equilibrado, armado, preparado y listo sobre la suave superficie de la roca mientras escaneaba con sus binoculares, buscando algo, lo que fuera. Más balas gimieron, manteniéndolo encerrado. Esta vez, Mike identificó su proveniencia. Redujo la respiración y la frecuencia cardíaca, calibró su rifle para la distancia y la trayectoria, colocó cuidadosamente su dedo en posición, el ojo en la mira, apuntó, contuvo la respiración y apretó lentamente el gatillo. A trescientas yardas de distancia un fusilero se agarró el pecho y cayó. Mike disparó rápidamente tres disparos más. Nada se movió. Todo quedó en silencio.

Mike se sentó detrás de la roca, tecleó en su radio walkie-talkie y habló en voz baja, "Anne, ¿me copias?" Ningún sonido. "Anne, es Mike, entra, Anne." Nada. "McBride al Oficial Cory, cambio." *¿Por qué no responde?* Mike intentó en otros canales. Siguió sin obtener respuesta.

Bueno, ella no podia haber ido muy lejos. Mike intent llamarla a gritos. *¿Se habrá ido por el desierto para intentar rodear a este sujeto o qué?* Mike decidió llamar al contingente de apoyo canino. Dejó escapar un silbido agudo y se sentó a esperar. En cuestión de minutos, Lady apareció a su lado y acarició su mano. Mike miró a su alrededor buscando algo que Anne hubiese tenido en la mano. *Cielos, esta será una difícil. No sé si funcionará. Aquí no hay nada.* Mike apoyó su hombro en la cara de Lady. Ella lo miró. Mike agarró el cuello de Lady con su mano derecha y empujó su otro brazo contra la nariz de Lady. "Aquí, Lady, esta es Anne. Ve a buscar a Anne." Lady olisqueó el brazo. "Esta es Anne. Ve a buscar a Anne." Lady se concentró en el lugar donde Anne había empujado el brazo de Mike antes. "Ve a buscar a Anne." Lady pareció entenderlo. Ella retrocedió y comenzó a olfatear el aire. Al captar un olor, se fue trotando. Mike se puso de pie para seguirla, moviéndose entre zonas cubiertas detrás de rocas y formaciones rocosas. En solo unos minutos, Lady se detuvo, hundió la nariz en el suelo y meneó la cola. Ella dio un pequeño y levantó la vista, esperando a Mike. Se apresuró a examinar el suelo donde señalaba Lady. *¡Oh, cielos, sangre!*

Mike miró con ansiedad. Al no ver nada más, le ordenó "Buena perra, Lady. Esta es Anne. Ve a buscar a Anne."

Lady olisqueó el aire y trotó con Mike corriendo detrás, sin prestar atención a los peligros del desierto ni a los francotiradores. "Anne, Anne," dijo Mike, siguiendo a Lady a toda velocidad.

Lady rompió a correr y se detuvo detrás de una roca. Mike se detuvo a su lado. Anne estaba tendida en un montón arrugado junto a la roca, con un agujero de bala en el pecho, y su sangre salía de la herida. Mike cayó de rodillas y empujó la palma de su mano contra la herida intentando frenar el flujo. Era demasiado tarde. La vida de Anne ya había desaparecido. "¡No!" Gritó Mike. "¡Anne! ¡Oh Dios mío! ¡Anne!" su voz resonó desde las colinas. Intentó respirar en su boca. Presionó su pecho en vano. Ella ya se había ido... estaba sin vida. Mike se enderezó y se relajó sobre sus rodillas. Se rascó la cara, apretó los ojos, apretó los dientes y cerró los puños en angustia. Lady le olisqueó la mano y gimoteó de simpatía. Sin pensar, Mike le puso un brazo alrededor del cuello y la abrazó. "Buena perra, Lady," se las arregló, levantando el pecho.

Mike buscó en sus bolsillos su teléfono celular. Lo encendió, esperando tener señal allí, a kilómetros de la torre más cercana. Tal vez la elevación ayudaría. Por una vez, el destino estuvo a su favor. Mike seleccionó la línea privada del Comandante Nelson. Una voz de bienvenida respondió.

"Bert Nelson."

"Bert, Mike McBride aquí."

"Adelante, Mike."

"Tengo una situación, Comandante."

"¿Algún problema?"

"Sí, señor," dijo Mike. "Estoy solo, señor. La Oficial Cory cayó, señor".

"¿Anne cayó?" preguntó Bert alarmado. "¿Cómo está ella?"

"Está muy mal, señor. Un francotirador la atravesó por el corazón. No podría haber sobrevivido, señor."

"Mike, ¿estás seguro?" preguntó Nelson.

"La Oficial Anne Cory está muerta, Comandante," gritó Mike.

"¡Oh Dios mío!"

"Sí, señor." Esperó.

Por fin, el Comandante Nelson habló. "¿Estás en peligro ahora, Mike?"

"No lo creo. Le disparé al francotirador cuando sucedió y todo está tranquilo ahora."

"¿Un francotirador?"

"Sí señor. Habíamos dejado la carretera y estábamos tomando una posición en una cresta con vistas a una zona donde habíamos recibido un informe de actividad. Anne no debería haber dejado su chaleco en el jeep. Se lo recordé, pero dijo que hacía demasiado calor; Además, dijo, que no pararía una bala de rifle. Nos dirigíamos hacia la cubierta detrás de algunas rocas cuando los tiros salieron de ninguna parte. Me arrastré detrás de un afloramiento rocoso y Anne desapareció. Me las arreglé para localizar al francotirador y tuve un golpe de suerte. Después utilicé a mi perro de búsqueda para encontrar a Anne. Traté de revivirla, Comandante, pero había muerto. No sirvió de nada."

"Voy a tomar sus coordenadas y enviar un helicóptero de rescate para su cuerpo," dijo Nelson. "Maneja el jeep y ven al cuartel general."

"Me quedaré con ella hasta que lleguen," dijo Mike. "Después de eso, con su permiso, me gustaría examinar el sitio donde le disparé al francotirador."

"Estoy enviando a nuestra gente de la escena del crimen de inmediato," dijo Bert. "Por favor espera antes de perturbar el sitio."

"Sí, señor, entiendo."

* * *

30

Después de que el helicóptero de rescate llegó, Mike les pidió que buscaran las llaves del jeep en los bolsillos de Anne. Mike se quedó de pie observando mientras reverentemente cubrían y cargaban el cuerpo de Anne. Se quedó hasta que el helicóptero se convirtió en un simple punto en el cielo.

Mike paseó por el sitio en busca de pistas. Tomó fotos de todos los ángulos, cogió un puñado de balas dispersas y se las metió en los bolsillos.

Mike suspiró, regresó al jeep y salió a la carretera para esperar al equipo de investigación criminal.

Los llevó de regreso al lugar de la muerte de Anne, y luego al lugar donde estaba el francotirador muerto. Usando su teléfono inteligente, Mike tomó fotos en todo el escenario, incluyendo primeros planos de las armas del francotirador. Tomó fotos de los números de serie, y también los anotó en su cuaderno. Le pidió al investigador principal que verificara los números e iniciara su cuaderno.

"¿No estás llevando esto un poco lejos?" murmuró el investigador.

"Posiblemente," dijo Mike, "pero nunca se sabe, ¿verdad? ¿Necesitarás todos estos cartuchos gastados?" preguntó Mike.

"Creo que tenemos todo lo que necesitamos. Puedes tomar los que queden. De hecho, toma lo que quieras. Nos vamos."

Mike aprovechó la oferta para examinar el sitio, a fondo. Embolsó algunos cartuchos gastados, colillas de cigarrillos y basura desechada. Parte de un almuerzo todavía estaba en su envoltura.

Para un investigador capacitado la basura dejada detrás era una verdadera mina de oro de pistas. Tomó fotos del área desde el punto de vista del francotirador. *¿Por qué le dispararía al agente fronterizo? Podría haberse quedado agachado, o atrás, sin ser visto.*

* * *

De vuelta en la estación, Mike hizo un informe oral completo al Comandante Nelson. Entró en una de las oficinas de repuesto para escribir su informe escrito. Algo sobre las armas automáticas,

31

encontradas al lado del francotirador muerto, lo molestaba. *¿Debería incluir ese detalle en mi informe escrito?* Mike reflexionó. *Sí, creo que sí. Debería ser parte del expediente. Creo que una de esas armas puede haber sido estadounidense. ¿Cómo llegó a las manos de ese francotirador?* Mike decidió anotar la marca, el modelo y el número de serie de cada una de las armas sin hacer más comentarios. Tenía la intención de darle seguimiento posteriormente. Necesitaba saber quién vendía cada arma en particular y dónde la fabricaban. Necesitaba saber qué arma había matado a Anne.

Antes de salir por ese día, Mike fotocopió su informe y lo metió en su bolsillo. Luego entregó el original al Comandante Nelson.

"Gracias, Mike," dijo Bert. "Siento que hayas tenido que pasar por ese doloroso ejercicio, después del día que tuviste."

"Gracias, Comandante."

"Quiero que te tomes un par de días libres, Mike, antes de volver al campo. Además, tal vez deberías pasar a ver el "psiquiatra" de la oficina antes de volver."

"Gracias, señor, lo tomaré en cuenta," dijo Mike. Se giró para irse y luego vaciló.

"¿Hay algo más, Mike?" preguntó Nelson.

"Bueno, señor, hay una cosa..."

"¿Qué es?"

"Um, me preguntaba si podría enviarme una copia de los informes forenses y de la escena del crimen cuando estén listos. Me gustaría verlos."

"No veo ninguna razón por la que eso no pueda estar a tu disposición," dijo el Comandante Nelson. "¿Eso es todo?"

"Bueno, solo que lo siento por lo que pasó," dijo Mike.

"No hiciste nada malo, Mike."

"Gracias Señor. Siempre me preguntaré... ya sabe... si había algo más que yo..."

"No habrías podido hacer nada más, Mike."

"Qué desperdicio, señor. Una pérdida de una vida hermosa."

"Sí," dijo Nelson.

"Buen día señor. Lo dejaré, ahora." Mike saludó, se giró con elegancia y se fue.

"Buenos días, Mike."

* * *

En su camino a casa en la Ciudad de Carson, Mike revivió los eventos del día una y otra vez en su mente. De vez en cuando, se daba cuenta de estar desacelerando hasta casi arrastrarse. Los automóviles sonando sus bocinas se lo indicaban. Finalmente, encendió la radio y el piloto automático. Su radio estaba puesta en una emisora de noticias locales. Mike intentó concentrarse en las noticias, pero su mente seguía volviendo al terrible momento cuando vio el cuerpo de Anne Cory.

Las palabras del anunciante rompieron sus pensamientos, "…boletín… Patrulla Fronteriza de los Estados Unidos…" Mike se enfocó abruptamente en el sonido del boletín, "… oficial caído en la línea de fuego. El nombre se mantiene confidencial en espera de notificación. Por ahora volveremos a la programación regular."

Cielo Santo... Los pensamientos y las oraciones de Mike se fueron con el esposo de Anne, su suegra, y sus bebés. *Será mejor que llame a Mamá.* Mike tomó su teléfono celular y marcó el número de su madre.

"Hola, residencia McBride." La voz de su madre sonaba tranquilizadora.

"Hola mamá, soy yo," dijo Mike, tratando de sonar agradable.

"Bueno, hola," dijo Grace, "me sorprende saber de ti en medio del día."

"Supongo que no se ha sintonizado con la estación de noticias locales," dijo Mike.

"¿Qué pasó? ¿Hay algo mal?"

"Sí, mamá, quería llamarte antes de que oyeras las noticias y empezaras a preocuparte."

"¿Debería estar preocupada?"

"No, mamá, estoy bien, pero hubo una muerte en la Patrulla Fronteriza."

"¡Oh no!"

"Sí, uno de nuestros agentes fue fusilado. No puedo decirle el nombre pues no ha sido revelado. No es alguien que conozcas. Me voy por el resto del día, así que estaré en casa en media hora. ¿A qué hora llega Pop a casa?"

"Estará en casa a la hora de la cena. ¿Puedes venir?"

"Seguro mamá. Tomaré una ducha cuando llegue a casa y una siesta rápida. Nos vemos más tarde. Te amo mamá."

"Te amo también."

Grace inmediatamente entró en la sala de estar y agarró el control remoto de la televisión. Empezó a hacer clic a través de los canales, buscando las noticias.

El teléfono sonó. "McBride," respondió Grace.

"Grace, es Juliette. Pon el canal 7. "

Grace cambió los canales. "Ahora sabemos los detalles del oficial herido de la Patrulla Fronteriza que fue encontrado con una herida de bala a lo largo de la zona fronteriza de El Paso. Se cree que el oficial fue fusilado por un francotirador del cartel que también fue encontrado muerto. Les traeremos más detalles cuando los tengamos."

"¿Has oído algo de Mike?" preguntó Juliette, ansiosa.

"Sí, querida, está bien y de camino a casa. Me llamó hace menos de tres minutos para decirme que estaba ileso. Dijo que vendría a cenar. ¿Puedes unírtenos?"

"Oh, gracias a Dios," dijo Juliette, "estaba frenética cuando oí el boletín. Podría haber sido Mike."

"Lo sé. Por eso me llamó, para que no lo escuchara en las noticias, primero. Sin duda, también ha intentado hablar contigo," añadió Grace, diplomáticamente.

"Puede que tengas razón. Bueno, colgaré y te veré después. ¿A eso de las seis?"

"En cualquier momento, querida. Adiós."

"Adiós, Grace."

* * *

Mike se fue a casa temprano después de la cena con su familia y Juliette. Preparado para irse a la cama, se encontraba de pie en la oficina de su casa estudiando la serie de objetos que había rescatado de la escena del crimen y que estaban cuidadosamente colocados en su credenza. *Mañana catalogaré estas cosas. Ahora mismo, necesito dormir.*

*   *   *

Capítulo 4

Armas de fuego

Lars apenas levantó los ojos de la lectura de la página editorial del periódico dominical. "Aquí se dice que las tasas de asesinatos han aumentado en las ciudades de los Estados de la Costa Oeste y de la Frontera. Este periodista está pidiendo una investigación sobre las causas."

"Mm, ¿sí?" dijo Nola, empujando sus gafas de lectura.

"No hace falta ningún genio o una investigación del Congreso para darse cuenta," dijo Lars.

"Realmente," murmuró Nola, mientras continuaba leyendo la sección de mujeres. "¿Sabías que el Almirante Buck Lee está en la ciudad? Su foto está aquí de pie junto a esa estrella de cine, cuál es su nombre."

"Solo pregúntame, podría decirlos, sin costo alguno," continuó Lars.

"Asistir a una gala de celebridades en el San Francisco Art Center," dijo Nola.

"Si matas al cabecilla, tienes que esperar algunos asesinatos."

"Apuesto a que cortaron a su esposa de la imagen."

"No se estabilizarán hasta que elijan un nuevo jefe."

"¿No le encanta eso?"

"¿Qué cosa?" Lars levantó la vista.

"Como dije," Nola miró hacia atrás.

De repente Lars se echó a reír. Nola se dio cuenta de lo que estaba pasando y se unió a la hilaridad. Ambos se agitaron, secándose los ojos. Lars alcanzó su sección de periódico y le entregó su sección. Rápidamente exploraron los objetos.

"Bien, ahora lo entiendo," dijo el Teniente Lars Caruthers del Departamento de Policía de San Francisco, División de Narcóticos. "Me pregunto cuánto tiempo estará Buck en la ciudad."

"Sería divertido reunirse de nuevo," dijo su niña, Nola Kingston, agente de la DEA de San Diego, para el fin de semana.

"Vamos a intentarlo," dijo Lars.

"¿Puedes averiguar dónde se están quedando?" preguntó Nola.

"Yo lo haré," dijo Lars, bebiendo su café y volviendo al periódico.

* * *

El Vice Almirante Buck Lee miró a través de la mirilla a sus visitantes bien vestidos y abrió la puerta de la habitación del hotel tanto como permitía la cadena de seguridad.

"Abre, zorro viejo, y deja que los jóvenes entremos," dijo Lars.

"Bueno, hijo de mil madres, no te reconocí así vestido. Pensé que debías haberte equivocado de habitación." Buck desabrochó la cadena y abrió la puerta. "Bienvenidos, mocosos, entren," dijo dando una fuerte palmada en la espalda de Lars. "No te he visto desde hace una vida. ¿Dónde te has metido?"

"Me estaba manteniendo lejos de los periódicos," dijo Lars con una sonrisa.

"Por favor, no saques eso," se rió Buck. "Ya estoy en agua caliente lo suficiente. Entren, Nola, Lars, quiero que conozcan a mi esposa, Eleanor." Tomó a Nola por el brazo. "Ellie, ella es Nola Kingston, jefa de la oficina de San Diego de la DEA. Nola, mi esposa, Ellie."

"¿Cómo está usted, señora Lee?" dijo Nola.

"Oh, por favor, llámame Ellie," dijo la señora Lee, una mujer pequeña y sonriente, de cabello gris y suave.

"Y mi amigo, el Teniente Lars Caruthers, del Departamento de Policía de San Francisco."

"Teniente," dijo la señora Lee.

"Buenas noches, señora Lee. Por favor, llámeme Lars."

Buck Lee llevaba pantalones de mezclilla y una camisa blanca con las mangas enrolladas. Ellie llevaba pantalones holgados y un top de camisa a medida con un suave color azul que acentuaba sus dulces ojos. "Bueno, ahora," dijo Buck, frotándose las manos, "¿qué puedo arreglarles para empezar?"

"¿Tienes vino blanco?" preguntó Nola.

"En marcha," dijo Buck.

"Que sean dos," dijo Ellie.

"Cualquier tipo de cerveza," dijo Lars.

"Por favor, siéntense," dijo Ellie a sus invitados, indicando un sofá. Lars ayudó a Nola a sentarse. Una selección de golosinas y bocadillos fue colocada en la mesa de café en frente de ellos. Ellie eligió una silla lateral al final, dejando un gran sillón reclinable para el Almirante Lee, que era un hombre grande. Ellie colocó cuatro posavasos alrededor de la mesa.

Buck entró desde la cocina llevando una pequeña bandeja con las bebidas. Las colocó en los posavasos, dejó la bandeja a un lado y se sentó. Ellie tomó su bebida y Buck la siguió. "¿Deberíamos brindar por una velada agradable con algunos viejos y nuevos amigos?"

"De hecho, lo haremos," sonrió Ellie mientras sonreía y chasqueaba su copa con sus invitados.

"Salud," dijo Lars, tomando un sorbo.

"A su salud," dijo Nola mientras probaba y dejaba el vaso.

El Almirante Lee se echó hacia atrás, cruzó las piernas y miró a Lars. "Entonces, Lars, ¿qué te ha estado entreteniendo en las noches, últimamente?"

"Probablemente la misma cosa que preocupa a la mayoría de las fuerzas del orden," respondió Lars.

Ellie lo miró. Buck frunció los ojos, "Ah..." pensó "déjame adivinar. Supongo que tiene algo que ver con tu departamento, el tráfico de narcóticos."

"Bueno, sí, indirectamente. Es esta guerra impía entre los carteles de la droga."

"Por supuesto, eso pensé," dijo Lee.

"Es muy difícil entenderlo. Disparos que salen de lugares inesperados, cuerpos flotando en el río, en la playa, fuera de complejos de apartamentos, y dentro de restaurantes. Disparos a cualquier hora del día y de la noche."

"Ciudadanos aterrorizados, periodistas enloquecidos, alcaldes llamando a jefes de policía, senadores llamando alcaldes," agregó Nola.

"El Fiscal General llamando al Presidente," dijo Lars.

"El Presidente llamando a Dios," dijo Nola.

"¿Alguien más?" Buck se echó a reír.

"¿Dejé a alguien por fuera?" preguntó Lars a Nola. Cogió su cerveza.

"Entonces, ¿qué están haciendo los policías sobre esto?" Ellie intervino.

"Esquivándolo", se rió Lars.

Ellie ofreció algunos bocadillos. "Prueben uno de estos," dijo. "Son inusuales y bastante buenos, creo."

Nola tomó un pequeño mordisco. "Um, sí, me gusta este," masticó y tragó.

"Lo que me preocupa, más que cualquier otra cosa," dijo Lars, "es el tipo de armas que estamos encontrando. Parece que hay una escalada en el poder de fuego."

"¿Ah sí?" dijo Buck.

"Estamos encontrando cada vez más cañones automáticos de alta potencia. Algunos de ellos pueden atravesar vidrio o una pared, entrar en automóviles, trenes, autobuses. Eso es lo que nos preocupa más que nada."

"La violencia no se limita a ninguna sección de la ciudad tampoco," agregó Nola.

"Las personas en posesión de estas armas no tienen conocimientos específicos. Ellos ven su objetivo y simplemente arrojan sus balas en la dirección general," dijo Lars.

"Ay de cualquiera que se interponga en el camino," dijo Nola.

El Almirante Lee pensó durante un minuto. "¿Han averiguado de dónde vienen estas armas, cómo están cayendo a las manos equivocadas?" preguntó.

"Nos hemos estado haciendo esa misma pregunta," respondió Lars.

El Almirante Lee se levantó, abruptamente, y empezó a caminar. De repente, se volvió hacia Lars. "Lars, tengo una idea."

Todos los ojos estaban mirando al Almirante Lee. Se dirigió al teléfono, lo levantó del gancho y dejó presionada la letra O. "Sala 1633." Tamborileó sus dedos. "¿McArthur?... Buck Lee... Baja... Exacto, dos puertas abajo a la izquierda... No me importa, ¡simplemente baja!" colgó, caminó hacia la puerta y la abrió. Un hombre de aspecto bastante redondo, manchado, con el pelo hundido y delgado, vestido con un albornoz entró en la habitación.

Lee se echó atrás, "Gracias por venir," dijo.

"¿Tenía elección?" gruñó el visitante, agarrando a Lee en un húmedo abrazo de oso. "No has cambiado un poco," dijo. "No desde nuestros días en la academia."

"Mentiroso," dijo Buck. "Pero, no te detengas." Llevándolo del brazo Buck lo condujo a la barra. "¿Todavía tomas tu escocés puro?" preguntó Buck.

"La memoria sigue siendo aguda, por lo que veo," dijo el visitante. "Aquí tienes, por los viejos tiempos," tomó un trago saludable, lo tragó y terminó jadeando.

"Veo que todavía no puedes soportar el licor," Buck rió y golpeó su espalda. "Ven conmigo, McArthur. Tengo a alguien que quiero que conozcas. Eleanor, este es Charles McArthur. Charles, mi esposa Eleanor."

"Encantado, estoy seguro," dijo McArthur mientras levantaba la mano de Ellie a sus labios y le sonreía a los ojos.

"Y esta es Nola Kingston, jefa de la DEA en San Diego, Charles McArthur, de la ATF en Filadelfia."

"¿Cómo está usted, señorita Kingston?" dijo McArthur. Ella asintió.

"Mi amigo, el Teniente Lars Caruthers, Departamento de Policía de San Francisco, División Narcóticos," dijo Buck.

"Caruthers."

"Llámame Lars."

"Lars será. Llámame Charles."

"Por favor, siéntate," dijo Buck.

"¿Tu esposa está contigo, Charles?" preguntó Ellie. "Debemos pedirle que se una a nosotros."

"No, no lo está, Eleanor, pero gracias por preguntar," dijo Charles.

"La esposa de Chuck falleció hace varios años," informó Buck.

"Oh, lo siento mucho," dijo Ellie. "¡Qué desconsiderado de mi parte!"

"De ninguna manera," dijo McArthur. "No lo sabías. Era una esposa maravillosa y la amaba, pero hace ocho años que se fue."

"Ya veo," dijo Ellie. "¿Puedo ofrecerte una merienda?"

"Quizá más tarde," dijo Charles.

"Tendrías que haber invitado a quienquiera que esté contigo para que se uniera a nosotros," explicó Buck con un brillo en sus ojos.

"Sigue intentando," dijo McArthur, "pero nunca lo sabrás." Él tomó su bebida, esta vez confinándose a un sorbo.

"Te vi por la habitación anoche con una joven encantadora. Lástima que fuera demasiado alta para ti," bromeó Lee.

"Te vi con la estrella de Hollywood," dijo McArthur. "Lástima que fuera demasiado joven para ti." Todos rieron, especialmente Buck Lee. El alivio de la tensión fue bienvenido.

"Charles, no has cambiado un poco. Todavía tienes una lengua afilada," dijo Lee. "Puede que te hayas dado cuenta de que tenía una razón para invitarte aquí."

"De alguna manera, lo sospechaba," respondió.

"Mis amigos y yo estábamos hablando de la situación en esta zona. Tenemos un grave brote de violencia. Por supuesto, siendo tú de Filadelfia, y todo eso, probablemente no lo sabías."

"¡Oh, claro!" se burló Charles. "¿En qué planeta has estado? No nos llaman 'Killadelphia' y 'Murder City, USA' por nada."

"Ah, sabía que estaba llamando a un experto," dijo el Almirante Lee.

"Pregúntale al viejo Doc McArthur," bromeó Charles, "Voy a resolver tu problema."

41

"Muy bien, esta es la situación: Lars y yo estábamos discutiendo un exceso de asesinatos relacionados con pandillas. Parece ser una guerra entre carteles rivales para ganar el control del negocio de drogas ilegales. Hay peleas entre las bandas mexicanas, las bandas estadounidenses, dentro de cada país y al otro lado de la frontera," dijo Lee.

"Hemos estado confiscando arsenales de rifles automáticos, armas de alto calibre, pistolas Sig-Sauer P2-29 y sub-ametralladoras más precisas y mortales que la Uzi común, que siempre ha sido el arma de elección entre los pandilleros," añadió Lars .

"Nos preguntamos cómo entran estas armas a los Estados Unidos. ¿El ATF tiene algún conocimiento de esto?" preguntó Lee.

McArthur se recostó y miró a su anfitrión por el borde de su copa. "Quizá," concedió.

"Bueno, estamos esperando," dijo Lee.

"Estoy pensando..." McArthur hizo una pausa.

Todos los ojos estaban en Charles. Algunos tomaron un sorbo; otros tomaron un aperitivo.

"Este es el asunto," dijo Charles, "todo lo que sé es un rumor. Odio difundir cuentos."

Lee esperó, perforándolo con una paciente y muy efectiva mirada láser, perfeccionada durante muchos años de mando; garantizada para convertir al marinero del acero más duro en masilla.

"Bueno," comenzó a decir Charles. "Por favor, entiendan, esto son solo rumores. He oído susurros... puede haber algún tipo de malentendido enorme."

"¡Adelante!" La voz del Almirante Lee apuñaló el aire de la habitación.

McArthur se mordió el labio. "Solo puedo adivinar lo que podría ser, una especie de idea desgarbada para atrapar a los traficantes de armas que salió mal, mal momento."

"¿En América?" preguntó Lee.

"Ah, sí, las armas americanas."

"¡Maldita mierda!" dijo Lee.

"¡Francisco!" exclamó Ellie. "Hay damas presentes."

"Discúlpenme, señoras," dijo Lee, tocando un sombrero imaginario.

Ellie inclinó la cabeza.

Volviendo a McArthur, el Almirante Lee preguntó, "¿Cómo podemos llegar al fondo de esto?"

McArthur pensó un momento. "Um, bueno, supongo que tenemos que empezar por el fondo y trabajar; ver hasta dónde llega."

"¿No estás sugiriendo...?"

McArthur simplemente asintió.

"¡Santa... vaca!" exclamó Lee con una mirada de culpabilidad a Ellie.

Lars ofreció: "Puedo proporcionar muchos números de serie, tipos, lugares y pruebas de posesión criminal."

"Aquí es donde empezamos," dijo Lee, con autoridad.

"Um... bueno... no lo sé," McArthur retrocedió.

"¿Qué estás tratando de decir, McArthur?" El Almirante Lee se negó a dejarlo ir.

"Es solo que, sabes, uh, dependiendo de a dónde vaya, podrías nadar cerca de peces gordos."

"Peces gordos, ¿eh?" Lee resopló, "Esos son exactamente los peces que quiero encontrar."

"Es fácil decirlo para un Almirante."

"¿Estás en algún tipo de encubrimiento, McArthur?" sugirió Lee.

"No, no, claro que no. ¿Me conoces mejor que eso?"

"¿Lo hago?" preguntó Lee.

"Espero que sí," dijo McArthur. "Mira, me faltan tres años para retirarme. Tengo un registro limpio."

"Así que te harás de la vista gorda," Lee terminó por él. "Estoy decepcionado al oír eso, Charles." La mirada de Lee se marchitaba.

Charles estudió su bebida. "Oh, mie... miércoles, Buck, sabes que no puedo decir que no. Solo dime lo que quieres que haga. Pero, por amor de Dios, mantén mi nombre fuera del asunto, ¿quieres?"

"Depende de ti," dijo Lee.

Charles suspiró y terminó su bebida.

"Necesitamos que alguien tome esos números de serie y los rastree hasta sus orígenes. ¿Puedes hacerlo sin dejar huellas?"

"Sí, eso creo. Voy a tener que usar una computadora fuera del sitio y el código de otra persona para hackear. Por supuesto, nada de computadoras es completamente infalible."

"Eso es precisamente con lo que estamos contando," dijo Lee.

"¿Puedes conseguirme esa lista para mañana?" preguntó McArthur a Lars.

"Sí," dijo Lars. "¿Dónde quieres que la entregue?"

"En persona es mejor. No uses Internet o las líneas telefónicas, o cualquier cosa que se pueda rastrear. Estaré aquí mañana."

"Hoy iré a la oficina. Nadie estará cerca. Utilizaremos la fotocopiadora y entregaremos la lista al Almirante Lee esta noche."

"Excelente plan," dijo Lee. "De esa manera puedes negar saber a dónde fue después de dármela."

"¿Puedo irme ahora?" McArthur casi gimió.

"Adiós Charles. Me alegro de haberte visto," dijo el Almirante Lee.

"Lo siento, no puedo decir lo mismo," dijo Charles. "Buenas noches Ellie, Nola."

         *   *   *

Capítulo 5

Vericuetos

El domingo por la mañana, Mike había planeado dormir y dejar que el mundo siguiera su curso. Entonces, ¿por qué estaba despierto a las 7:00 AM? Se giró y enterró la cabeza en una almohada, con la esperanza de volverse a dormir. Quince minutos después salió, disgustado consigo mismo. *No sirve, podría levantarme.*

Mike salió a la cocina y se sirvió una taza de café de una olla fresca. Las uñas de Lady se clavaron en el suelo mientras ella seguía a Mike desde el dormitorio y bostezaba. Mike se rascó la cabeza y luego se rascó. "¿Qué te parece, Lady? ¿Deberíamos correr esta mañana?" *Pregunta tonta.* Solo con la palabra "correr", Lady estaba emocionada. Se apresuró hacia la puerta de atrás y miró a Mike con premura. Mike entró en la sala de servicio y agarró un par de pantalones cortos y unos calcetines de la secadora. Se ató las zapatillas, metió una pequeña arma en el bolsillo y colocó una gorra de béisbol en la cabeza. "Vamos, Lady."

     *   *   *

Al volver a casa, Mike salió de la ducha justo a tiempo para escuchar la voz del sargento Sam Mulholland en el altavoz, "Llámame cuando llegues, Mike. Estaré aquí durante la próxima hora." Sam estaba casado con la hermana de Juliette, Suzanne; esperaban su primer bebé para la primavera.

Mike terminó de secarse, afeitarse y se vistió con sus jeans más cómodos y una camisa de polo. Arregló el desayuno mientras escuchaba el mensaje de Sam. "Hey Mike, Suzanne y yo estamos pensando en hacer algo divertido hoy. Me pregunto si tú y Juliette se quieren unir."

Mike terminó de freír el tocino y los huevos. La tostada saltó. Mike llenó un plato, lo deslizó sobre la barra y se subió a un taburete del bar. Cogió su teléfono, seleccionó el número de Sam, puso el teléfono en el modo "altavoz" y lo dejó delante de su plato.

"Hola Mike."

"Hola, Sam, ¿qué pasa?" Mike sumergió su tostada en un huevo y tomó un sano bocado.

"Bueno, como dije, Suzanne tiene deseos de salir a pasar el día. Ella está preparando un picnic y hablando de tomar un paseo panorámico."

Mike masticó y tragó saliva. "Me gustan como suena la idea de un picnic, Sam."

"Te oigo, Mike. Esto no será extenuante, considerando la condición de Suzanne. Estoy pensando quizá en conducir por el río con el techo abajo. No quiero estar demasiado tiempo fuera; Trataremos de estar de vuelta antes de que el día llegue a su punto. Por supuesto, Suzanne no admitirá que tiene que tener cuidado. Tengo que vigilarla o tendrá problemas para respirar." Se rió.

Mike envolvió su tostada alrededor del tocino y masticó. "Por favor disculpa si murmuro; estoy desayunando, Sam."

"Está bien, Mike."

"Cuenta con nosotros, Sam."

"¿Alrededor de las 9:30 está bien para ustedes?"

"Claro, voy a llamar a Juliette. Llegaremos a eso de las 9:30."

"Voy a preparar el convertible."

"Gracias, Sam. Nos vemos más tarde."

"Adiós, Mike."

*   *   *

Era un día perfecto para conducir. Nuevo México es conocido por sus cielos azules, 350 días de sol al año, y más de treinta y cinco mil kilómetros de caminos panorámicos, cubriendo una amplia diversidad de terreno y elevaciones.

Sam optó por una ruta suave cerca del Río Grande. Se tomó su tiempo en lo que se refiere a la velocidad, cruzando con la parte superior abajo, creando su propia brisa. Planeaban detenerse en uno de los parques estatales a lo largo de la ruta, para descansar y almorzar. "Tal vez podríamos dar un paseo en bote," sugirió Suzanne. Sam no respondió.

"Lo que el resto de ustedes decida," dijo Juliette. "¿Qué piensas, Mike?"

"¿Paseo en barco?" preguntó Mike. "¿Dónde?"

"¿Quizás en el río o en el lago Elephant Butte?" preguntó Suzanne.

"Bueno, vamos a parar en el parque estatal de Elephant Butte para almorzar, y luego veremos lo que está disponible en el lago," dijo Sam. "Creo que el río debajo de la presa es más adecuado para el kayak o el piragüismo que para el canotaje."

Suzanne abrió la guantera y buscó un mapa de Nuevo México. Después de leerlo durante unos minutos, dijo "Creo que puedes continuar en este camino panorámico hasta llegar a la autopista. Toma ese norte en la salida 83, donde sales. Eso te llevará al Parque Estatal. Hay varios lugares con mesas de picnic, una Marina y la Sede del Parque."

"Suena bien," dijo Sam. "Sabes, es un gran lugar, cariño. La represa de Elephant Butte contiene el río Rio Grande a lo largo de cuarenta millas, formando el lago más grande del estado. Con unos 200 kilómetros de costa, ciertamente no podemos verlo todo en un día."

"¿Qué sugieres que hagamos?" preguntó Suzanne.

"Bueno, el lago tiene muchas playas de arena, natación, camping, pesca y todo tipo de deportes acuáticos."

"Veo a que te refieres."

Era casi mediodía antes de que Suzanne finalmente hubiese elegido un lugar para el picnic. Parecía como si quisiera examinar todas las posibilidades, primero. Mike se maravilló de la paciencia de Sam. En realidad parecía disfrutar de complacer los caprichos de Suzanne. Finalmente se instalaron en un lugar sombreado por encima de la presa, donde podían observar las embarcaciones que iban y venían; mientras que los niños pequeños chapoteaban en el agua poco profunda. Mike ayudó a Sam a descargar todo el equipo. Tenía mantas, toallas, sillas de playa plegables, un refrigerador de bebidas heladas y una gran canasta de picnic. Mike colocó su gran marco en una silla de playa y la inclinó hacia atrás. Suzanne y Juliette sirvieron las bebidas y los platos amontonados con comida.

Mike tenía hambre. Se sentía como si pudiera comer como un armenio hambriento. Pronto él y Sam estuvieron llenos y bastante listo para tomar una siesta. Se acomodaron para inclinarse hacia atrás y escuchar mientras Juliette y Suzanne charlaban.

"¿Cómo te va con tu búsqueda de empleo en la Ciudad de Carson?" preguntó Suzanne.

"Hace tres o cuatro semanas que estoy buscando," contestó Juliette.

"¿Alguna suerte?"

"Lo he reducido a tres posibilidades. Volveré a las segundas entrevistas esta semana."

"¿Tienes alguna favorita?" preguntó Suzanne.

"Realmente no. Todas suenan emocionantes. Está la estación de televisión local. Tienen una vacante como reportero itinerante."

"Mmm."

"Otra es la agencia de viajes. Estaría dirigiendo el departamento."

"Ajá."

"El último es el centro de convenciones. Estaría haciendo un poco de todo, entreteniendo visitando grandes almacenes, montando shows, diseñando campañas de marketing."

"Es difícil elegir," observó Suzanne, "pero parece que has decidido mudarte a la Ciudad de Carson."

"Bueno, sí, Mike y yo estuvimos de acuerdo en que yo me daría por lo menos seis meses para ver si me gusta vivir aquí."

"¿Has estado buscando un apartamento?"

"Me gusta ese nuevo desarrollo al noreste, pero no firmaré nada hasta que tenga un empleo. Hace una diferencia cuán lejos tengo que conducir para trabajar. Por supuesto, no quiero estar muy lejos de Mike y de ustedes."

"¿Has oído algo de Francisco Pisarro?" preguntó Suzanne, cambiando de tema.

"Bueno, no, desde que no lo vimos," respondió Juliette.

"Oh, ¿cuándo fue eso?" preguntó Suzanne.

"¿Cuándo fue, Mike, hace unas semanas, tal vez?"

Mike miró un ojo desde debajo de su gorra y gruñó.

"Francisco todavía está en el centro de detención, por supuesto," dijo Juliette "donde tienen a los extranjeros ilegales esperando sus audiencias en la corte."

"Oh, ¿cómo estaba?"

"¿El centro de detención?"

"Sí."

"No está mal. No se parece a una prisión real. No creo que lo reconozcas. Se ve muy diferente del hombre que sirvió de testigo para los Davis en su boda.[1] Por supuesto, en ese entonces, acababa de ser arrastrado por el infierno, sin posibilidad de ser limpiado. Ahora, tiene buena ropa, un corte de pelo y está afeitado. Ha ganado alrededor de quince libras. La dificultad para él es esperar y preguntarse qué va a pasar."

"¿Qué es lo que tarda tanto?"

"Supongo que es la acumulación de casos esperando ser escuchados. Al final, lo van a enviar a casa. Pero, esto es América. Todo el mundo tiene que tener su día en la corte, ya sabes. Estoy seguro de que estaría más que feliz de ser voluntario para ir a casa. Echa de menos a su prometida."

"Oh, ¿tiene una chica?"

"Oh, sí, él planea casarse lo más pronto posible, y todos estamos invitados a la boda."

"Oh, ¿no sería genial? Eso sería muy divertido. ¿Podemos ir, Sam?"

"¿Sam?"

"Zzzzzzz..."

"Creo que eso significa sí," Suzanne rió.

"Bueno, hermana, vamos a tener que ver que si Francisco sale de ese lugar y lo mandó a casa por lo menos dos meses antes de que tu bebé nazca."

---

[1] "El Inmigrante y la Moneda Dorada," La Serie McBride Libro Cuatro, p 252

"Que sean tres meses. ¿Tienes alguna idea de cómo vas a hacer ese pequeño milagro?"

"Mm... uh... de hecho sí." Juliette sonrió.

*   *   *

Capítulo 6

Revisión de las Armas

El Almirante Francis "Buck" Lee se sintió aliviado al volver a su escritorio después de su ajetreado fin de semana en San Francisco. Acogió de buen grado la rutina de trabajo. Vestirse como un pavo real y ser agradable ante la sociedad de las grandes pelucas nunca había sido lo suyo. Se unió a la Guardia Costera y trabajó duro toda su vida para proteger la patria. Nada lo intrigaba más que una buena y anticuada amenaza a la patria, una que pudiera encontrar y vencer con fuerza y poder cerebral.

Este desafío de las guerras de los carteles y el estallido de la violencia era justamente el tipo de amenaza en la que ansiaba hundir los dientes. El misterio de la súbita afluencia de armas superiores lo hacía aún más intrigante. El Almirante Lee dejó de lado la pila de memorandos en su escritorio, giró su silla, apoyó los pies en el alféizar de la ventana y encendió su pipa, reflexionando sobre formas de desenredar el nudoso problema.

Fiel a su palabra, la noche anterior, Lars Caruthers había entregado la lista de armas confiscadas, su marca, tipo y número de serie, dónde y cómo se encontraron, y si se habían utilizado en un crimen. Después de que Lars se fuera, Buck había convocado a su viejo amigo Charles McArthur del ATF de Filadelfia desde la habitación de su hotel, al final del pasillo. "Tenemos la lista de armas, Charles. Mira esto."

Charles había soltado un silbido bajo. "Increíble, ¿no?", remarcó. "No esperaba nada de esta magnitud."

"Sí, estoy de acuerdo. Sigue por varias páginas. Cielos, Charles, aquí hay armas suficiente para equipar a un pequeño ejército."

"No tenía idea," dijo Charles.

"¿Qué demonios está pasando, Charles? Pensé que los muchachos del ATF tenían mejor control que esto."

"No hay excusa para ello," dijo Charles. "No es de extrañar que haya una guerra de carteles."

"Bueno, ¿y qué vamos a hacer al respecto?"

"Como dijiste, empezaremos desde abajo, calculamos y veremos a dónde nos lleva."

"Algunas de tus personas pueden ser salpicarse en el proceso, si no completamente quemadas."

"Espero que no esté conectado con el ATF, pero dejemos que las fichas caigan donde tengan que hacerlo."

"Me gusta tu actitud."

"Voy a tener que usar algunas tácticas especiales para descubrir la cadena de posesión de todos estos bebés. Hay muchos."

"Lo que sea, Charles, puedes hacerlo. Déjame saber cómo puedo ayudar. "

"Volveré a hablar contigo," dijo Charles.

*　*　*

A la mañana siguiente, en Filadelfia, Charles se dedicó a su tarea. Tal vez estaba siendo demasiado paranoico, pero algo le decía que tuviera cuidado y cubriera sus huellas. Él no usaría ninguna de sus propias computadoras para esta investigación. En consecuencia, pasó la mañana en su escritorio pasando por su rutina habitual. A la hora del almuerzo, le dijo a su secretaria. "Puede que no esté por un par de horas. Tengo que hacer algunos recados."

Charles se dirigió directamente a una biblioteca suburbana, donde no era probable que lo reconocieran y se sentó frente a una de las computadoras públicas. Podría ser un poco lento, pero no dejaría huellas. Durante el curso de esta investigación, no usaría la misma computadora dos veces. Tampoco usaría el mismo ID y contraseña dos veces. Durante sus varios años en una posición de supervisión en el departamento, Charles había acumulado una lista de identificaciones y contraseñas que aún funcionaban. Originalmente, habían pertenecido a empleados que se habían jubilado o se habían mudado por alguna razón u otra. Parte de su trabajo era desactivar las contraseñas cuando la gente se marchaba. En su mayoría, lo hizo. Pero conservaba unos cuantos para su propio uso, por si quería fisgonear sin ser detectado.

Sentado en la computadora pública, lo primero que hizo fue instruir a la red de que se trataba de una computadora privada. Luego empezó a buscar en la red de ATF para matricularse. Era necesario introducir los números de serie, uno a la vez, para ponerles un rastro. Charles hizo una lista manuscrita de cada arma, mostrando los detalles; es decir, la fecha y el nombre del fabricante, los distintos distribuidores mayoristas y el punto de venta donde se había vendido la pistola. No quería llamar la atención sobre lo que hacía imprimiendo la lista.

Charles se permitió pasar una hora en la computadora. En ese tiempo, había rastreado la procedencia de las primeras treinta armas de su lista. Ya se estaba haciendo evidente un patrón. Todas las armas habían sido fabricadas en los Estados Unidos, todas eran nuevas de este año o el pasado, todas habían sido vendidas legalmente en el suroeste por parte de tiendas legítimas de armas. Ninguna había sido robada, ninguna había salido nunca del país, ninguna había sido vendido en los espectáculos de armas. Lo más interesante era el hecho de que todas tenían una procedencia completa y perfecta hasta que se vendieron. Después de eso, ninguno de los propietarios fue registrado.

Era hora de regresar a su oficina. En el camino se detuvo en un supermercado y compró un suministro de teléfonos celulares desechables; los puso en su guantera. Usó uno, ahora, para informar al Almirante Lee.

"Hola," contestó Lee.

"Hola amigo, soy yo." Aunque el teléfono de Lee estaba trucado, los dos se cuidaron de no usar nombres en su conversación. "He empezado a hacer mi búsqueda. Pensé que te gustaría conocer los resultados, hasta ahora.

"Soy todo oídos," dijo Lee.

"He rastreado treinta, hasta ahora. Todas fueron fabricadas en la patria y vendidas en tu área de los bosques. Tenemos una procedencia ininterrumpida, es decir, cadena de posesión, de las treinta."

Lee soltó un silbido bajo. "Increíble. ¿Quieres enviarla?"

"Bueno, podría tener sentido esperar hasta que tenga todos los elementos identificados antes de llamar a cualquiera de los vendedores. Así se preservará el factor sorpresa."

"Tiene sentido."

"Puedo enviarte las direcciones de los vendedores, hasta ahora identificados. Esto satisfará tu curiosidad."

"Tienes razón, tengo curiosidad. Pero tenemos que mantener nuestras mentes centradas en la seguridad, en primer lugar."

"Bueno, tú eres el experto. ¿Cómo vamos a hacer que esta información te llegue de forma segura?"

"Debemos evitar el uso de internet, fax y teléfono. Pueden ser hackeados. Preferiría una encomienda express de la noche a la mañana o bien el viejo sistema de correo de los EEUU. De hecho, ni siquiera imprimas la lista. Hazla manuscrita y envíala a la dirección de mi casa. Conociste a mi esposa. Sabe de esto, pero mi secretaria no."

"Lo haré," dijo McArthur. "Voy a colgar y llamarte más tarde."

"Gracias por la llamada, amigo."

Después del trabajo, esa tarde, Charles continuó su investigación, variando sus identificaciones y contraseñas, y asegurándose de no quedarse en ningún lugar más de una hora. A medianoche, tenía todas las armas trazadas. Volvió a su casa y se puso a trabajar haciendo dos copias manuscritas claras, para él y el almirante Lee. Una vez más, llamó a Lee.

"Hola."

"Hola amigo mío. Las he rastreado todas. Mis resultados anteriores están confirmados. Todos los vendedores están en los estados fronterizos, son minoristas legítimos con licencia."

"Esto es cada vez más curioso."

"Sí, es verdad. Y todas las ventas están dentro de un cierto rango de fechas, durante las últimas semanas."

"Excelente trabajo, amigo mío."

"Bueno, supongo que el siguiente paso depende de ti."

"Cierto. Creo que mi otro amigo y yo debemos manejar mejor las visitas de campo, personalmente."

"Vamos, una rueda grande como tú no hace trabajo de campo."

"En realidad, no puedo esperar a mojarme los pies."

"Comprendo la adrenalina, pero ten cuidado. Por favor."

"Entendido. Cambio y fuera."

"Adiós, amigo. Cuidado con el correo. Debería estar allí en unas treinta y seis horas."

"Adiós, y gracias," dijo el Almirante Lee.

Forense

Mike había estado esperando los informes de laboratorio forense y criminales sobre Anne Cory. Quería comparar las balas que había recogido con las que la habían matado. Por otro lado, esperaba identificar el arma y rastrearla hasta su fuente. La carta que había estado buscando estaba sobre su escritorio. Mike cortó el sobre y abrió el informe.

Anne había sufrido una herida de bala superficial en la pierna seguida de un tiro fatal en el pecho. La primera herida había sangrado un poco, pero no fatalmente. Había muerto inmediatamente con la segunda. Mike se sintió aliviado de que no se hubiese desangrado en los pocos minutos que le tomó encontrarla. Claramente, la sangre que Lady había encontrado era la de la herida de la pierna. Ella fue capaz de seguir hasta que fue impactada por el tiro al corazón. La bala que se cree que la mató fue encontrada junto a su cuerpo. Fue positivamente identificada como disparada por un rifle que fue encontrado junto al francotirador muerto. Su mano y sus huellas dactilares estaban en el arma. La evidencia era concluyente. El número de serie del rifle coincidía con el número que Mike había escrito en la escena del crimen. No había nada en el informe que indicara dónde se había comprado la pistola.

Mike buscó en los archivos de la policía un rifle de este número que había sido usado en un crimen anterior. No encontró nada. Mike buscó la marca, el modelo y el número de serie del rifle. Se fabricó en los Estados Unidos, en el último año, como él había sospechado.

Mike llamó a Lars, en San Francisco.

"Teniente Lars Caruthers al habla."

"Lars, es Mike de la Ciudad de Carson. ¿Cómo te va, amigo?"

"Todavía luchando contra las guerras del cartel, Mike. Más exactamente, estamos tratando de permanecer fuera de la línea de fuego, y de pie para limpiar los líos."

"Lamentablemente, uno de nuestros agentes cayó en la línea de fuego."

"Anne Cory, ¿verdad?"

"Sí."

"Supimos de eso, Mike. Qué pena. Escuché que alguien le dio al francotirador."

"Ese fui yo."

"¿Le disparaste al tipo?"

"Sip. También encontré el cuerpo de Anne. Estábamos en patrulla juntos. Podría haber sido yo, Lars. Debería haber sido yo. Dejó un marido y dos niños pequeños."

"Ah, muchacho," dijo Lars. "¿Tienes alguna idea de la pandilla responsable?"

"Creemos que el francotirador era parte de un Equipo Rip, pero no lo hemos conectado a ningún cartel en particular. Una cosa me molesta, Lars. El arma era de fabricación norteamericana, reciente."

"¿También tú?"

"¿Qué quieres decir con también tú?"

"Hemos estado recogiendo un montón de ellas."

"¿Eso es cierto?"

"¿Cómo obtienen esas armas, Lars?"

"Buena pregunta."

"Estoy preguntando."

"Bueno, Mike, ¿qué tanto te gustaría unirte a un grupo de trabajo secreto para llegar al fondo de esa pregunta, o a la cima, según el caso?"

"Me gustaría mucho," dijo Mike.

"Serías la quinta persona. Tenemos al Almirante Buck Lee de la Guardia Costera de los Estados Unidos de la oficina de Denver, Nola Kingston de la DEA de San Diego, Charles McArthur de la ATF en Filadelfia y yo. Podríamos usar más gente, pero la seguridad debe ser muy ajustada."

"En ese caso, podría recomendar a mi compañero Leroy Bratowski. Por supuesto, eso dependerá de si el Capitán Baker puede permitirse que los dos participemos."

"¿Qué tan discreto es Baker?"

"Tanto como necesites que sea."

"Eso es bueno, porque necesitarás poder escapar en secreto. Puede cubrirte."

"Baker no es un problema. Ahora, en lo que respecta a la motivación, creo que podría haber una de la Patrulla Fronteriza de El Paso que quisiera ver que se haga justicia para Anne Cory. Estoy pensando en su comandante, Bert Nelson, un buen hombre. No hay duda de que estará interesado."

"Supongo que el marido de Anne Cory debe tener las manos llenas con los dos pequeños y los arreglos funerales para Anne."

"Afortunadamente, la suegra de Anne había estado ayudándola durante el día, así que los niños ya tienen quien los cuide," dijo Mike, "sin embargo, no conozco a Cory en absoluto. ¿Quieres que me ponga en contacto con Bert Nelson?"

"Sí, por supuesto."

"Te llamo luego," dijo Mike.*   *   *

Capítulo 7

Alcohólicos Anónimos

Como parte de su preparación para el alta del Centro de Rehabilitación Hale House, Doreen preparó un plan a largo plazo. Incluía las recomendadas "Noventa reuniones de AA en noventa días."

Doreen había elegido un grupo de AA en una ciudad a unos treinta y cinco kilómetros de su casa. Pensaba que eso le daría el anonimato que buscaba. Como una alcohólica en el armario, Doreen simplemente no podía arriesgarse a reunirse con alguien que conocía en una reunión.

Después de asistir a este grupo de AA solo una vez, supo que no era para ella. Casi todos eran hombres jóvenes, apenas salían de la escuela secundaria. Además de eso, era un grupo de fumadores. Aparentemente, cuando renunciaron al alcohol, empezaron a fumar. Doreen no podía tolerar el humo y no tenía nada en común con los miembros.

Después de esa experiencia, Doreen se desorientó durante semanas, incapaz de intentarlo de nuevo. Su consejero de Hale House la alentó a encontrar un grupo, pronto. "Necesitas tener un grupo de apoyo, Doreen, o vas a recaer. Has invertido demasiado para renunciar, ahora."

"Me entiendes demasiado bien," respondió ella.

"Hey, chica, he estado allí, lo he sentido. Prométeme que intentarás ir a un grupo cerca de casa, solo una vez, ¿de acuerdo?"

"De acuerdo, pero sabes que tengo miedo de hacerlo."

"Hazlo mañana, Doreen."

* * *

Doreen entró en el sótano de la iglesia a las 8 en punto. No quería llegar ni un minuto antes. Había una docena de hombres y mujeres casualmente vestidos de todas las edades, sentados en torno a una gran mesa. Le sonrieron y se deslizaron para hacerle un sitio. Alguien le ofreció una taza de café. Las dos personas a ambos lados de ella le estrecharon la mano. "Hola, soy Mel," dijo el primero. "Bienvenida a la reunión."

"Hola, soy Doris," dijo el otro. "¿Es esta tu primera reunión, o simplemente estás de visita?"

"Esta es mi primera reunión," dijo Doreen. "Estoy tan nervioso."

"Estábamos todos nerviosos la primera vez. Solo trata de relajarte, estarás bien."

Todo el mundo estaba hablando. El líder de la mesa dijo: "Son las ocho, hora de empezar. Poco a poco la conversación disminuyó." Abriremos la reunión con un momento de silencio en recuerdo de los alcohólicos practicantes que aún no han encontrado sobriedad, seguidos de la Oración de la Serenidad recitada al unísono."

Después del silencioso momento, hablaron al unísono: "Señor, dame la serenidad de aceptar las cosas que no puedo cambiar, el coraje de cambiar las cosas que puedo y la sabiduría para saber la diferencia. Amén."

El líder de la mesa miró a su alrededor, "¿Tenemos gente nueva o visitantes?"

Doreen levantó una mano. "Buenas noches," le dijo, "Mi nombre es Clare y soy alcohólico. ¿Puedo preguntar si eres nueva en AA, o simplemente estás de visita?"

Doreen se aclaró la garganta. "No estoy segura," dijo "Solo estoy buscando un grupo."

"Bueno, entonces, llegaste al lugar correcto." Él sonrió. "Eres bienvenida aquí o en cualquier reunión de AA. Esperamos que te gusten y que vuelvas a menudo. Nuestra reunión normal dura una hora. Permíteme explicarte cómo procederemos. Es nuestra costumbre, en la primera reunión de una persona para ir alrededor de la mesa. Cada uno, a su vez, dirá un poco sobre su experiencia y lo que significa AA. Después de que todos hayan hablado, se te invita a hablar, si quieres hacerlo, o simplemente puedes decir , "paso." Cualquier de las dos está bien para nosotros. Solo queremos que te relajes y disfrutes de la reunión y no te preocupes sobre qué decir. ¿Estás de acuerdo?"

Doreen asintió con la cabeza.

"Tenemos una lista con nuestros números de teléfono a los que puedes llamar. Nuestro objetivo, aquí, es ayudarnos mutuamente a permanecer sobrios. Te animamos a que llames a uno de nosotros si alguna vez te sientes tentada, o simplemente necesitas hablar. Además, aquí hay una lista de todos los grupos locales, sus horarios y ubicaciones. ¿Podrías pasar esto, por favor?" Él entregó los papeles a la primera persona.

Doreen tomó el papel mientras Mel se lo pasaba. Echando un vistazo a la lista de reuniones, se sorprendió por el número. Había reuniones en todo el día, todos los días. *No me di cuenta de que había suficientes alcohólicos sobrios en una ciudad de este tamaño para llenar todas estas reuniones. Supongo que no estoy sola, después de todo. Puedo tomarme noventa días para probarlos todos.*

Había muchas tarjetas blancas laminadas dispersas sobre la mesa. Clare pidió que se leyeran, una por una. Alguien las tomaba y las leía en voz alta. Aparentemente, esa era la forma rutinaria de empezar las reuniones de AA. Empezaban con la tarjeta del "Preámbulo" y con la tarjeta de "Cómo funciona AA."

Clare pausó la lectura para empezar con la cesta de recolección. "AA es autosustentable," dijo. "No recibimos dinero ni influencia de organizaciones externas. Si alguien tiene una orden del juez[2], puede añadirla a la cesta y la firmaré más adelante." La mayoría de las personas dejó caer un dólar, o menos, o nada. Muchos depositaron sus órdenes de asistencia de la corte en espera de la firma de Clare.

Siguiendo una agenda establecida, Clare prosiguió con la reunion, solicitando la tarjeta de la Reunión Cerrada, que simplemente establecía que esa era una reunión cerrada para los Alcohólicos Anónimos en la que cualquier persona con un problema de adicción al alcohol era bienvenida; todo lo que se hablara allí sería entendido como algo confidencial y no sería repetido.

---

[2] Un comprobante de asistencia requerido por una Corte.

La siguiente lectura fue la tarjeta "Soy Responsable", seguida de la Lectura Diaria. Clare cerró la parte inicial de la reunión diciendo: "Tenemos un primer cronista esta noche. ¿Quién quiere empezar?"

"Hola, soy Don y soy un alcohólico." Don estaba muy bien vestido y parecía estar en sus cuarenta. "Yo era un alcohólico desde una edad temprana, pero he estado sobrio, ahora, desde hace diez años y dos meses, gracias a mi mayor poder y gracias a AA. Siempre estuve orgulloso de la forma en la que podía aguantar mi licor. No creía que tuviera un problema con la bebida. Simplemente estaba disfrutando la vida. ¿Por qué no?

"Tenía una esposa e hijos y un buen trabajo como técnico médico. Durante los primeros años de la universidad, me comprometí a siempre estar sobrio en el trabajo. Luego, gradualmente comencé a tomar una copa en el almuerzo. Al principio, fue una cerveza, luego un martini, luego un martini doble, hasta que no podía ver bien cuando volvía al trabajo. Empecé a llevar una botella conmigo, planeando hacer que durara una semana; al final del día, todo había desaparecido. Siempre masticaba mentas para el aliento y estaba seguro de que nadie se daba cuenta."

"Entonces, un día, mi jefe me llamó y me dijo que ya no podían tolerar mi hábito de beber en el trabajo. Me pidió que desocupara mi escritorio. Cuando llegué a casa, grité y me quejé con mi esposa, culpando a todos por su injusto tratamiento. Por supuesto, tuve que tomar algunos cócteles antes de la cena para calmar mis nervios y unos cuantos después para arreglar mi estómago. Después de esa ocasión, perdí dos trabajos más. Para acortar una larga historia, perdí a mi esposa, mi casa y mi coche. Mis hijos no me hablan. Ahora, nadie me contratará por un salario digno."

"AA significa todo para mí. Me han ayudado a permanecer sobrio durante diez años, dos meses y tres días, y a tener una nueva vida. Y con eso, paso."

"Hola soy Barb y soy alcohólica. Solo estoy escuchando esta noche."

"Hola, soy Robert y soy alcohólico," dijo la persona a su izquierda. Robert parecía estar en sus veinte años. "Bienvenidos a nuestra reunión. He estado sobrio ahora por seis días. Empecé a beber cuando era niño. Mis padres eran borrachos. Cuando estaba en la secundaria, era adicto. Me doy cuenta de eso ahora."

"Durante la universidad seguí bebiendo mucho y también probé marihuana y crack varias veces. Asisto a la universidad local, pero estoy abandonando todas mis clases excepto una." Robert tragó saliva y bajó la vista hacia sus manos. Todos esperaron a ver si seguía adelante. "Los fines de semana, me desespero y caigo," dijo Robert. "Intento estar sobrio para mis clases del lunes, pero muchas veces no lo logro. A veces estoy en la cárcel por un día o dos."

"He sido arrestado varias veces por conducir en estado alterado. Después de tantas veces, el juez suspendió mi licencia de conducir, me multó y me dio noventa días en la cárcel y seis meses de libertad condicional. Además, tengo que asistir a reuniones de AA dos veces a la semana. Es por eso que estoy aquí. Paso." Miró a la siguiente persona.

"Hola, soy Shirl y soy alcohólica. Crecí en un hogar y una familia agradable. Después de salir de casa, empecé a salir con un montón de amigas. Íbamos a bares cada noche para beber y conseguir chicos. Todos mis amigos bebían. Comencé a ir a casa con un tipo en particular. Me quedé embarazada y nos casamos. Si algo cambió fue que mi bebida empeoró. Después de dos niños más niños, él me dejó."

"Conocí a otro tipo en un bar. Nos casamos. Peleábamos todo el tiempo. Me golpeaba y yo le gritaba. A veces llamaba a la policía y lo metían en la cárcel por un par de días hasta que se ponía sobrio. Estábamos rotos todo el tiempo. Ese hombre duró seis meses."

"He sido arrestada varias veces por conducir en estado alterado. Juré que nunca me volvería a casar, pero un fin de semana me emborraché tanto que no recordaba nada. El lunes por la mañana me desperté casada. Cuando mi tercer esposo me amenazó con abandonarme si no dejaba de beber, me di cuenta de que tal vez no todas las faltas eran de mis parejas."

"Mis hijos estaban creciendo y habían empezado a beber. Los regañaba todo el tiempo. Me lo sacaron en cara. "¿Cuándo vas a dejarlo *tú*, mamá?" Finalmente, me di cuenta, tenía que dejarlo por mis hijos. He estado sobria tres semanas y, déjenme decirles, es difícil. Pienso en la bebida todo el tiempo. Y con eso, pasaré."

"Hola, soy June y soy alcohólica. He estado viniendo a estas reuniones por casi un año, ahora. He tenido recaídas un par de veces, pero mis amigos de AA me han ayudado a estar sobria y a volver a las reuniones. No podría haberlo hecho sin AA. Aquí la gente me entiende como nadie más. Mi historia es muy típica, supongo. El alcohol me hizo hacer cosas de las que estoy muy avergonzada. Cosas que se me dijeron que no hiciera nunca. ¿Beber y conducir? Claro, ¿no hemos hecho todo eso? Divorcio, luchas, embarazos no deseados, desperdiciar nuestro dinero en alcohol, perder nuestros trabajos."

"Yo era adicta a la cocaína y la nicotina, así como al alcohol. Mis hábitos eran muy costosos, sobregiraba mis tarjetas de crédito, tomaba prestado de las alcancías de mis hijos, prestado de mi familia, de mis amigos. Finalmente, tomé prestado de mi jefe sin decírselo. Eso hizo que me despidieran y que me pusieran antecedentes." Tuvo que detenerse para limpiar sus ojos y soplarse la nariz. Le asintió con la cabeza al siguiente chico.

Después de que todo el mundo habló o pasó, eran casi las nueve.

El líder de la mesa resumió la reunión: "Como pueden ver, todos hemos tenido experiencias similares con ese astuto y desconcertante alcohol demoníaco. Estar sobrio es una cosa, permanecer sobrio es otra. Hay que desearlo con fuerza y hay que hacerlo un día a la vez. Todo el mundo aquí se ha caído del carro por lo menos una vez, lamentablemente." Hubo asentimientos alrededor de la mesa. "Cuando eso sucede, hay que intentarlo de nuevo. Tomar fuerzas, llamar a un amigo de AA. Seguir viniendo. Hacer lo que sea necesario. ¿Por qué? Porque estar sobrios y permanecer sobrios vale la pena.

"La mayoría de nosotros, que hemos estado sobrios por un tiempo, puede testificar que nunca lo habríamos hecho sin

Alcohólicos Anónimos y nuestro poder superior. He estado sobrio desde hace quince años. ¿Por qué, después de todo ese tiempo, sigo viniendo a AA? Porque permanecer sobrio es solamente una parte del asunto, la otra parte es mantener mi cabeza en su lugar, deshaciéndome de mis malos hábitos. No me di cuenta de cuántos defectos de carácter tenía hasta que empecé a tratar de eliminarlos. El programa a largo plazo de AA ayuda con eso."

"Hablamos mucho esta noche sobre cómo el alcohol arruina nuestras vidas. El otro lado de esa moneda es que la sobriedad y AA pueden restaurar las vidas rotas. No me di cuenta de lo maravillosa que podría ser la vida hasta que estuve sobrio. Estar sobrio y mantenerse sobrio es una revolución que cambia la vida. La vida es muy buena. Una vez más, está lleno de posibilidades."

Dirigiéndose a Doreen, preguntó, "¿Hay algo que te gustaría decir al grupo en este momento?"

"No," dijo Doreen, "nada más que me han dado mucho en que pensar y gracias por compartir."

"Gracias," dijo Clare. "Les recuerdo a todos que todo lo que han oído aquí esta noche, se queda aquí. Nos pondremos de pie y cerraremos de la manera habitual."

Las personas se pusieron de pie y se tomaron de las manos.

"¿Padre de quién?" preguntó Clare.

"Padre Nuestro que estás en el cielo..." juntos todos dijeron el Padre Nuestro, seguido por, "Sigue viniendo."

Doreen estaba rodeada de alentadores. Mientras salía hacia su automóvil, muchos otros le dijeron: "Buenas noches, buena suerte y sigue viniendo." Doreen sabía que había encontrado al grupo adecuado para ella.

*   *   *

.

Capítulo 8

Juliette Causa una Revuelta

Juliette tenía un plan. Utilizaría su nuevo trabajo como reportera itinerante para la estación de la red local para hacer un reportaje sobre Francisco Pisarro. Llamando la atención sobre su caso, causaría la presión suficiente para conseguir su liberación.

En su primer día de trabajo, Juli no perdió tiempo. Preparo su idea en una presentación breve de Power Point para presentarla ante la persona a cargo de los eventos especiales e informes de investigación, el editor Mark Ridenour.

"Buenos días, Juliette, por favor, entra," dijo Mark.

"Buenos días, Sr. Ridenour, ¿puedo mostrarle algo?"

"Sí, por supuesto, por favor, siéntate."

"Esta es una idea que tengo para un especial," dijo Juliette. "Es una que no ha sido cubierta por otros medios de comunicación, pero podría ser polémica y explosiva si se maneja correctamente." Ella abrió su computadora portátil y comenzó la presentación. "Podría dividirse en segmentos como una serie de noticias, o mostrarse como una especial de una hora. Sería una exposición sobre las condiciones en los centros de detención de inmigrantes indocumentados."

"Debido a nuestra gran audiencia hispana, creo que llamaría la atención. Todo el mundo tiene una opinión sobre el problema de la inmigración. La gente verá este programa y reaccionará emocionalmente, de una forma u otra. Lo amarán o lo odiarán." Las imágenes se movían en una serie de llamativas tomas de inmigrantes ilegales que había reunido del archivo. "Haríamos algunas entrevistas con detenidos reales. Tal vez eligiendo a uno en particular y lo seguiríamos a través del proceso, apoyándonos fuertemente en el ángulo de interés humano."

"Podríamos entrevistar a un juez y a un funcionario para obtener su explicación de por qué el proceso toma tanto tiempo. Naturalmente, editaríamos ese segmento para mostrar el ángulo que queremos."

"Finalmente podríamos llevar el caso a uno o a nuestros dos senadores y obtener sus observaciones sobre las acciones del Servicio de Inmigración." En su pantalla aparecieron fotos de acción de los dos senadores y de los agentes de la ICE (siglas en inglés del Servicio de Inmigración y Control de Aduanas de los Estados Unidos) en una redada. "Afortunadamente nuestros senadores son de partidos políticos opuestos, así que podríamos empalmar sus puntos de vista para mostrar el contraste."

"Podríamos engordar el comentario con hechos y cifras." Juli había reunido una serie de hechos que se extendían por la pantalla. Incluía el costo del encarcelamiento, por día, por detenido; el número de reclusos, la duración media de su estancia; el número de personas que cruzan ilegalmente la frontera, el porcentaje capturado y detenido, el porcentaje de diferentes países, hombres vs. mujeres, y el porcentaje estimado de criminales vs. quienes buscan trabajo."

"Entiendo que esta presentación es muy dura. Simplemente reuní algunos hechos e imágenes del archivo para darle una idea de lo que tengo en mente."

Mark asintió y acarició su barbilla, "Hmm, creo que entiendo."

"Podría empezar con esto de inmediato, y tenerlo listo para editar en dos semanas," dijo Juli. "¿Como suena eso?"

"Eso podría funcionar," dijo Mark. "Eso nos daría tiempo para diseñar una campaña publicitaria, para ir construyendo hasta la exhibición. Podríamos usar algunas de tus tomas para generar interés, drama, controversia y suspenso."

"De acuerdo," dijo Juli. "Voy a seguir adelante con un plan más detallado y a ponerlo por escrito para usted. ¿Qué tan pronto le gustaría tenerlo?"

"Tómate tu tiempo, Juliette," dijo Mark.

"Gracias. Voy a tratar de tenerlo listo en un par de días." Ella cerró su computadora portátil y se levantó para irse.

"Gracias," dijo Mark.

"De nada y gracias por su tiempo, Sr. Ridenour. Disculpe." Ella retrocedió hacia la puerta con una sonrisa. "Buen día, señor."

"Buenos días, Juliette."

Juli caminó elegantemente por el pasillo hasta su escritorio. *¡Sí!* Pensó, permitiéndose disparar un pequeño puño. Su presentación había sido breve y directa, tal como había aprendido de su padre y con su propia experiencia en relaciones públicas. Ella había sido entusiasta y cortés. Por otra parte, ella no le dio la oportunidad de decir, "No". Su primer día en su nuevo trabajo iba muy bien.

Juli volvió a su escritorio y comenzó a soñar. Sus dedos volaban sobre las teclas mientras hacía notas y describía escenas, entrevistas y líneas de preguntas. Al final del día tenía un especial de una hora presentado en detalle, en una serie de diez segmentos de tres y medio a cuatro minutos de duración. Ella escribió una portada para su presentación, dándole un título y un tema y una breve descripción de los diez segmentos. Podría habérsela entregado a Mark hoy, pero decidió dejar pasar la noche y hacer correcciones en la mañana antes de entregarlo; además, no quería que Mark tuviera la oportunidad de llevárselo a casa.

Juli tomó su computadora, su bolso y su chaqueta y se fue por ese día.

*   *   *

A la mañana siguiente, le pidió una reunión a Mark.

"Mark Ridenour al habla."

"Sr. Ridenour, es Juliette Carolle."

"Hola, Juliette, ¿cómo te está yendo con tu programa?"

"Lo he terminado y está listo para su revisión, señor. ¿Tiene tiempo para verlo hoy, o prefiere esperar hasta mañana?"

"Hoy estará bien."

"¿A qué hora estaría bien, señor?"

-¿Cuánto tiempo necesitarás?

"Una media hora debería ser suficiente, dependiendo de cuántas preguntas tenga."

"Bueno, prefiero que dejes el libro conmigo, para que pueda llevármelo a casa y leerlo sin interrupción."

"Puedo entenderlo, señor; Sin embargo, mi experiencia es que eso no funciona bien. Por eso le pido una reunión para que no nos interrumpan."

"¿Pretendes quedarte mientras lo leo?"

"Oh sí, por supuesto. Yo siempre hago eso."

"¿No es eso un poco arbitrario?"

"No, en absoluto, señor, es solo una buena práctica."

"No estoy seguro de entenderla."

¿Cómo puedo decir esto sin ser ofensivo? Darle la vuelta. Responde una pregunta con otra "¿Puedo preguntar qué es lo que no entiende, señor?"

"¿Por qué no dejas el manuscrito conmigo? ¿No confías en mí?"

"Oh, eso no tiene nada que ver con usted, señor. Es solo que a todos los artistas se les enseña que es su responsabilidad cuidar su propio trabajo y no poner esa carga sobre otra persona."

"Supongo que no lo había pensado así," dijo Mark.

"El punto es que no se trata de escoger y elegir en quién confiar y en quién no. Simplemente se trata a todos de la misma forma."

"En otras palabras, no confíes en nadie."

"En otras palabras, confía en todos, hasta que demuestren lo contrario, pero hazte cargo de la responsabilidad y no cargues a los demás."

"La veré a las diez, señorita Carolle," dijo Mark enérgicamente. "Adiós." Colgó.

"Adiós, señor."

A las diez, Juli se sentó en silencio mientras Mark leía el manuscrito. De vez en cuando, levantaba la vista con una pregunta. Por fin, terminó y cerró el manuscrito. Pensó durante un minuto. "Esto es excelente, señorita Carolle, muy emocionante. Es fresco, crujiente, y -tienes razón- polémico."

"Gracias, señor; me alegro de que le guste."

"Si se hace correctamente, podría ser explosivo. Sin embargo, creo que se mostraría mejor con un reportero masculino. Quisiera asignar esto a nuestro reportero principal, Jay Hendricks. Me temo que no tienes la experiencia necesaria para sacar esto."

Juli inmediatamente se levantó y sacó el manuscrito de su escritorio, atrapándolo por sorpresa. "Siento oírle decir eso, Sr. Ridenour, el guión solo está disponible para esta estación si estoy en el papel protagonista."

Mark estaba de pie, con las manos en las caderas. "¿Qué estás diciendo?" preguntó. "¡Eso es absurdo! Tenemos el derecho de asignar a quien queramos."

"No lo creo, señor. Gracias por su tiempo." Ella dio un paso hacia atrás.

"¡Espera un minuto! ¿A dónde vas?"

"Voy a llamar a una de nuestras estaciones rivales en la capital. Tengo la intención de encontrar a alguien que me quiera a mí y a mi guión, señor."

"No, no, ¡no hagas eso! Vamos a ver si podemos resolver algo. Por favor toma asiento."

Juli permaneció de pie.

Mark habló rápido. "Seguramente hay alguna manera en la que podemos trabajar. Vamos a dejar que Hendricks haga las entrevistas cara a cara. Tú puedes ser la guionista principal, haciendo tus preguntas y las observaciones del locutor".

"No puede estar hablando en serio," se burló Juli.

"También puedes hacer bromas."

Juli se limitó a mirarlo furiosamente y dio otro paso atrás.

"También puedes leer el guión para el locutor de fuera de la cámara. Solo deja que tengamos a Hendricks en el papel protagonista."

Juli rió en voz alta, y luego lo ahogó. "Disculpe por reírme. No quiero ser grosera, Sr. Ridenour. Realmente, entiendo que el negocio es negocio."

Juli se cubrió la boca, pero sus risueños ojos la entregaron.

Ella retrocedió a un paso de la puerta. "Esta es mi última oferta, señor. No voy a ir a una estación rival durante veinticuatro horas. Le daré un día para pensarlo. Mientras tanto, me ocuparé de mi creación." Se volvió y salió por la puerta. Llevándose su guión, su bolso y su computadora con ella, ella se fue por el resto del día.

Juli estaba bastante segura de que Ridenour trabajaría rápidamente para llamar a los escritores y darles una tarea para copiar sus ideas. No tenía intención de darles una ventaja de veinticuatro horas. En su lugar, se metió en su coche y se dirigió a Albuquerque. Juli no era una niña. Sabía exactamente cómo enfrentar a las estaciones para que compitieran entre sí por su programa.

Mientras tanto, tenía un plan de respaldo. Juli cogió su teléfono celular y marcó a su hermana.

"Residencia Mulholland."

"Hola, Suzanne, soy yo."

"Hola, yo."

"Cariño, tengo un trabajo para ti."

"Oh, cielos, justo lo que necesito, otro trabajo."

"Este será divertido, lo prometo. ¿Puedes salir en un par de horas, tal vez tres?"

"Eso depende."

"¿Qué pasa, no confías en mí?"

"¿Debería?"

Juliette se echó a reír. "Por supuesto, cariño, siempre."

"Muy bien, hermana, voy a morder. ¿Qué idea alocada tienes bajo la manga, ahora?"

"Estoy herida, realmente herida," dijo Juli.

"Sí claro. De acuerdo, Juli, vamos."

"Bueno, fue realmente tu idea en primer lugar."

"Solo apostaré."

"¿Recuerdas cómo hablamos de cómo teníamos que sacar a Francisco de la detención y enviarlo a casa, para poder ir a su boda antes de que tu embarazo esté lo suficientemente avanzado como para viajar?"

"Bueno sí. ¿Cómo podría olvidarlo? Este embarazo parece avanzar a pasos agigantados."

"Oh," gritó Juli, "¿Quieres decir que el bebé se está moviendo ahora?"

"Más bien es como un aleteo."

Juli rió, "¡Maravilloso! ¡Esto es muy emocionante!"

"No me distraigas. ¿Cuál es tu idea?"

"Nosotras -tú y yo- vamos a hacer un documental. Vamos a reventar esta sala de detención."

"¿Quieres decir, como cuando éramos niñas?"

"Sí, como los videos que solíamos hacer, antes de que tuvieras que casarte con ese maldito policía, Sam Mulholland."

"Juliette Carolle, yo no tenía que casarme, y tú lo sabes, y, para tu información, Sam es el más inteligente, más guapo, leal y querido policía vivo. Supera a ese tipo McBride tuyo en todo sentido. ¡Así que basta!"

"Te paso buscando, ¿no?"

"Honestamente, Juli, ¡a veces ...!"

A estas alturas, Juli se reía en voz alta y no podía detenerse.

"Oh, está bien, voy a sacar mi cámara y mi trípode y a quitarle el polvo. Tal vez busque algunos discos nuevos."

"Hasta luego, hermana."

"Estaré lista. Adios."

"Adios"*   *   *

Capítulo 9

¿Quién está ahí?

La mano de la secretaria personal del presidente, de la señora Beth Terry, tomó el teléfono. Su voz tembló, "Hola... hola... ¿hola? ¿Quién está ahí?" -gritó. "¡Responda!" ... "¿Quién es?" sollozó. "¿Dónde está mi hija? Por favor... haré cualquier cosa. Por favor, no la lastimes. Por favor, te lo ruego. Llévame a mí. Ella es una niña pequeña. Solo déjala ir. Por favor..." Beth se desmoronó.

No había sonido en el otro extremo de la línea excepto por la respiración de un hombre.

Ella se hundió en una silla, con el teléfono colgando flojo en su mano. Beth no tenía más energía para llorar. Estaba completamente desgastada. Habían sido... cuántas semanas, ahora. No podía continuar, pero tenía que seguir adelante, sola, sola. ¿Qué podía hacer? ¿A quién podía dirigirse? No había nadie. Nadie.

Después de que el presidente había firmado las órdenes ejecutivas, Beth envió copias oficiales a las agencias y jefes de departamentos apropiados para ver que se pusieran en práctica. Los originales se guardaron en un archivo bajo llave. Solo podía esperar que el cartel supiera que había hecho lo que le habían pedido. Las ruedas estaban en movimiento. No había nada más que hacer sino esperar a que el cartel regresara a Annabelle. No tenía ni idea de cómo harían eso. ¿La llevarían de vuelta a la escuela? ¿Llamarían? ¿La dejarían en algún lugar? Oh Dios.

En ese momento, ella pasaba su tiempo hundida en su silla, aturdida en la inmovilidad, incapaz de pensar, incapaz de orar, excepto para alegar, Oh, Dios. De alguna manera, Beth pasaba cada día y se arrastraba a casa, esperando escuchar cualquier segundo. Se llevaba el teléfono de la casa con ella a todas las habitaciones mientras se quitaba la chaqueta y guardaba sus cosas. Aún así el teléfono no sonaba. Hacía lo necesario para arreglar algo para comer y beber, sin probar ni pensar en lo que estaba haciendo. Su único pensamiento estaba centrado en el teléfono que no sonaba.

Ella sostenía el teléfono en su mano cuando se acostaba en la cama, incapaz de dormir. *¿Por qué no llaman?*

Por la mañana, seguía sin tener ni una palabra. Ella tropezaba con los días en el trabajo, esperando. De nuevo en la noche, ni una palabra. Esta era la agonía más exquisita.

El día veintiuno comenzaron las llamadas telefónicas silenciosas y tortuosas. Beth se volvía loca de preocupación. Por fin, fue un fin de semana. Bendito alivio de la fantasmagórica farsa en la oficina. Tomó toda su fuerza para hacer su trabajo y seguir fingiendo normalidad.

Beth jadeó y saltó cuando sonó el teléfono, sorprendiéndola fuera de su estupor. *¿Debería contestarlo? Cielo santo, no puedo soportar esa respiración. No contestes.* El teléfono siguió sonando... 8... 9... 10 veces. Beth cogió el auricular. "Hola, hola, ¿quién es?"

"Hola, señora Cory, por favor," dijo la voz de una mujer agradable.

"Sí..." Beth se aclaró la garganta.

"Es Martha Ruston, la directora de la escuela de Annabelle."

"Oh, sí," dijo Beth, tratando de calmar su voz-.

"Estoy llamando para ver cómo está Annabelle. No la hemos visto en bastante tiempo, en realidad tres semanas."

"Sí, bueno, Annabelle ha estado enferma," murmuró Beth.

"Oh, ya veo," dijo la Sra. Ruston. "¿Puedo preguntar si planea volver a enviarla a la escuela?"

"Sí, creo que sí."

"En ese caso, debe saber que se está quedando bastante atrás en su trabajo. ¿Hay alguna manera de que pueda pasar para recoger sus tareas?"

"Sí, puedo hacerlo."

"Creo que sería algo bueno, para evitar que se quede muy por detrás de sus compañeros de clase."

"Pasaré el lunes después del trabajo," contestó Beth.

"Muy bien, le informaré a sus maestros para que preparen su tarea y sus libros para usted. Por favor, pase por la oficina de la escuela entre las 4:30 y las 5:00 de la tarde. Si eso no es conveniente, llame a la oficina de la escuela y llegue a un acuerdo diferente. Además, nos gustaría saber cuándo esperarla de vuelta en la escuela."

"Su médico no lo ha dicho. Gracias por llamar," dijo Beth.

"De nada. Adiós."

"Adiós."

Beth bajó el teléfono. *Nunca pensé en notificar a la escuela. Esa mujer sonaba sospechosa.*

* * *

El miércoles, Beth recibió otra llamada de la Sra. Ruston, la directora. "Señora. Terry, esperábamos que pasara el lunes por la tarde a buscar los libros de Annabelle, o que llamara."

"Oh, lo siento, lo olvidé."

"Ya veo. En ese caso, tal vez pueda llevárselos esta tarde."

"No, no, ¡no lo haga! Quiero decir, no es necesario. Pasaré mañana."

"Muy bien, señora Terry, si está segura."

"Estoy segura. Gracias por recordarme. Adiós."

"Antes de irme, sólo una pregunta más: ¿cómo se siente Annabelle?"

"Sigue enferma."

"¿Qué es exactamente lo que está mal, puedo preguntar?"

"Uh, bueno, varicela, eso es todo, varicela. Y luego tuvo una recaída."

"Ya veo."

"Gracias, adiós", dijo Beth.

"Adios, señora Terry."

* * *

El viernes por la noche sonó el timbre de la puerta. Beth corrió hacia la puerta, esperando que fuese Annabelle. Luchó con la cerradura y abrió la puerta, jadeando, y dio un paso atrás. La directora de Annabelle estaba allí, con los brazos cargados de libros.

"Oh, lo siento mucho. Me olvidé por completo de los libros. Aquí, déjeme tomarlos." Beth trató de tomar los libros para evitar invitarla a entrar. La señora Ruston se apartó y logró conservar los libros.

"Me gustaría entrar, señora Terry," dijo mientras se colaba por delante. "Necesito hablar con Annabelle directamente."

"Oh, lo siento, pero no puedes hacer eso," dijo Beth, torpemente. "Um, no se le permite recibir visitas."

La señora Ruston se limitó a mirar a la señora Terry, como si estuviera observando a un culpable de segundo grado.

"Uh, órdenes del doctor," murmuró Beth, incapaz de mirar a la Sra. Ruston a los ojos. "Voy a tomar los libros ahora. Me temo que no puedo pedirle que se quede."

La Sra. Ruston siguió mirando.

Beth se acercó a la puerta y la abrió para ella. "Adios, Sra. Uh... Ms..."

"Ruston, Martha Ruston."

"Adiós, señorita Ruston."

Sin otra palabra, Martha Ruston salió por la puerta que llevaba los libros, entró en su automóvil y se alejó.

Beth la observó salir, se giró y se hundió en su silla, sus esperanzas se desvanecieron, otra vez. En medio de su pecho, sentía un enorme agujero en el lugar en que se suponía que estuviera su corazón. Beth se sentó, sin sentir, y miró fijamente durante una hora entera sosteniendo el teléfono.

De nuevo, el timbre de la puerta la asustó seguido de un fuerte golpeteo en la puerta. Oh Dios, ¿quién podría ser ahora? Beth se acercó a la ventana y apartó la cortina. Dos coches de patrulla estaban estacionados en la acera, las luces parpadeaban. Un policía uniformado estaba en la puerta. *¡Qué! ¡Oh, cielos!* Volvió a tocar y a hacer sonar el timbre. "Policía, abra la puerta."

Beth fue a la puerta. La abrió y se quedó mirando al hombre. Tocó su sombrero. "¿Es usted la señora Beth Terry?"

"Sí, pero…"

"¿Puedo pasar?"

"Bueno, no lo sé. ¿Qué desea?"

"Solo tengo algunas preguntas, señora Terry.

"No estoy segura…"

"Señora, creo que será mejor que me deje entrar."

"Solo dígame lo que quiere."

"No fuera, señora." Esperó.

Sin saber qué hacer, Beth retrocedió. "¿Es usted de la Casa Blanca? ¿Es algo de eso?"

"¿Por qué preguntarías eso?"

"Bueno, trabajo para el presidente Bigelow. Si me necesita, debo irme enseguida."

"No, señora, no tiene nada que ver con la Casa Blanca. ¿Puedo sentarme?"

Beth se acercó a su silla y se sentó en el borde. Le asintió con la cabeza al oficial; él se sentó en el sofá.

"Señora. Terry, se trata de su hija."

Beth jadeó. Su mano voló a su boca. El oficial observó su reacción. Él no dijo nada.

"¿Dónde está?" exclamó Beth.

"¿Por qué lo pregunta?" preguntó el oficial.

Beth se dio cuenta de que había dicho demasiado. "Uh, no, por nada."

El oficial la miró con aire agudo. "Señora Terry, lléveme a la habitación de su hija."

Beth se puso blanca. "¿Qué está haciendo aquí? ¿Qué desea? Exijo una explicación."

El hombre se levantó, "Sra. Terry, me han enviado a ver a su hija. Esta es una investigación oficial. Puede mostrarme a su hija o llevarme a su habitación."

"Ella está durmiendo allí," señaló Beth, "pero no le permito que la despierte. Ha estado muy enferma y no puede ser molestada, órdenes del doctor."

"¿Cómo se llama su médico? Quizá sea mejor que lo llamemos."

"Uh, no recuerdo, no lo tengo a la mano."

"Me gustaría que me lleve a su habitación," dijo.

Beth no podía moverse. El oficial se volvió y caminó por el pasillo. Se quedó frente a la puerta de Annabelle. "Venga aquí y abra la puerta, señora Terry." Beth miró fijamente, inmovilizada. "¡AHORA!" dijo el oficial. Beth se levantó y se acercó a la puerta como un zombi. No podía pensar qué hacer. Estaba de pie frente a la puerta.

"¡Ábrala!"

Beth giró lentamente la perilla y abrió la puerta unos centímetros.

"¡Completa!"

Ella le dio un empujón a la puerta.

"Quédese a un lado."

Beth se apartó. El oficial miró a la habitación. Estaba vacía. No había nadie en la cama.

Se volvió y se colocó frente a Beth, acercándose a ella unos centímetros. "¿Dónde está su hija, señora Terry? ¿Dónde está Annabelle?"

Beth recuperó lo suficiente de sus sentidos para darse cuenta de que no podía decir nada más. Ella se volvió y regresó a la sala de estar y recuperó su silla. Los gruesos pasos del oficial la siguieron. "Voy a repetirle la pregunta, señora Terry. ¿Dónde está su hija, dónde está Annabelle?" Beth lo miró desafiante.

"De acuerdo, ya que no responderá la pregunta, tendrá que venir conmigo."

"¿Estoy bajo arresto?" preguntó Beth.

"No, si viene por su voluntad."

Beth se levantó, fue al armario a buscar su chaqueta y su bolso. El oficial de policía la tomó por el brazo y la acompañó a la patrulla.

* * *

Capítulo 10

Grupo de Trabajo

Se reunieron en Denver, en la oficina del vicealmirante Buck Lee, los seis miembros del grupo de trabajo del tráfico de armas (Buck, Mike, Lars, Bert, Nola y Leroy).

Lee expuso el plan. "Tenemos esta lista de Charles McArthur. Identifica la fuente de todas las armas ilegales recolectadas, recientemente, por el Departamento de Policía de San Francisco y otros departamentos de aplicación de la ley de la Costa Oeste. Podemos agradecerle a Lars por conseguir esa lista para nosotros."

"Luego, Charles tomó la lista y proporcionó una procedencia comprensiva de cada arma con un maravilloso grado de detalle. Muestra el nombre, marca y modelo, fecha y lugar de fabricación, mayorista, distribuidor, punto de venta, dirección, número de teléfono y sitio web. Incluso muestra el precio al por mayor y sugerido al por menor."

"Lars las ha agrupado de acuerdo al punto de venta que manejó cada una. Señala dónde se encontró el arma, qué departamento lo encontró, si estaba conectado con una pandilla, y si se utilizó en la comisión de un crimen."

"Este fue un tremendo esfuerzo por parte de McArthur, considerando que había más de 450 armas y que lo escribió todo a mano. Tenemos una enorme deuda con Charles. Sin embargo, por ahora, Charles insiste en que su nombre sea mantenido en secreto. Está dispuesto a trabajar con nosotros, pero de manera anónima. ¿Todos entienden y están de acuerdo con eso?"

Todos asintieron con la cabeza. "Lo comprendemos perfectamente."

El Almirante Lee continuó: "Además de la lista de Lars, Mike nos proporcionó información similar sobre las armas que se encontraron en la escena del crimen en Nuevo México, donde la agente fronteriza Anne Cory fue asesinada. De particular importancia es el arma que la mató. Charles ha rastreado esa para nosotros, también."

"Hay unas cuarenta y cinco tiendas minoristas de armas que participan en las ventas, todas ellas situadas en o cerca de ciudades fronterizas. Eso equivale a quince tiendas para cada uno de nuestros tres equipos. Nuestro trabajo será investigar las tiendas para determinar todo lo que podamos sobre las ventas, como: ¿quién compró las armas, y si la tienda siguió el procedimiento adecuado? Si es así, ¿quién autorizó la venta, cantidad, números de tarjeta de crédito, identificación, firmas, fecha y hora? Queremos saber cómo estas armas cayeron en manos criminales."

Lee encendió un retroproyector. "Aquí tengo un mapa del territorio cubierto según las tiendas de armas. Pueden ver estas marcas que identifican las ubicaciones de las tiendas. Las he dividido en tres grupos como se ve aquí. Traté de mantenerlas lo más cerca las unas de las otras posible. Tiene sentido que Lars y Nola puedan trabajar en este grupo en la sección occidental, Mike y Leroy se ocupen de este grupo intermedio, y Bert y yo tomemos este grupo oriental," dijo, señalando mientras hablaba. "¿Qué piensan?"

"Tiene sentido", dijo Lars, "Nola y yo podemos manejar eso."

"Leroy y yo estamos bien," dijo Mike.

"Bert," preguntó el Almirante Lee, "¿te importa hacer equipo con un viejo como yo?"

"Bueno, supongo que todo irá bien, si intentas mantenerte en pie," gritó Bert.

"Puedes usar el chiste: Buck y Bert, The Two Bee's," Mike sonrió. Todos rieron.

"¿Qué hay de Bert y Buck, los Buzy Bees?" añadió Leroy.

"¿Dos abejas o no dos abejas?" preguntó Bert, entre los resoplidos.

"Lo que sea con las abejas," replicó Lars, manteniéndose de lado.

Buck gruñó, "¡Ya basta, niños! Cálmense."

"Sí, señor." "Sí, señor." "Sí, señor." "Lo siento, señor, nos dejamos llevar." Borraron sus sonrisas.

"Ahora, volviendo al asunto, ¿nos vamos a permitir tres días para hacer las entrevistas?", preguntó con una cara perfectamente recta.

"Cinco al día puede ser algo agotador, especialmente cuando se considera la distancia que hay que conducir," respondió Lars.

"Creo que cuatro o cinco días, podría ser mejor", dijo Mike. "Eso es suponiendo que los encontremos a todos en el primer intento."

"Eso nunca funciona, como cuestión práctica," observó Lars.

"Tienen razón", dijo Lee.

"Vamos a tomarnos una semana para hacer las entrevistas. Y no lo olviden, pueden aparecer más entrevistas a medida que avancemos."

"Bueno, incluso si no hemos terminado, creo que tenemos que reunirnos en una semana y comparar nuestros resultados. Tengo un presentimiento de que se comenzará a ver una tendencia para entonces, si no antes."

"Buen punto," dijo Bert. "De acuerdo, estamos de acuerdo. Nos reuniremos aquí en una semana. Por favor, no se arriesguen. Si se meten en algún problema, envíen un SOS y todos vendremos corriendo."

*　*　*

"¿Listo?" preguntó Mike.

"Estoy listo," respondió Leroy.

Mike cogió su sombrero y su chaqueta y se dirigió a la puerta. "Conduce tú, Brat. Quiero revisar esta lista y averiguar cuál es la mejor ruta."

Era mediados de la tarde cuando hicieron su primera entrada en una pequeña tienda de armas independiente al norte de Tucson, Arizona.

"¿Puedo ayudarlos?" preguntó el empleado.

"Sí, nos gustaría hablar con quien esté a cargo."

"Ese sería yo," dijo el hombre. "Esta es prácticamente una actividad de un solo hombre. ¿Los oficiales están buscando algo en especial? Tengo una buena selección de armas aquí."

"No, estamos revisando algunas armas particulares que fueron compradas en su tienda, de acuerdo a nuestros registros, hace unas tres semanas. Nos preguntábamos si podrías buscar tus registros de venta y decirnos quién compró esas armas.

"¿Ustedes son de por aquí?" preguntó el dueño.

"No, en realidad somos de Nuevo México. Así que, esta es una visita amistosa. Estamos ayudando en una investigación sobre la fuente de estas armas que fueron confiscadas por la policía en otro estado. Estamos tratando de averiguar cómo llegaron a donde fueron encontradas."

"Bueno, no lo sé. Perdónenme si estoy un poco confundido, pero no entiendo qué hacen unos policías de Nuevo México en Arizona. Miren, tengo una actividad limpia. No tengo nada que esconder, pero no los conozco."

Mike sonrió, "Estoy feliz de escuchar eso. Es bueno ser cauteloso. Déjeme darle una identificación y hablarle un poco más sobre nuestra solicitud. Estaré encantado de responder cualquier pregunta que pueda." Mike sacó su identificación y la abrió. "Soy el Teniente Mike McBride y él es mi compañero, el Sargento Leroy Bratowski, de la policía de Carson City. Este es el asunto: usted puede haber oído hablar del agente de la Patrulla Fronteriza que fue asesinado recientemente."

"Sí, claro que sí. Algo terrible."

"Bueno, yo estaba trabajando en la frontera con ella cuando sucedió. El nombre era Anne Cory. Demasiado joven para morir. Asesinato definitivo. Encontré su cuerpo y fui yo quien disparó y mató al francotirador."

"Oh, Dios mío, déjeme darle la mano, oficial. Él extendió una mano. "Gracias por su servicio."

"Bueno, señor, eso es lo que me involucró en esta investigación. Hay demasiadas armas americanas nuevas apareciendo en las escenas del crimen. Ahora, resulta que la pistola que mató a Anne no fue una que usted haya vendido, pero fue vendida aquí en América. Creemos que tiene que haber una fuga en el sistema en alguna parte, de alguna manera. Por lo tanto, tenemos que empezar con las tiendas de armas que manejan las armas y tratar de averiguar a dónde fueron a partir de ahí."

"Ya veo. Bueno, eso tiene sentido, pero ¿por qué yo?"

"Bueno, algunas armas que vendiste se han encontrado en escenas de crimen en otros lugares. Algunas en California, algunas aquí en Arizona. Si está dispuesto a ayudarnos, puedo mostrarle la lista de armas, y entonces usted puede apuntarnos en la dirección correcta."

"Veamos la lista," dijo el dueño.

"Eso será grandioso. Gracias por ayudarnos," dijo Mike. "Esto es lo que tenemos. Parece que unas diez fueron vendidas en esta misma fecha."

El dueño miró la lista. "Bueno, puedo decirles cuáles eran. No necesito mirar eso. En ese momento pensé que era una cosa divertida, pero ¿quién soy yo para discutir con el Tío Sam?"

"¿De qué estás hablando?"

"La directiva que vino de la ATF, ya sabes, Alcohol, Tabaco, Armas de Fuego y Explosivos. Ellos son los que nos dicen qué hacer," se rió entre dientes. "A veces, hacen algunas cosas locas, pero ese es el gobierno para ti."

"Supongo que tendrá que ayudarme," dijo Mike. "Debo haberme perdido esa directiva."

"Bueno, supongo que no tendrías que haberla visto necesariamente. Tenía que ver con la venta de armas a los "compradores de paja"."

"¿Compradores de paja?" preguntó Mike.

"Es así como los llaman. Los compradores de paja son los individuos que los mafiosos emplean para comprar los armas para ellos. Por lo general son chicos universitarios con un registro limpio que pueden pasar el chequeo de identidad que el gobierno nos obliga a hacerle a cualquier comprador de armas automáticas o múltiples. Podemos localizarlos de inmediato."

"Ya veo," dijo Mike. "Bueno, estoy aprendiendo algo, pero ¿qué tiene eso que ver con la venta de las armas en esta lista?"

"Los vendí a un comprador de paja. Yo sabía que iba a desaparecer de la vista y entregárselos a la mafia, o a una pandilla o un cartel, es decir, a alguien que no podía comprar armas por sí mismo. Al comprador de paja se le paga bien y sigue su camino alegre, con mucho dinero en el bolsillo."

"¿Estás diciendo que vendiste toda esa lista de armas a un tipo?"

"Sí."

"Qué suerte tienes de que no pueda arrestarte," dijo Mike.

"Caray, hombre, no hice nada ilegal. Nuestro maldito gobierno me dijo que lo hiciera."

"¡QUÉ!"

"Como he dicho, la ATF clasificada como X me ordenó hacerlo. Esa era la directiva; he estado tratando de decírtelo. ¡Una locura!"

Mike miró a Leroy que solo negó con la cabeza. "Pero, ¿por qué demonios harían eso?" preguntó Mike al dueño.

"Yo hice la misma pregunta. Les llamé y les pregunté si había habido algún error. No podía creer la directiva. Me aseguraron que era precisa y que debía ejecutarla."

"¿A quien llamaste?"

"Llamé a la oficina de ATF en Phoenix y conversé con el Director. Dijo que era parte de una operación de picadura, o algo así. No tenía sentido para mí, pero quién soy yo para cuestionar. De todos modos, no me iban a decir nada."

"Bueno, señor, muchas gracias por su información. Esto sera muy útil. Antes de que nos vayamos, permítanosobtener el nombre del tipo al que se hizo la venta, de todos modos."

"Claro, con gusto. Aquí está su nombre y dirección."

"Gracias. Un placer conocerte."

"Buena suerte con su investigación. Espero que lo averigüen."*

*   *

Capítulo 11

Allen y Evelyn, Mary Beth y Sammy

La ceremonia casi había terminado. El Capitán Allen "Cap" Baker sostuvo la mano y miró a los ojos de su enfermera favorita, Evelyn Stanley, "Acepto," dijo.

"¿Usted acepta a este hombre como su legítimo esposo?" La clériga continuó con tonos ceremoniales.

Evelyn sonrió, "Acepto."

"Por la autoridad que se me ha conferido, ahora os declaro marido y mujer. Puede besar a la novia."

Cap la tomó en sus brazos.

"Señoras y señores, permítanme presentarles al Capitán y a la señora Baker."

La pequeña reunión informal de conocidos, amigos y familiares, aplaudió y animó. Tomados del brazo, Cap y Evelyn se giraron para saludarlos. Era una tarde de otoño perfecta en la Ciudad de Carson. Puesto que era el segundo matrimonio para la viuda y el viudo, prefirieron una boda modesta, pero significativa, realizada bajo un toldo en el patio trasero de la casa del Cap. Después de estrechar las manos y varios abrazos con sus invitados, la pareja posó para las fotografías instantáneas en frente de un colorido jardín de flores. "Un beso más," gritó Sam Mulholland, con el brazo alrededor de su obviamente embarazada esposa.

"Oh, está bien, solo uno," dijo Cap alegremente, aprovechando la sugerencia. "Eso es todo, no más fotos. Ven conmigo, cariño." Se trasladaron a la mesa del buffet para comenzar a hacer la línea para los refrigerios. Los siguientes en fila eran la hija de Cap, Mary Beth, y su novio, Sammy Monroe, y sus padres.

Mary Beth estaba contenta de ver a su padre tan feliz. A ella también le agradaba Evelyn, y estaba más que dispuesta a compartir el afecto de su padre con su nueva novia.

Mary Beth había estado tan ocupada con Sammy, planeando su campaña de concientización contra las drogas, que no tenía tiempo para darle a su padre la atención que necesitaba. Evelyn había estado llenando esa brecha, liberando así a Mary Beth para que persiguiera sus propios intereses. Además, Evelyn había apoyado la campaña de Mary Beth, después de haber hecho varias sugerencias útiles. También se desempeñaba como asesora profesional en cuestiones médicas.

"Discúlpame un momento," dijo Evelyn. "Necesito hablar con tu hija."

"Oh, está bien," dijo Cap, "pero solo un minuto."

"Ven aquí," dijo Evelyn, haciendo señas a Mary Beth y Sammy, "Hay alguien que quiero que conozcan."

Mary Beth y Sammy se apresuraron, todas las sonrisas ansiosas. "Hola, señora Baker," dijo Sammy, dándole un beso en la mejilla.

"Me gusta como suena eso," dijo Evelyn.

"Acostúmbrese, señora Baker," dijo Sammy con una sonrisa.

"Entonces, ¿quién es esa persona que quieres que conozcamos?" preguntó Mary Beth.

"¿Alguna vez has conocido a Suzanne Mulholland?" preguntó Evelyn.

"No, todavía no," dijo Sammy, "pero me encantaría conocerla." "Su marido y yo somos viejos amigos."

"Bueno, sí, me la he encontrado varias veces," dijo Mary Beth, pero brevemente.

"Bueno, creo que ella podría ayudarlos," dijo Evelyn mientras conducía el camino a través del césped hacia los Mulhollands.

"Hola, señora Baker," dijeron Suzanne y Sam. "Felicidades y nuestros mejores deseos." Sam besó la mejilla de Evelyn. Se volvió hacia Sammy, "Bueno, pero mira quién está aquí, si no es mi viejo amigo Isaac Samuel Monroe. Hola, Sammy y esta es Mary Beth Baker. Saludos," le estrechó la mano. "¿Conocen a mi esposa Suzanne?" Todos intercambiaron saludos.

"Puedo ver que ya se han conocido," dijo Evelyn. "Pero, apuesto a que no sabían que Suzanne es prácticamente una fotógrafa profesional."

"Oh, vamos, Evelyn," protestó Suzanne. "Yo no iría tan lejos."

"Bueno, ¿no es cierto que tú y tu hermana tienen una exposición que se muestra la próxima semana en KXN-TV?" preguntó Evelyn. "Eso suena profesional de acuerdo a mi libro."

Suzanne se ruborizó y asintió con la cabeza, "Más como un aspirante a profesional."

"Bueno, parece que ya está en la demanda, señora Mulholland. Estaba a punto de sugerirle que podría estar interesada en ayudar a mi nueva hijastra, aquí, con su proyecto." Evelyn rodeó a Mary Beth y sonrió.

"Oh, ¿y de qué se trata, Mary Beth?" preguntó Suzanne.

"Uh, bueno, Sammy y yo estamos tratando de educar a los adolescentes sobre los peligros del uso de drogas ilegales, especialmente drogas de violación, cocaína, crack y algunos otros. Hemos diseñado un seminario para llevar a las escuelas e iglesias, pero necesitamos algún tipo de gancho. Sabes, una forma de llegar a estos niños."

Evelyn agregó, "Quizás podrías actuar como asesora para ellos; tal vez hacer algunas sugerencias."

"Bueno," dijo Suzanne, "solo soy la fotógrafa. Mi hermana es el cerebro detrás de la idea; Ella escribió el guión para la exposición. Estoy ansiosa por ver cómo se ve en la televisión. Esperamos grandes resultados, pero ¿quién sabe?"

"Acerca de tu proyecto, Mary Beth: se me ocurre que necesitas ir donde están los niños. Dudo que pasen mucho tiempo viendo noticias de televisión."

Sammy dijo: "La mayoría de los niños pasan de diez a veinte horas a la semana enviando mensajes de texto a sus amigos y viendo YouTube, cero horas viendo las noticias de televisión."

"Bueno, entonces, es a YouTube donde tienen que ir," dijo Suzanne. "Hay varias maneras de empezar..."

"Perdonen," dijeron Sam y Evelyn casi al unísono.

Los dos adolescentes y Suzanne tenían sus cabezas juntas. Apenas se dieron cuenta de que los otros dos se iban.

"Debe ser un video corto en YouTube, no más de dos o tres minutos de duración. Tiene que ser rápido, conciso y algo sensacional. Luego, pueden iniciar a difundir el enlace en la web con correos electrónicos y mensajería instantánea a unos pocos cientos de sus amigos más cercanos, pidiéndoles que lo transmitan. Entonces esperen y vean como se hace viral. ¿Qué piensas?"

"Haces que parezca fácil," dijo Mary Beth. "Pero no lo sé."

"No estoy diciendo que sea completamente fácil. La parte difícil es llegar al gancho. Puede ser algo único, sensacional, divertido, o simplemente algo lindo. Los bebés y los gatitos siempre van bien."

"Hmm, no tenemos bebés ni gatitos," dijo Sammy.

"Muchos chicos han hecho cosas chocantes, ya sabes, golpear a los demás, tener relaciones sexuales, tomar fotos de las niñas desnudas en el baño," dijo Mary Beth.

"No vamos a entrar en eso," dijo Sammy.

"De todas formas, esas cosas han sido exageradas," dijo Suzanne.

"Solo tienes que tener suerte. Déjame pensar..." dijo Suzanne. "¿Qué es algo que a todos los niños les guste hacer?"

"¿Una entrada emocionante?" preguntó Sammy.

"¿Conos de helado?" preguntó Mary Beth.

"¿Animales bebé?" preguntó Suzanne.

"¿El gancho tiene que estar relacionado con el tema? Quiero decir, los animales bebés no tienen ninguna relación con el consumo de drogas, ¿verdad?"

"Buena pregunta," dijo Suzanne, "pero este es el asunto: todo lo que queremos hacer es tenerlos en sintonía. Después de eso hacemos nuestro tono."

"Supongo que eso funcionaría," dijo Mary Beth. "Pero, ¿no sería mejor que tuviera algún sentido o alguna conexión?"

"Sí, eso es verdad. Les diré qué haremos; tengo el sábado libre. ¿Qué dicen si nos reunimos y tomamos un viaje al parque de diversiones y al zoológico de niños?"

"No puede salir mal," dijo Sammy.

"Estoy a favor de eso," dijo Mary Beth.

"Traeré mi cámara y veremos qué podemos hacer, ¿de acuerdo?"

"Está bien," ellos corearon y se tomaron de las manos. "Uno-dos-tres, ¡ARRIBA EQUIPO!"

KXN-TV

En la pantalla, un extravagante collage de las fotos de Suzanne pasaba detrás de la voz de Jay, en medio de textos y gráficos destacados.

"Buenas noches, damas y caballeros, este es su reportero, Jay Hendricks, viniendo a ustedes desde nuestros estudios de televisión KXN en la Ciudad de Carson. Te invitamos a estar atento a nuestro especial explosivo 'Culpable hasta que se demuestre inocente, ¿realmente América es esto?' pero primero, aquí está Amy Winters con los últimos titulares."

Juliette y Suzanne se chocaron las palmas. "Muy bien," dijo Juli. "Eso es todo lo que escucharás del señor de los pantalones elegantes, Jay Hendricks."

"Ni siquiera mostraron su cara," se rió Suzanne.

"Seguro que te encargaste de él," aceptó Mike.

"Bien por ti; tu estrategia funcionó," dijo Sam.

Las dos parejas se sentaron en el nuevo apartamento de Juli en la Ciudad de Carson, pegados al televisor de pantalla plana. Juli había preparado aperitivos saludables para Suzanne, cerveza y patatas fritas para los hombres. Se instalaron para ver la primera exhibición de la exposición de Juli y Suzanne sobre tratamiento del Servicio de Inmigración y Control de Aduanas a los inmigrantes ilegales.

La amenaza de Juli de vender el especial a una estación rival en Albuquerque había logrado forzar una buena oferta, en sus términos, desde la estación de la ciudad natal. Suzanne y Juliette recibieron un subsidio de viaje y acceso a todas las cámaras de alta tecnología y el equipo de edición de la estación.

Mike había ayudado a representar su aprensión de Francisco en el paso fronterizo,[3] usando a un actor profesional para actuar el papel de Francisco. "No puedo esperar a ver a Mike en su debut como actor," rio Sam. "¿Estás pensando en una nueva carrera, Mike?"

"Basta," dijo Mike, "Bebe tu cerveza."

"Piensa, tuve que renunciar a la lucha libre por esto," continuó Sam.

"Shh, quiero ver esta apertura," dijo Suzanne.

La primera toma mostró una fila de ilegales que luchaban por abrirse paso a través de un túnel llevando grandes mochilas. Se cortó a una tomar oscura de Mike derribando a un hombre a punta de pistola, y luego el rostro de Juliette. "Buenas noches, soy Juliette Carolle. Bienvenidos a nuestra exhibición especial de "Culpable hasta que se demuestre inocente, ¿realmente América es esto?" Le sorprenderán las cosas que están sucediendo aquí mismo en este país libre."

"Como estadounidenses todos nos preocupamos, con razón, sobre la seguridad de nuestras fronteras y los supuestos criminales que nos invaden desde el sur. Pero, pocos estadounidenses saben lo que realmente está al otro lado de la historia. Esta noche queremos mostrarles el lado oscuro de la vida en la frontera a través de los ojos de un hombre." La música empezó. La cámara cambió a las tomas de la vida familiar típica en la aldea de Francisco Pissarro de la casa arriba en las montañas de Serranias Azules de Suramérica. Había fotos de niños adorables jugando, riendo y bailando, largas tomas del hermoso paisaje, y escenas idealistas de la vida familiar."

"Francisco Pissarro soñaba con venir a América," continuó Juliette. La cámara siguió a Juli mientras conducía hasta el Centro de Detención de Inmigración, rodeado por una cerca de diez pies, cubierto con alambre de púas y cubierto de maleza. Entró en la puerta, mostró sus credenciales, fue invitada a pasar y escoltada a través de un largo pasillo hueco. Se escuchó su voz, "Estamos aquí en un Centro de Detención de Seguridad Nacional e Inmigración, uno de los

---

[3] Libro Tres, la Serie McBride, pp 273f

varios donde los inmigrantes ilegales son detenidos sin Habeas Corpus, a la espera de ser procesados. Hay más de cinco mil personas en esta instalación, construida para recibir solo a dos mil. Aquí es donde Francisco Pisarro ha estado detenido durante meses sin una audiencia, sin el beneficio de un abogado y sin tener idea de lo que está sucediendo. Me senté con el Sr. Pisarro para tener una entrevista exclusiva. Oirán su aterradora historia en sus propias palabras, justo después de estos mensajes."

Sam y Mike estallaron en aplausos. "¡Maravilloso!" "¡Me gusta!" "¡Maravilloso!" "¡Buen trabajo!"

Las tomas de Suzanne sobre Francisco lo mostraban como un joven muy agradable, fuerte y guapo, capaz de hablar inglés con claridad. "Hola, señor Pisarro. Gracias por permitirnos hablar con usted."

"Oh, por favor, llámeme Francisco, señorita Carolle. Estoy feliz de estar con usted."

"Cuéntanos un poco de ti, Francisco," sugirió Juliette.

"Bueno, he estado esperando aquí para ver qué me sucederá durante algún tiempo. No hay mucho que contar."

"Oh, pero sí lo hay. ¿Cómo llegaste a Estados Unidos?"

"Mi familia me envío para encontrar trabajo, con la esperanza de enviar dinero de vuelta a la aldea. Planeaba trabajar por una temporada y luego regresar para casarme. Nos dijeron que había muchos trabajos esperando para ser llenados."

"¿Y eso era cierto?"

"Casi todo lo que me dijeron fue una mentira. Hay muchos más como yo que fueron robados y golpeados. Algunos murieron de sed o hambre o fueron asesinados en el camino. Fui secuestrado por una pandilla y obligado a llevar sus mercancías ilegales a través de un túnel bajo la frontera a punta de pistola."

"¿Cuánto tiempo te llevó llegar de Sudamérica?"

"Dos meses."

"¿Volverás a casa pronto?"

"Es mi más profundo deseo ir a casa para ver a mi familia y estar con mi novia. Ellos pagarían con gusto mi regreso. Pero dudo que sepan lo que me ha pasado."

"¿Le han prometido la liberación?"

"No lo sé. He estado encerrado en la cárcel, desde hace mucho tiempo, simplemente no lo sé. No puedo salir de aquí ni ponerme en contacto con mi familia. No hay nadie que responda a mis preguntas. A nadie le importa. Está demasiado lleno aquí. Ninguno de los reclusos sabe nada. Nos han olvidado. Tú y Mike han sido mis únicos visitantes, en todo este tiempo. ¿Es esto lo que es América?"

"Espero que no," dijo Juliette como el show cortado a los comerciales.

La siguiente escena era de Juliette tratando de entrevistar a un juez. "Estamos fuera del Palacio de Justicia en El Paso, Texas. Nuestro productor ha estado tratando de obtener una entrevista con un juez de inmigración, durante días, ahora. "Hola, juez Jarcanzo, soy Juliette Carolle de KXN-TV. Nos gustaría hablar con usted." Juliette acercó un micrófono a la cara del hombre y caminó hacia delante de él, mientras él se apresuraba a un automóvil que lo esperaba."

"Estoy ocupado," dijo el juez.

"¿Cuándo escuchará el caso de Francisco Pisarro, juez?"

"¿Pisarro?"

"Sí, Francisco Pisarro. Necesita ser puesto en libertad para poder ir a casa a su propio país."

"No sé nada de ningún caso Pisarro," dijo el juez a toda prisa.

"Está detenido sin fianza bajo sospecha de inmigración ilegal," dijo Juli.

"Tengo cientos, no, miles, de esos casos," respondió el juez al abrir la puerta del automóvil. "Llame a mi oficina el lunes."

"Pero, usted no devuelve mis llamadas," gritó Juli mientras el automóvil se apresuraba.

Juli se giró y habló a la cámara, resumiendo la escena: "Los hechos son: hay más de trescientos mil inmigrantes ilegales en nuestro país, ahora mismo, esperando su primera audiencia. Es cierto, algunos de ellos pueden ser una amenaza, pero ese porcentaje es muy pequeño, no más del 2 al 4 por ciento. El problema es que las autoridades no saben quiénes son, cuántos hay, o dónde están y probablemente no lo sabrán durante meses. Mientras tanto, el resto de ellos no puede hacer nada más que esperar a que la justicia llegue. Volveremos con más información sobre el peligroso viaje de Francisco, así que permanezcan atentos."

El siguiente segmento mostraba a Juliette entrevistando a la novia de Francisco, Consita, mientras ella amorosamente doblaba sus indumentos para la boda. "Volamos a la capital costera de la patria de Francisco y luego tomamos helicópteros hasta la aldea donde creció. Estamos aquí entrevistando a su novia, '¿Son tus vestidos de boda, Consita? Son hermosos.'"

"Sí, los estoy guardando, por ahora. No sé cuándo vaya a usarlos." Ella las acariciaba con cariño.

"¿Qué le pasó a tu futuro esposo, Francisco Pisarro?"

"Bueno, se fue a trabajar a Estados Unidos. Nos dijeron que volvería en seis a ocho meses; Pero no hemos sabido más nada de él."

"¿No hay llamadas telefónicas, ni cartas?"

"No," ella negó con la cabeza y se mordió el labio. La cámara se acercó a una lágrima fresca. Consita se secó los ojos. "Me preocupa que le haya pasado algo horrible."

"¿Y si te dijera que lo he visto en los últimos días?"

"¿Qué?" exclamó Consita. "¿Lo viste con vida? ¿De verdad?"

"Sí, lo he visto, pero está en un centro de detención en América."

"¿En prisión?"

"Bueno, no, realmente no es una prisión, pero no puede irse hasta que un juez lo libere."

"Oh, ¿y cuándo será eso? Tengo que estar preparada." Consita estaba envuelta en sonrisas.

"No lo sabemos. Lo siento."

"Oh," su rostro cayó.

"¿Pueden simplemente retenerlo allí?"

"Sí, parece que sí. Pero, te lo prometo, haré lo que pueda para intentar apurar las cosas."

"¿Qué puedes hacer?" preguntó Consita.

La escena se desvaneció. "En nuestro siguiente segmento volamos a Washington D.C. para entrevistar a los senadores Weed y Simpson, y al congresista Wyatt. Permanezcan en sintonía para ver qué se está haciendo respecto a este problema." Cortes comerciales.

En la siguiente escena, Juliette está caminando por un pasillo en el edificio de oficinas del Senado, en Washington D.C. con un hombre de aspecto importante, llevando un maletín y seguido por su séquito. "Senador Weed," comenzó Juliette, "¡queremos que le diga a nuestros espectadores en casa lo que está haciendo para acelerar el procesamiento de los inmigrantes ilegales de regreso a sus países de origen!"

"Bueno, Juliette, agradezco la oportunidad de saludar a tus espectadores." Se aclaró la garganta con tono untuoso. "Como ustedes saben, soy el presidente de la importante Comisión del Senado de Inmigración y Naturalización. He introducido una legislación diseñada para reforzar nuestros activos en la frontera con México. Lo que tenemos que hacer es evitar que estas personas vengan aquí en primer lugar. Necesitamos asegurar nuestras fronteras; y entonces el problema de la inmigración ilegal desaparecerá."

"Eso lo comprendo, señor; ¿y qué piensa hacer con los que ya están aquí, esperando sus audiencias en la corte?"

"Me alegro de que lo haya preguntado, señorita Carolle. Verá, nuestros tribunales ya están sobrecargados con la inundación de casos. Por qué, solo el costo de albergar a estas personas es de más de cinco mil millones de dólares al año. Está arruinando nuestro sistema. Solo una pregunta más, por favor, y luego necesito volver a una votación en la sala."

"¿Has oído hablar de Francisco Pisarro?"

"No, no creo que haya tenido el placer," dijo el Senador Weed.

"El Sr. Pisarro ha visto sus derechos completamente eliminados. Ha estado recluido en una prisión superpoblada de Estados Unidos durante meses sin una audiencia de fianza."

"Eso demuestra mi punto. Estas personas han violado la ley, imponiendo una carga indebida a nuestras prisiones y tribunales. No pueden venir aquí esperando recibir los mismos derechos que los ciudadanos estadounidenses."

"Gracias, Senador Weed," dijo Juliette.

"Cuando quiera. Disculpe, señorita Carolle," dijo el Senador mientras se dirigía a su despacho.

"Acaban de escuchar al senador Rush Weed, senador sénior de Nuevo México y presidente de la Comisión del Senado de Inmigración y Naturalización hablando sobre el tema de la inmigración ilegal en los Estados Unidos y la carga que representa para el sistema. Manténganse en sintonía a nuestra entrevista exclusiva con su homólogo del partido de oposición, justo después de este descanso."

"Dios mío, Juliette, esto es algo poderoso," dijo Mike.

"Gracias, Mike. Estoy impresionada, también, y eso que escribí el guión. "

Juliette está sentada en una cómoda silla en una oficina, frente a una mujer. "Estamos aquí en la oficina de Madeleine Simpson, la senadora junior de Nuevo México. Hola, Senadora Simpson. Gracias por permitirle a KXN unos minutos de su tiempo."

"Hola, señorita Carolle. Gracias por invitarme."

"Hemos entrevistado al Senador Weed antes. Hizo algunas observaciones sobre los problemas de inmigración en nuestro país. Me gustaría reproducir un clip de eso y obtener sus comentarios." Juliette repite el segmento

"Senadora Simpson, ha escuchado las observaciones del Senador Weed. ¿Tiene algún comentario?" preguntó Juliette.

"Con todo el debido respeto hacia mi colega, me temo que no puedo estar de acuerdo con todo lo que dijo. Entiendo perfectamente nuestra necesidad de mantener las fronteras seguras; sin embargo, no puedo ignorar nuestra obligación para con la gente que viene aquí en busca de trabajo.

Soy abogado, como usted sabe. En toda la ley estatal, existe una cláusula de "una molestia atractiva". Por ejemplo, si usted, como dueño de casa, instala una piscina sin una cerca y un niño se ahoga en su piscina, la ley dice que usted es responsable. Usted ha puesto la piscina sin la protección adecuada alrededor de ella, por lo que es una molestia atractiva."

"Lo mismo podría decirse de los Estados Unidos. Si tenemos trabajos atractivos, escuelas atractivas y beneficios, si no ponemos una cerca impenetrable, si la gente se atrae a través de esa valla, entonces, somos responsables."

"Pero, las personas que vienen son adultos. ¿Eso no los hace responsables también?" preguntó Juliette, jugando al defensor del diablo.

"Es el otro lado de la discusión," respondió la senadora. "Si hemos hecho todo lo posible para informarles, deben compartir la responsabilidad; pero eso no nos exime de toda responsabilidad legal."

"Otra pregunta, si puedo," dijo Juliette.

La Senadora Simpson asintió, como si tuviera todo el tiempo del mundo.

"En América un ciudadano no puede ser encarcelado, por más de unas horas, sin ser acusado de un crimen. Francisco Pisarro, y miles de otros como él se encuentran recluidos sin cargos y sin reparación de agravios durante semanas y meses. El Senador Weed parece decir que los presuntos ilegales no tienen los mismos derechos que los ciudadanos. ¿Qué dices ante eso?"

"Estoy horrorizada y avergonzada por la injusta manera en que nuestro país está tratando a nuestros huéspedes. Por supuesto, pueden no tener los mismos derechos que los ciudadanos; pero, imagínense si sucediera lo contrario. Supongamos que un ciudadano estadounidense fuese detenido en uno de sus países, acusado de ningún delito y sospechoso de estar allí sin los papeles adecuados. ¿No estarían nuestros medios en armas? ¿No se usarían todos los recursos diplomáticos del país? ¿No lo llamaríamos un ultraje?"

"El Senador Weed señaló que nuestro sistema de justicia está abrumado. ¿Qué responde a eso?"

"También dijo que cuesta cinco mil millones de dólares al año albergar a esa acumulación de personas esperando una audiencia. Tal vez ese dinero podría gastarse mejor en mejorar y acelerar el sistema de justicia."

"Gracias, Senadora Simpson," dijo Juliette. El programa pasó a comerciales. Mike cogió el mando a distancia y cortó el sonido.

"¡Bravo!" dijo Mike. "¿Qué más se puede decir, Juli?"

"Oh, hay más. Espera. ¿Más cerveza? ¿Y tú, Suzanne? ¿Puedo traerte algo? ¿Limonada, soda?"

"Perdonen," dijo Suzanne, levantándose. "Tengo que correr por el pasillo antes de tomar algo más."

Mike le ofreció a Juli su botella vacía. "Voy a cambiar a cola, Cariño." Restauró el sonido.

En el séptimo segmento, Juli está de pie en una sala de comisión vacía, a excepción de un hombre que está sentado detrás del lugar del presidente. La cámara comienza con un largo tiro de la sala, y luego se hunde en la placa de identificación del presidente, el Representante John Wyatt. "Estamos en la sala de audiencias de la Comisión de la Cámara para la reforma migratoria. Buenas tardes, Representante Wyatt."

"Buenas tardes, señorita Carolle."

"Usted acaba de terminar una audiencia sobre el estado de la inmigración que viene a este país. ¿Cuáles son sus descubrimientos?"

Wyatt hinchó el pecho y miró directamente a la cámara: "Nuestro país fue construido por inmigrantes, señorita Carolle. De hecho, la mayoría de nosotros somos descendientes de inmigrantes de una forma u otra. Estoy orgulloso del hecho de que mi abuelo vino aquí cuando era joven e hizo su fortuna con trabajo duro e imaginación. América es la tierra de la oportunidad. Personas ambiciosas de todo el mundo desean venir aquí."

"Por supuesto," Juliette estuvo de acuerdo, "Por favor, cuéntele a nuestros oyentes un poco más sobre lo que ha descubierto en estas audiencias."

"La situación está irremediablemente enredada. El departamento de inmigración es anticuado y necesita desesperadamente una reforma. La gente envejece esperando que sus aplicaciones sean procesadas. La administración está saturada de funcionarios de carrera que esperan su tiempo para llegar a una rica jubilación a expensas del contribuyente."

"Mi comisión ha aprobado un proyecto de ley integral para corregir este lío y una vez más abrir la puerta dorada tan bellamente simbolizada en nuestra Estatua de la Libertad. El proyecto de ley aprobado por una abrumadora mayoría bipartidista en la Cámara, pero se ha atascado en el Senado. El líder de la mayoría del Senado se niega a llevarlo a discusión. Es por eso que nuestro partido está trabajando sin descanso para derrocar a los senadores de larga data que sistemáticamente bloquean el progreso."

La cámara se centró en Juliette. "Gracias, representante Wyatt. En nuestro siguiente segmento, hablaremos con el gobernador de nuestro gran estado de Nuevo México. Manténganse en sintonía."

El octavo segmento comienza con una toma del edificio del Capitolio de Santa Fe. Juli entra en el edificio y procede a través de una puerta identificada con "Gobernadora Alicia Holbrook". Juliette da la mano a la gobernadora. Su voz fuera de pantalla anunció el arreglo mientras ella tomaba asiento.

"Gobernadora Holbrook, KXN-TV agradece que se haya tomado algunos minutos de su valioso tiempo para ponernos al día sobre el estado de los centros de detención de inmigración en nuestro estado."

"Bueno, Juli, hay un increíble número de diez diferentes centros de detención, como sitio de reclusión de inmigrantes ilegales en el Estado de Nuevo México. Cada una de esas casas tiene más de cinco mil personas. El costo es de aproximadamente veinte mil dólares al año para albergar, alimentar y cuidar a cada persona."

"Ya veo," dijo Juliette, "y supongo que el gobierno federal reembolsa al Estado por ese gasto."

Holbrook sonrió con ironía. "Ojalá lo hiciera, Juli. La verdad es que los federales pagan solo una pequeña parte de ese gasto. El resto recae en el estado. Es solo uno más de esos mandatos federales no financiados."

"Entonces, dígame, gobernador, ¿por qué el sistema judicial no acelera el procesamiento de estos casos?"

"El problema es este: nuestro estado no tiene control sobre el sistema federal de justicia. Como todo lo demás, Washington comprime el presupuesto de su sistema judicial. No hay suficientes jueces y tribunales federales para comenzar a ponerse al día con el abrumador número de casos, no hay suficiente dinero para proporcionar abogados defensores para las hordas de inmigrantes detenidos, y así sucesivamente. Cuando se trata de la administración federal, la mano derecha no sabe lo que la mano izquierda está haciendo y la rueda chirriante obtiene el aceite. Créame, esos pobres inmigrantes no tienen un lobby en Washington."

"En respuesta al clamor de los ciudadanos, los federales contratan cada vez más agentes en la frontera para atrapar a más migrantes, ponerlos en detención y olvidarlos. Los casos se acumulan y el Estado de Nuevo México paga la cuenta."

La cámara pasó a Juliette fuera del edificio del Capitolio. "Estén atentos al último segmento de nuestra entrevista con Francisco Pisarro."

El segmento 9 regresó con Juli, dentro del centro de detención.

"Díganos, señor Pisarro, ¿qué ha estado haciendo usted para pasar el tiempo, aquí en América?"

"Bueno, he estado estudiando la historia de los Estados Unidos. Es fascinante. Espero algún día viajar a algunos de los famosos sitios históricos donde lucharon la Guerra de Independencia y la Guerra Civil."

"Ah, así que eres un aficionado a la historia."

"También me gusta escribir. He llenado varios diarios con la historia de mi desgarrador viaje a América."

"Oh, ¿te gustaría compartir un poco de eso conmigo?"

Tras esa invitación, Francisco leyó un poco de su diario, la historia de cuando su autobús fue tomado por bandidos.[4]

"¡Qué historia tan increíble!" comentó Juli. "¿Piensas publicar tus memorias?"

Francisco suspiró, "¿Cree que saldré de aquí, señorita Carolle?"

El segmento final fue un panel de ciudadanos y presentadores de talk show, moderados por Juliette. La discusión presentaba puntos de vista diferentes sobre el problema y se encendía de vez en cuando. Juliette terminó el programa invitando a los espectadores a compartir sus opiniones enviando un correo electrónico a JCarolle@KXNTV.com. La estación pasó a una larga serie de comerciales de los patrocinadores del programa.

"Bueno, Juliette y Suzanne, botaron la bola del campo," dijo Mike.

"¡En efecto!" añadió Sam.

Las dos hermanas se pararon y se abrazaron con palmadas en la espalda, saltando de alegría. "¡Lo hicimos!" dijeron en coro.

Inmediatamente el teléfono empezó a sonar. Las hermanas Carolle tuvieron un golpe de éxito en sus manos. Afortunadamente todavía tenían los derechos, porque estaba a punto de ser recogidos por la red. Las estaciones locales de Nuevo México, llamaron para pedirles entrevistas y reescribieron apresuradamente sus noticieros. Para el segundo día, todos los departamentos de noticias del estado de la frontera estaban reproduciendo fragmentos del programa. Al final de la semana, las principales páginas editoriales publicaban columnas y los programas de entrevistas clamaban por entrevistas.

*   *   *

---

[4] Ver Libro Tres, "El Inmigrante y la Moneda Dorada" pp. 172-177

Capítulo 12

Washington D.C.

Beth Terry se dejó caer en el borde de su catre intentando evitar el ruido. Día y noche, no se detenía nunca. Los olores del olor corporal y la orina se mezclaban con los sonidos de los presos golpeando en las barras de sus celdas, la gente gritando, maldiciendo, discutiendo, llorando y sollozando. El borde duro de su catre se clavó en la parte de atrás de sus piernas; ella se colocó en otra posición, no mejor, simplemente diferente. El sonido de los pasos del guardia resonó en el pasillo y se detuvo frente a su celda. Ella levantó la mirada, cuando el guardia introdujo una llave en la cerradura de su celda. Le hizo un gesto a Beth.

"Terry, tienes un visitante."

"¿Quién es?" preguntó Beth.

Se limitó a encogerse de hombros y se dirigió por el pasillo. Beth lo siguió, alisando su cabello y su uniforme de prisión.

"Señora Terry, soy Bart Witherspoon, su abogado," dijo un hombre más joven vestido con un traje negro, una camisa blanca y una corbata conservadora. Levantó un pesado maletín y lo puso sobre la mesa entre ellos. Tomó una silla, se sentó y la miró para tratar de ver cómo estaba.

"No creo que te conozca," dijo Beth.

"Probablemente no," dijo Witherspoon. "La Casa Blanca me envió."

"¿De verdad?"

"¿Eso la sorprende?"

"Nada podría sorprenderme más," dijo Beth. "No se ofenda, pero ¿puedo ver su identificación?"

El señor Witherspoon sacó su billetera. "Aquí está mi licencia de conducir."

"No, me refiero a su título y su licencia de abogado."

"No tengo eso conmigo, pero... déjeme ver..." Buscó entre su maletín y sacó una carta de la Casa Blanca.

"Sí, esa es nuestra papelería," dijo Beth, mientras examinaba la firma con cuidado. El Presidente Gerard Bigelow la había firmado personalmente. Reconocería su firma en cualquier lugar. El problema era que ahora sabía cómo obtener esa firma. *¿Gerard podría haberla firmado sin saber? Lo dudo. ¿En quién más podría confiar sino en mí? Tendré que aceptar a este sujeto como válido, supongo.*

Witherspoon sacó un teléfono celular y seleccionó un número. "Witherspoon, aquí. Ponme con el Presidente."

Después de unos minutos, Bigelow entró en la línea. "¿Bart?"

"Sí."

"Bart, estoy en el Air Force One con el Primer Ministro. Estoy ocupado. ¿Qué pasa?"

"Estoy aquí con la señora Terry. ¿Puedes decirle que soy real?"

"Ponla en línea."

"H-hola, Sr. Presidente. Habla Beth Terry."

"Oh, Dios mío, Beth, ¿qué ha pasado? ¿Estás bien?"

"He sido arrestada, señor, por sospecha de algo. No sé qué."

"Bueno, Beth, ese hombre, Witherspoon, te va a sacar de allí. ¿Entiendes?"

"Gracias Señor."

Clic.

Beth devolvió el teléfono. "Conozco a muy pocas personas que pueden llegar hasta él, especialmente cuando está en el aire."

"Parece que es muy importante para el Presidente, señora Terry, así que vamos a hablar del asunto. Necesito que me lo cuente todo."

"Primero, dígame algunas cosas, ¿por qué estoy aquí?"

"Bueno, en este momento te están imponiendo una acusación temporal de mentirle a un oficial de policía, pero eso desaparecerá tan pronto como te acusen. Hay una ley relativamente nueva. ¿Alguna vez has oído hablar de la ley de Cayley?"

"He oído hablar de Cayley. Fue esa niña que fue asesinada. Su madre fue juzgada y absuelta de todas las acusaciones, excepto mentir a un oficial de policía."

"Esa es Cayley exactamente. Bueno, desde entonces, varios estados y el Distrito de Columbia han aprobado una ley que hace que sea un delito grave para un padre o guardián no informar de la desaparición de un niño durante treinta días o más. Creo que serás la primera persona acusada bajo esa ley."

Beth jadeó horrorizada y se cubrió la boca.

"¿Dónde está Annabelle, señora Terry?" inquirió Witherspoon.

Beth parecía afligida. Ella no dijo nada. Bart esperó un minuto entero.

"Bueno, señora Terry," dijo, cerrando el maletín, "la representaré en su audiencia, pero no puedo defenderla cuando no sepa nada. Deme una razón para declararla inocente."

"Sr. Witherspoon, si mi hija está desaparecida, y si ha estado desaparecida durante treinta días, entonces, obviamente, soy culpable. Mi única defensa será que no ha estado desaparecida durante treinta días. Que intenten demostrar que lo ha estado."

"Ella ha estado desaparecida de la escuela. Nadie la ha visto."

"Tal vez, pero eso no significa que no estuviera en casa en ese todo ese tiempo."

"De acuerdo con la oficina de la escuela, usted no la denunció como enferma."

"Tal vez perdieron el memorándum de mi llamada."

"De acuerdo con el director, usted mintió al decir que su hija estaba enferma."

"Yo lo niego."

"De acuerdo con el oficial de policía, usted le mintió."

"Eso es falso. Tenía derecho a guardar silencio y lo hice." "Conozco mis derechos. ¿Puede probar que he dicho algo?"

"¿Entonces, afirma que su hija estaba enferma?"

"Guardo silencio sobre ese punto."

"Pero, ¿no le dijo al director que su hija tenía varicela?"

"No estoy admitiendo eso, pero, si le hubiese dicho cualquier tipo de mentira, eso todavía no constituiría mentir a un oficial. Los padres dicen mentiras a las escuelas, a sus hijos, todo el tiempo."

"Veo que es muy inteligente, señora Terry."

"Soy la secretaria personal del presidente. No he mantenido esa posición siendo estúpida, señor Witherspoon."

"Bueno, señora Terry, creo que me ha dado una línea de defensa." Se levantó para marcharse. "La veré en la comparecencia. Mientras tanto, aquí está mi tarjeta. Buen día, señora Terry." se giró sobre su talón y se fue.

Reunión en Denver

Había pasado una semana desde su última reunión. El grupo de trabajo sobre el tráfico de armas se reunió para comparar notas.

El Vice Almirante Buck Lee comenzó, "De lo que tengo reunido, podemos sacar algunas conclusiones interesantes. Supongo que empiezas tú, Mike."

"Bueno, Leroy y yo logramos ir a diez de nuestras quince paradas. Todas nos dieron el nombre y la descripción del cliente que había comprado las armas."

"¿Dijiste cliente, no clientes?" preguntó el Almirante Lee.

"Sí, en todos los casos fue un cliente el que compró todas las armas, todas a la vez, de las que habíamos incluido en la lista de cada tienda. Nos damos cuenta de que va en contra del procedimiento, por supuesto; así que, cuando preguntamos al respecto, todos afirmaron que fueron instruidos a hacerlo por la ATF. Varios de ellos expresaron una reacción a la directiva, desde la estupidez del gobierno hasta la incredulidad y la indignación. Al menos un tercio de ellos llamó a la oficina de la ATF para verificar la directiva, antes de llevarla a cabo. Descubrieron que era exacta, pero no se les dio otra explicación razonable que la de Washington, y podría ser una especie de aguijón."

"Eso concuerda con lo que descubrimos, también, Mike," dijo el Comandante Bert Nelson de la Patrulla Fronteriza.

Lee miró a Lars y a Nola. "¿Cómo les fue a ustedes dos?"

"Fuimos a todas las tiendas de armas que se nos asignaron, ya que no estaban muy separadas," dijo Lars. "No siempre fuimos capaces de encontrar a la persona a cargo. De los que pudimos entrevistar, todos parecen haber recibido la misma directiva. Puedo decirles que algunos de ellos estaban muy alterados y tenían algunas palabras que decir sobre la administración. Sabían del asesinato de Anne Cory. Varios de ellos insistieron: "Somos personas honestas de negocios. No estamos poniendo armas en manos de criminales."

Nola añadió, "Algunos de ellos acusaron a la administración de vender deliberadamente a los criminales para despertar la opinión pública contra las armas, para poder quitarle las armas a los ciudadanos honestos. En un par de tiendas, pedimos ver una copia de la directiva. Aquí tengo una fotocopia." se la entregó a Buck Lee.

"¿Todos vieron esto?" preguntó Lee.

"Me gustaría una copia," dijo Bert.

Buck se acercó a la fotocopiadora. "Entonces, ¿a dónde vamos desde aquí?" preguntó.

"No creo que sea necesario visitar al resto de las tiendas de armas. Dijimos desde el principio que empezaríamos por el fondo. Bueno, es hora de subir," dijo Lars.

Buck repartió las copias. "Ok, vamos a hacer que tres de nosotros llamen al Director de la ATF en nuestro estado y averigüen quién autorizó esta directiva. Voy a encargarme de Colorado, Bert, tú puedes ocuparte de Nuevo México, y Nola puede encargarse de California. Nos reuniremos en esta sala en, digamos, quince minutos."

    *   *   *

Quince minutos más tarde, de vuelta en la sala de conferencias, "Entonces, ¿quién quiere empezar?" preguntó Buck.

"Puedo decirte, mi tipo me lo dijo todo," dijo Lars.

"El mío también," convino Bert.

"El mío dijo que lo había hecho subir y bajar más de una vez el asta de la bandera en la jefatura, y que había sido completamente acorralado," dijo Buck.

"Nadie sabe quién autorizó la directiva. Todo el mundo lo niega."

"El mío dijo que era la idea más estúpida desde las grabadoras de ocho pistas."

"Bueno, parece que hemos revuelto el avispero," dijo Mike.

"A falta de una mejor idea, creo que deberíamos llamar a Charles McArthur y ponerlo al día," dijo el Almirante Lee. "Quizá tenga algo que decir."

"Suena bien," dijo Lars.

Lee colocó un teléfono en la mesa y lo puso en modo de altavoz.

"Hola," dijo Charles.

"Hola amigo. Te hablo desde el grupo de trabajo para ponerte al día. Los seis estamos sentados aquí en mi oficina. Te tengo en altavoz."

"Estoy ansioso por escuchar sus hallazgos, pero tengo que preguntar, ¿este es tu teléfono seguro?"

"Absolutamente seguro, pero igual tendremos cuidado. No hay nombres ni palabras de alerta."

"Entendido," dijo Charles.

"Nos dividimos en equipos de dos y pasamos la semana pasada haciendo visitas de campo. Descubrimos lo que ocurrió en el nivel inferior. Es hora de seguir adelante, en la cadena, y ver a dónde lleva."

"Buen trabajo," dijo Charles.

"Por extraño que parezca, hubo una orden desde lo alto. Tenemos una fotocopia de la misma. Todos con los que hablamos dijeron lo mismo. Las mercancías se vendieron como parte de una operación planificada. Sabemos que se dieron órdenes claras. El problema es que no hemos encontrado la fuente de esas órdenes, excepto que vinieron desde tu organización."

"Ya veo," dijo Charles.

"Dimos un paso y llamamos a las oficinas de campo en tres estados. Todos dijeron que la orden venía desde arriba y que simplemente la pasaban."

"Mm," dijo Charles.

"Entonces, ¿qué piensas?" preguntó Lee.

"Creo que has hecho un trabajo espléndido. Además, creo que es hora de sacar la artillería pesada. Has hecho todo lo que has podido. Y hablando de armas, ¿has oído hablar de la masacre de Los Ángeles?"

"No, no supimos nada."

"Está apareciendo en las noticias, justo ahora. Están diciendo que es otro asunto más de la guerra de carteles en el sur de L.A. ¡Oh, Dios mío, mira esas fotos! Cuerpos por todas partes. ¡Mira la sangre! Oh, la policía acaba de ordenar al camarógrafo que retroceda. Demasiado sangriento para mostrar en la televisión."

"Chicos, tengo que decirlo, hemos estado viendo estas guerras de carteles, estallando por todo el oeste. Se está volviendo tan común que la mitad de las veces ni siquiera aparece en las noticias. Creemos que ha habido una escalada en las últimas dos semanas. Algunas de las tácticas de los carteles mexicanos están apareciendo."

"¿Qué quieres decir con táctica?"

"Por las tácticas del cartel mexicano, me refiero a las mutilaciones de los cuerpos, las decapitaciones, las torturas, las heridas de cuchillo y las exhibiciones."

"Wow, te oigo," dijo Lee. "No tenía ni idea de que estaba poniéndose tan mal."

"Bueno," respondió Charles, "creo que lo peor aún se mantiene fuera del alcance del público."

"Gracias a Dios," dijo Nola.

"Entonces, ¿qué se está haciendo para detenerlo?"

"No puedo decirlo. Parece haber algo de parálisis. Es nuevo en los Estados Unidos. Somos expertos en la lucha contra las guerras extranjeras. Ahora que está en nuestro suelo, no sabemos qué hacer. Es un caos," dijo Charles.

"De acuerdo, amigo, debes mantenerte en calma, pero haznos saber si tienes alguna explicación de las órdenes extrañas. Mientras tanto, pondremos nuestras cabezas juntas, aquí, y veremos si podemos llegar a un plan."

"Cuídate," dijo Charles.

"Igualmente."

Buck Lee apagó el teléfono y miró las caras a la mesa. "Es hora de sacar la artillería pesada. Tengo una idea de quién podría ser. ¿Alguna sugerencia de la mesa?"

"Si la directiva vino de alguien de alto rango en la administración, necesitamos involucrar a alguien de una rama diferente del gobierno, ya sea a los tribunales o al Congreso," dijo Lars.

"Realmente no tenemos un caso judicial," dijo Bert.

"¿Y la Gobernadora Holbrook?" preguntó Nola.

"Eso podría funcionar; o podría ser un senador o alguien alto en la jerarquía de la Cámara," dijo Nola.

"La Senadora Simpson estaría bien, pero ¿ella preside alguna Comisión?" preguntó Mike.

"Sí, eso creo. Pero no una de las comisiones importantes."

"Yo diría que alguna de las dos," dijo Leroy. "La diferencia sería en la cantidad de poder que la persona tenga."

"No hay duda de que la senadora podría tener un mayor margen para investigar. Ella puede celebrar audiencias, llamar testigos, expedientes de citación, exigir respuestas, mientras que la Gobernadora cuenta con la Policía Estatal, la Guardia Nacional y la persuasión. Ambas tienen la actitud correcta," dijo Bert.

"Escucho un consenso para la Senadora Simpson. ¿Cierto?", dijo el Almirante Lee. Asiente con la cabeza, sí. "Estamos de acuerdo, entonces, vamos a llamar a la Senadora Simpson. Mañana saldré a Washington."

"Gracias por su servicio, señoras y señores. Lo tomaré a partir de aquí," dijo el Almirante Lee. "Sin embargo, me reservo la opción de llamarlos en el futuro." Lee se plantó en el lugar, señalando que la reunión había terminado.

* * *

Capítulo 13

Recaída

"Leroy, cariño, ¿te importaría sacar la basura por mí?" preguntó Doreen.

"Con gusto," dijo Leroy, mientras le daba un apretón feliz. Abrió el cajón de la basura y sacó la bolsa. "Hay mucho espacio aquí," dijo Leroy. "También vaciaré tus papeleras." se dirigió hacia el pasillo."

"Gracias, cariño," respondió ella.

Volviendo a la cocina, Leroy recogió la papelera de reciclaje. "Podría ocuparme de esto también," dijo.

"Oh no. No, no te molestes con eso," dijo Doreen.

"Ya lo tengo," dijo Leroy. "No hay problema."

"Por favor, déjalo afuera en el garaje. Lo clasificaré más tarde," le dijo. Doreen lo observó salir, y luego, sin pensarlo, rápidamente se metió en un armario alto detrás de otras cosas por un quinto de Vodka. Se sirvió dos tragos, volvió a poner la botella en su lugar, y volvió a su tarea de limpiar los platos y cargar el lavavajillas.

Leroy llevó las dos bolsas por el garaje hasta el contenedor de basura. Comenzó a clasificar las cosas de reciclaje en contenedores separados para botellas de vidrio, envases de plástico, cartón, revistas, correo basura, papel y latas. Leroy ya lo había hecho antes.

Habían disfrutado de una deliciosa cena a la luz de las velas, riendo, contando chistes y hablando sobre sus días. Se lo pasaron muy bien, aunque Doreen parecía tener problemas para formular ciertas palabras y hablaba un poco más lento que de costumbre. Leroy se preguntó acerca de eso, pero supuso que se trataba de la fatiga. Cuando empezaron a hablar de un problema técnico relacionado con las computadoras, Leroy tuvo que explicarlo varias veces. Ella no podía entenderlo en su cabeza. Él pensó *simplemente está algo distraída esta noche.* Pero aún así, no parecía la misma Doreen, realmente no. Les gustaba cocinar juntos, pero esa noche Doreen parecía torpe en la cocina. Se movía con cuidado y se tropezaba con las cosas mientras caminaba. *Doreen ha tenido un mal día,* pensó él.

Afuera en el callejón tenuemente iluminado, ordenando las cosas de reciclaje, Leroy tomó uno de los últimos objetos. Miró fijamente la botella de cristal en su mano con incredulidad. "Oh no," chilló. "¡Doreen, no!" Estaba sosteniendo un botella de quinto de Vodka. Se quitó la gorra y olfateó. Había un poco dejado en el fondo de la botella. Leroy lo probó. ¡Vodka! El corazón de Leroy se hundió. Se quedó allí un minuto, temiendo lo peor, repasando las posibilidades. *¿Podría ser una vieja botella que estaba tirando?* Leroy notó la etiqueta, 12,99$. Eso no le decía mucho.

Casi en cámara lenta, Leroy terminó de clasificar las cosas de reciclaje. Encontró otras tres botellas vacías de vodka. *Oh Dios, Doreen, te estás matando tú misma de nuevo.* Leroy se hundió. Le dolía el corazón. Sintiéndose como un espía, abrió la bolsa de basura y ordenó las cosas hasta que encontró un recibo de venta en un supermercado. Lo guardó, retiró la bolsa de basura y la tiró al cubo de la basura. *¿Qué debería hacer?... Bueno, no tiene sentido fingir.* Leroy tomó una de las botellas y volvió a la casa.

Doreen estaba sentada en la mesa de la cocina. Se sirvieron dos tazas de café y postre. Ella levantó la vista y sonrió cuando entró. "Hola," dijo. "El postre está listo."

Leroy no dijo nada. Se plantó frente a ella y le mostró la botella de Vodka.

"Oh, encontraste la botella vacía en el material de reciclaje. No quería que la vieras. Sabía que estarías decepcionado, pero no era nada, Leroy. Estaba limpiando los armarios y encontré esa botella vieja," ella rió nerviosamente y esperó.

"De verdad," dijo de nuevo, "es una botella vieja que encontré."

Leroy continuó mirándola fijamente. "No me mientas, Doreen."

"Nunca te mentiría, cariño. Honestamente, no he vuelto a beber, si eso es lo que piensas."

"No te creo," dijo Leroy.

Doreen se enojó. Alzando la voz, dijo, "Leroy, eso es injusto. ¿Cómo puedes decir eso? Es verdad. ¡Te lo digo, no he vuelto a beber! ¡Odio cuando me acusas de estar bebiendo!"

109

"¿Me juras que no has vuelto a beber?"

Doreen se levantó de su silla. Con un tono de voz, dijo, "Juro que no he vuelto a beber, lo juró por mi corazón y por mi vida." Ella trató de abrazarlo y darle un beso.

Leroy podía sentir el olor a licor en su aliento. La alejó de sus brazos. "¿Dónde está la botella, Doreen?" preguntó.

Ella dio un paso atrás, "No hay ninguna botella."

Leroy comenzó a abrir armarios mientras Doreen observaba. Leroy no se detuvo. Buscó en todos los armarios. Un policía sabe cómo buscar. Cuando encontró la botella, la sacó y se volvió hacia ella. "¿Y bien?"

"Oh, Dios mío, encontraste otra," se apresuró a explicar. "Ni siquiera sabía que estaba allí."

Leroy abrió silenciosamente la botella y la vertió por el desagüe. La etiqueta de precio marcaba 12,99$. Lanzó la botella vacía en el reciclaje. Mirándola directamente, sacó la factura de la tienda de comestibles de su bolsillo. "Es curioso," dijo, "me di cuenta de este artículo en tu factura del supermercado, Vodka 12,99$."

"Déjame ver eso," dijo Doreen mientras le tendía la mano. Ella examinó los artículos. "Oh, sí, ahora recuerdo. Compré eso para tenerlo a mano para la compañía."

"Debe ser que decidiste beberlo, en lugar de eso, porque había tres botellas vacías más en tus cosas de reciclaje," se burló Leroy y buscó su chaqueta.

"Esas eran viejas," protestó Doreen para defender su inocencia.

"Adiós, Doreen," dijo Leroy mientras se metió en la chaqueta. "No te molestes en llamar," dijo él dejando caer una lágrima.

Doreen lo vio salir por la puerta. Lentamente, se levantó y fue a la sala de estar. Sacó una botella de detrás del sofá. La tomó con ella, se sentó en su silla favorita y se sirvió un trago, antes de tomar el mando a distancia de la televisión. Hizo clic en el televisor, se recostó en su silla y tomó otro sorbo.

Doreen pasó la mayor parte de la noche en su silla, tomando alternativamente, durmiendo y levantándose para ir al baño. Por la mañana había terminado la botella y empezó otra que había escondido en el baño.

Era casi mediodía cuando recordó esa lista de números de teléfono de su primera reunión de AA. Al levantar el teléfono, intentó marcar el primer número de la lista. Después de tres intentos, logró hacerlo.

"Hola," respondió una mujer.

"Oh, lo siento, estaba llamando a, uh, Mel, ¿o era Clare? No estoy segura."

La mujer del otro lado de la línea reconoció la situación. Le entregó el teléfono a su marido.

"Habla Clare. ¿Quién está llamando?"

"Doreen."

"Doreen. Bien Doreen, ¿te conozco?"

"Yo... creo que sí. D-de la reunión."

"Ah, claro, tú eres *esa* Doreen. Vienes a las reuniones de AA, pero no has estado allí por una semana."

"Sí, soy yo."

"¿Necesitas ayuda, Doreen?"

"No estoy segura."

Inmediatamente entendiendo, Clare dijo, "Doreen, creo que necesitas una reunión, enseguida. Voy a buscarte. No deberías manejar. Dame tu dirección."

Doreen tropezó con la dirección.

"Doreen, no estoy seguro de entenderte. ¿Estás en la lista de teléfonos?"

"Tal vez... no lo sé."

"Tengo una guía telefónica aquí. ¿Cuál es tu apellido?"

"Middleton."

"Middleton, ¿verdad?"

"Sí."

"Middleton, Doreen, 1922 Turning Brook SE. ¿Está bien?"

"Sí."

"Estaré allí en veinte minutos. Quiero que dejes sin cerrar la puerta principal. Ve a hacer eso ahora, Doreen. Quítale el seguro a la puerta."

Doreen dejó caer el teléfono y se tambaleó hacia la puerta, aferrándose a los muebles. Giró la perilla para desbloquear la posición, volvió a su silla, tomó otro sorbo y retrocedió.

Cuando Clare la encontró, estaba dormida, el teléfono, el televisor y la botella de Vodka estaban cerca de ella. Clare cogió el control remoto y apagó el televisor. Regresó el teléfono a su base y llevó la botella a la cocina donde la vació. Empezó una búsqueda minuciosa de la casa por las botellas restantes. Clare sabía dónde, muy probablemente, estarían escondidas. Al recogerlas todas, las drenó en el fregadero y las llevó fuera a la papelera.

Cuando volvió a la sala de estar, sacudió a Doreen para despertarla. "Ven conmigo, Doreen." Ella parpadeó. "Vamos, vamos a una reunión." Él le ofreció una mano. Doreen la tomó y se levantó, con su ayuda. Doreen dio tres pasos y cayó en una protuberancia. Trató de levantarse y fracasó. Clare la ayudó a levantarse de nuevo. Una vez más cayó. "Me tropecé," dijo. "Debe ser algo en la alfombra."

"Vamos, Doreen," dijo Clare. "Vamonos. Aquí, sujétate de mí."

Así asistida, Doreen caminó junto a Clare hasta su automóvil.

Clare y Doreen asistieron a las reuniones de AA toda la tarde, hasta que la última terminó a las nueve. Mientras escuchaba, Doreen se había ido desmoralizando poco a poco. Al hacerlo, su sentido regresó y su remordimiento se profundizó. Había permanecido en silencio hasta la reunión final, cuando se abrió.

Después de la habitual apertura, el líder de la mesa preguntó: "¿Alguien tiene algún tema del que quieran hablar?"

Doreen levantó lentamente una mano, "Hola, soy Doreen y soy alcohólica", comenzó y luego hizo una pausa.

"Hola, Doreen," dijo la presidenta. "¿Quieres hablar con nosotros?"

"Me siento terrible..." dijo Doreen. "Yo... supongo que lo arruiné." De nuevo, hizo una pausa. Todos esperaron. "Creí que ya había terminado, ¿saben? Pensé que podría manejar unos cuantos sorbos. Cuando estaba comprando víveres, caminé por el estante de bebidas alcohólicas, y me acerqué y cogí una botella de Vodka. Tenía prisa en llegar a casa y tomar un sorbo, solo un sorbo." La gente esperó.

"Bueno, no me detuve. Cuando mi novio me atrapó, había estado bebiendo desde hacía varios días. Recordé la lista de números de teléfono que recibí en mi primera reunión de AA, así que llamé a Clare y él vino y me consiguió. Así que aquí estoy. Con eso, paso."

Después de esa apertura, la reunión continuó durante el resto de la hora. Uno por uno, los miembros contaron sus historias de sus propias recaídas, y cómo regresaron al programa. Algunos fueron rescatados, igual que Doreen. Otros regresaron a una reunión, otros fueron arrestados por conducir ebrios y se les ordenó asistir a AA, otros más se metieron en peleas. El hilo común era que todo el mundo "se resbala". Intentaron animar a Doreen. "Solo tienes que levantarte y volver a intentarlo." "Te permitiste ir a esa misma tienda de comestibles. Ese es un desencadenante para ti. Deberías cambiar de tienda." "Intenta arreglarlo con tu novio," dijeron.

Ante eso, los ojos de Doreen se llenaron de lágrimas. "Tengo tanto miedo. Fue horrible. Se me acercó y me dijo: "No te molestes en llamar." Le mentí. Solo sé que lo arruiné."

"Él te quiere, Doreen. Tienes que intentarlo," dijeron.

* * *

Capítulo 14

Secuestro de la esposa

El Comandante Albert "Bert" Nelson, de la Patrulla Fronteriza del Distrito de El Paso, suspiró y salió cansado de su todoterreno. Miró el asiento del bebé y los asientos para jóvenes en el asiento trasero del automóvil de su esposa, al otro lado del garaje, y sonrió. Presionó el botón inferior para bajar la puerta del garaje y abrió la puerta en la cocina. Podía oír los sonidos de la vida familiar, la televisión transmitiendo caricaturas en la sala de estar, el bebé llorando desde el dormitorio. Timmy, que ya tenía tres, corrió hacia él desde la sala de estar. "Papá," gritó, levantando sus pequeños brazos. Bert olvidó que estaba cansado, y tomó a su hijo para levantarlo en el aire. Timmy rió de alegría. "¡Papi!"

"Wiii," dijo Bert. "¿Y cómo está mi muchachote?" Bert movió a Timmy hacia un brazo y abrió la nevera con la otra. Tomó un refresco y abrió la tapa. Una caja de Cheerios se derramó en el suelo. Los pies de Bert crujieron sobre el cereal. Tomó la caja, la colocó en el mostrador y vio un cartón de leche en el suelo. Lo tomó y lo volvió a poner en su lugar dentro del refrigerador. Bert tomó un trago del refresco. "Yo también," dijo Tim. Bert sostuvo la lata de refresco, mientras Timmy bebía, sediento.

"¿Dónde está mamá?" preguntó Bert.

"¿Dónde está mamá?" repitió Timmy.

"No, dime, ¿dónde está mamá?" dijo Bert.

Timmy lo miró.

"Quizá esté en la guardería," dijo Bert. "Vamos a ver quién está llorando ahí." Entró en el cuarto de los niños. La bebé Adele estaba tumbada en su cuna llorando, agitando sus pequeños brazos y piernas. Cuando miró a Bert, lloró aún más. Bert puso a Timmy en el suelo, dejó su soda y cogió a la bebé. Su pequeño pañal estaba pesado y olía mal. Bert la dejó en la mesa de cambio, la ató con una correa, tomó una almohadilla y lo colocó debajo de su trasero. Removió el pañal sucio y lo tiró en el cubo de pañales. Luego procedió a limpiar sus zonas bajas con una serie de toallitas para bebés, y a arrojarlas en el cubo junto con el pañal sucio. Adele gritaba en agonía. "¡Oh, pobrecita, mírate!" murmuró Bert. "Tu pequeño trasero está todo rojo y dolorido."

Buscó una loción calmante para el bebé y la roció en toda la zona, frotándola con cuidado, con los dedos. Luego levantó sus dos pies con una mano. La levantó ligeramente, quitó la almohadilla y la reemplazó con un pañal fresco. "Aquí, cariño," dijo Bert, mientras le clavaba un chupete en la boca. Después de unos cuantos sollozos más desgarradores, dejó de llorar el tiempo suficiente para agarrarla. Chupaba vigorosamente mientras grandes lágrimas de cocodrilo rodaban por sus mejillas. Bert se inclinó y sopló en su parte inferior para enfriarla. Hizo caras divertidas para Adele, mientras sujetaba el pañal en su lugar. "Ahí tienes, cariño; ¿Te sientes mejor?"

Bert se limpió las manos con otro trapo, recogió a Adele, la puso sobre su hombro y comenzó a frotar su espalda. Timmy había estado observando todo esto con grandes ojos. Bert tomó su soda para dar otro trago. "¿Quieres más, Timmy?" le preguntó, ofreciendo la lata. Timmy asintió con la cabeza, así que Bert lo ayudó a tragar. "Vamos, Timmy, vamos a buscar a mami. ¿Qué dices?" Juntos miraron a través de toda la casa y al sótano. Miraron por las ventanas. Su bolso y chaqueta todavía estaban en el armario.

Los juguetes de Timmy estaban regados por su cuarto, por el pasillo y por todo el piso de la sala. El nivel de pánico de Bert estaba aumentando. Colocó a la bebé en su parque de juegos, le dio una galleta Zwieback y le dio a Timmy una galleta. "Quédate aquí un minuto y vigila a Adele, ¿de acuerdo? Quiero revisar el ático." Se metió en el pasillo y bajó la escalera plegable. Por supuesto, Timmy seguía justo detrás de él. "Timmy te pedí que te quedaras a vigilar a Adele." Timmy retrocedió unos metros. "Tengo que subir por aquí, Timmy, y no quiero que estés en la escalera. Quédate atrás, ahora." Timmy retrocedió un paso más. Bert subió la escalera, manteniendo un ojo en Timmy. Apartó una tela de araña, encendió la luz y miró alrededor del ático. No había señales de perturbación. Rápidamente, retrocedió y reemplazó la escalera. Sin decir otra palabra, paseó por la casa, una vez más, abriendo todos los armarios, mirando debajo de las camas y detrás de los muebles. *¡Ella se ha ido!*

Bert volvió a su estudio, encendió la computadora, abrió la agenda y comenzó a llamar a los vecinos. "Hola, este es Bert, al lado. ¿Está mi esposa allí, por casualidad?"

"No, Bert, ella no está aquí. Supongo que no puedes encontrarla."

"Me estoy preocupando," dijo Bert. "¿No has visto nada?"

"No, no la he visto hoy."

Nadie la había visto; Nadie sabía nada.

Miró a través de su computadora por cualquier pista sobre su paradero. *¿Debería llamar a sus padres? No, solo se alarmarían. No se iría y dejaría a los niños. Tal vez Timmy pueda decirme algo.*

"Timmy, ¿puedes venir aquí un minuto?" Timmy salió corriendo. Nunca caminaba a ninguna parte. Tenía solo una velocidad... alta velocidad. Bert extendió los brazos y levantó a Timmy en su regazo. "Timmy, quiero que te esfuerces pensando para mí. ¿Sabes dónde está mamá?" Timmy miró a su padre y sacudió la cabeza, no.

"¿Viste a mamá irse?"

"No."

"¿Estaba mamá cuando te levantaste esta mañana?"

Timmy asintió con la cabeza, sí.

"¿Entonces mamá te dio tu desayuno?"

No.

"¿Subiste y tomaste los Cheerios, por ti mismo?"

Timmy sabía que no debía hacer eso, así que miró hacia abajo, culpablemente.

"Esta vez está bien," dijo Bert. "Solo necesito saber si mamá estuvo aquí para desayunar, o si lo hiciste tú mismo."

Timmy bajó la mirada.

"Entonces, estoy en lo cierto, tenías que comer algo. Tenías que tomar el cereal y la leche, ¿verdad?"

Timmy sabía que no podía mentir, así que asintió con la cabeza y siguió mirando hacia abajo.

"Gracias por decirme la verdad, Timmy. Eres un buen chico. Papá no va a pegarte, esta vez, porque sé que tuviste que servirte tú mismo y me dijiste la verdad. Mamá no estaba aquí para darte las cosas, ¿verdad? Estoy orgulloso de ti por cuidarte."

Timmy alzó la vista, aliviado de que su padre lo entendiera.

"Supongo que será mejor que consigamos algo para que tú y Adele coman." Bert apartó a Timmy de su regazo. "Ven conmigo, Timmy, puedes ayudar."

Bert sostuvo el teléfono en un oído mientras preparaba rápidamente un plato para Timmy de sándwich de banana y mantequilla de maní y jalea en rodajas. Para Adele abrió algunos alimentos para bebés y calentó una botella de leche.

Llamó a su siguiente al mando, "Bill, me temo que alguien se ha llevado a mi esposa. Sabes que las primeras horas son cruciales."

"¡Oh, Dios mío, Bert, esto es horrible! ¿Cómo se atreven?"

"Lo sé, Bill. Si el cartel hizo esto, se están volviendo más audaces."

"¿Crees que fueron ellos?"

"Bill, no lo sé. Ha desaparecido sin dejar rastro. Creo que se ha ido desde antes del desayuno. Si no es el cartel, ¿quién más tiene una razón?"

"¿Chantaje?"

"Sí claro. Como si tuviera millones de dólares en algún lugar." Bert se burló.

"Estoy a tu disposición, Bert. Sabes que todos lo estamos."

"Bueno, estoy atado aquí abajo con los niños. Hasta que pueda escapar, necesito que organices una búsqueda."

"¿Quieres que esto se haga público?"

"Creo que si. Quien la tiene no va a dejarse influenciar por la publicidad. Además, tal vez el público pueda ayudarnos."

"De acuerdo, llamaré a todo el mundo y empezaremos a sacudir los arbustos. Mientras tanto, ¿quieres denunciarlo a la policía y al FBI?"

"Los llamaré, Bill. Pueden sacar la palabra al público. Mientras tanto, puedes ponerte en contacto con las autoridades mexicanas."

"Estoy en ello, Bert."

"A la velocidad de Dios."

"Igualmente."

*   *   *

Capítulo 15

Llamada Desde Casa.

Juliette y Suzanne se vieron inundadas con ofertas para los derechos de su video especial, "Culpable hasta que se demuestre inocente, ¿realmente esto es América?" Muchas ofertas venían de estaciones extranjeras, incluyendo la televisión de Al Jezeera.

Al final, decidieron venderlo a su propia red, es decir, a la red nacional de la que KXN-TV era una filial local. Desde la presentación, Juliette había logrado el estatus de celebridad en la estación local. No podrían comportarse mejor con ella. La estación estaba surfeando la ola de la publicidad y el reconocimiento. Ella era su chica maravilla y no se hizo mención de su comienzo áspero con el Editor Mark Ridenour.

El especial estaba programado para correr en la red durante el horario estelar una semana a partir de la noche del sábado. Ya la red estaba publicando comerciales, promocionando el programa como una exposición explosiva sobre la torpeza de la administración Bigelow de los inmigrantes ilegales que entran en nuestro país. Los expertos del partido de oposición ya estaban cantando. Los programas de noticias y programas de radio inundaron la estación con solicitudes de comentarios y entrevistas con Juliette. Su contrato no le permitía entrevistarse fuera de la red sin una aprobación especial. Por lo tanto, las otras estaciones se limitaron a retransmitir clips de sus entrevistas en red, dando crédito a la fuente.

Ya los programas de entrevistas estaban luchando para encontrar invitados para que hablaran del tema. Los anfitriones de las llamadas de radio estaban debatiendo el problema con sus oyentes. Francisco Pisarro se estaba convirtiendo rápidamente en una celebridad. Había recibido dos ofertas de editores interesados en sus memorias. Uno de ellos se ofreció a enviar a un equipo de editores a la prisión para ayudarlo. Se hablaba de convertirlo en una película.

Sam y Suzanne Mulholland se dirigieron al centro de detención para hablar con Francisco. "Mira Francisco," dijo Sam. "Juliette y

Suzanne te han convertido en una celebridad. Estamos aquí para advertirte y ayudarte."

"Me alegra que hayan venido," dijo Francisco. "Sé que puedo confiar en ustedes como amigos. Si algo he aprendido de mi experiencia, es a tener cuidado con los extraños. Así que, denme su consejo. Lo recibiré con gusto."

"Francisco, pensamos que deberías tener un agente y tenemos a alguien que te recomendaremos."

Suzanne añadió: "Un agente es alguien que manejará tu libro por ti. Él o ella tomará todas las llamadas, negociará las mejores ofertas y te protegerá de las personas malas que tratan de engañarte."

"Tienes que pagar a tu agente por sus servicios, por lo general es un porcentaje del precio que recibes," dijo Sam. "Este agente está dispuesto a tomar el diez por ciento de la cantidad que recibe por su libro. Creemos que es un precio justo."

"Si tu libro no se vende, él no obtiene nada," dijo Suzanne.

"Eso suena bien," dijo Francisco, "pero hay algo que necesito." Pensando una vez más con sus asuntos con la agencia que estaba encargándose de la venta de su moneda dorada,[5] Francisco dijo, "Debo insistir en retener la aprobación final de cualquier venta. Te advierto, no puedo tomar la oferta más alta. No puedo aceptar ofertas. Hay otros factores que me importan, también. ¿Entienden?"

"Lo entiendo, Francisco. Todo lo que dices me parece justo," dijo Sam.

"Y a mí," dijo Suzanne.

"Entonces estamos de acuerdo," dijo Francisco. "Gracias, buenos amigos."

"Personalmente, esperamos que este programa lleve a tu liberación de este encarcelamiento."

"Mi más profunda esperanza," dijo Francisco "es salir de aquí con dignidad, volver con mi familia y con mi novia, Consita."

"¿Puedo decírselo?" Suzanne estaba a reventar con su secreto.

"Por supuesto, díselo," dijo Sam.

---

[5] El Inmigrante y la Moneda Dorada, pp. 110, 144-151

"Decirme, ¿qué?" preguntó Francisco.

"Tenemos un mensaje de Consita para ti."

"¿De verdad? ¡Oh Dios mío! Por favor, ¿qué es?"

"Bueno, mi hermana, Juliette, y yo volamos a América del Sur y subimos la montaña hasta tu aldea."

"¡Lo hiciste! ¡Oh Dios mío! Pero, ¿cómo pudiste hacer eso? La única forma de entrar es en la espalda de un burro por un traicionero terreno montañoso."

Sam y Suzanne se rieron en voz alta. "Ya no, hombre; no más," dijo Sam.

"Solo me tomó veinte minutos volar allí en helicóptero," dijo Suzanne.

"Los aldeanos construyeron una plataforma de aterrizaje para helicópteros," dijo Sam.

"¡Qué sorpresa!" dijo Francisco. "Apenas puedo imaginarlo."

"Por supuesto, el lugar es simplemente hermoso, un paisaje tan impresionante; Y la gente fue muy agradable con nosotros."

"¿Hablaste con Consita?" preguntó Francisco.

"Pero por supuesto que hablamos con Consita. Ella te envía su amor y no puede esperar a que regreses."

"¡Oh, Dios mío!" dijo Francisco otra vez. "¿La encontraste bien?"

"Ella está bien. Me mostró su vestido de novia. Ella te está esperando. Estaba encantada de saber que estás vivo y bien. Por supuesto, ella y todo el pueblo han estado preocupados."

"Lo sé. Cómo desearía poder escribirle."

"Tenemos algo mucho mejor que escribir, Francisco."

"¿Qué podría ser mejor que eso?"

"¿Qué tanto te gustaría hablar con ella por teléfono?"

"¡Oh Dios mío!"

"Sam, tenemos que enseñarle a este hombre algunos nuevos adjetivos," se rió Suzanne.

"Está bien," dijo Sam mientras marcaba algunos números en su teléfono inteligente, programándolos en la memoria. Rápidamente lo nombró como "Consita". Luego apagó el teléfono y se lo entregó a Francisco.

"Voy a dejar esto contigo, Francisco. Este es un teléfono de lujo. Déjame mostrarte cómo funciona y luego puedes intentarlo tú."

Sam demostró cómo encender el teléfono, seleccionar el modo de altavoz, el modo de imagen y elegir el número de Consita. Sam le mostró cómo sostener el teléfono y mirar dentro de la cámara.

"¿Qué ocurre?" preguntó Francisco. Oigo un sonido de timbre.

"Bueno, si esto funciona, verás y escucharás a tu amada en un momento."

El rostro de una mujer apareció en la pantalla. "¡Oh, Dios mío!" - dijo Francisco. "Es la foto de Consita." Volvió la cámara y la mostró a Sam y Suzanne.

"Hola, Consita," dijo Suzanne. "Soy yo, Suzanne. ¿Cómo estás?"

"Hola, Suzanne, estoy bien. Todo el mundo está aquí y estamos esperando hablar con Francisco."

"Francisco está a mi lado," dijo Suzanne. "Pero él está tan sorprendido que está sin palabras. Dile hola, Consita."

Suzanne apuntó el teléfono a la cara de Francisco. "Hola, Francisco," dijo Consita. "Realmente soy yo. Estoy hablando contigo, aquí mismo desde el pueblo."

"¡Oh, Dios mío!" -dijo Francisco. "¡Es Consita! Ella realmente está hablando conmigo. Aquí mismo." Giró la cámara para que Suzanne pudiera ver.

"Sí, lo sé," dijo Suzanne. "Pero tienes que seguir mirando la pantalla, tú mismo, para que ella pueda verte. Mira aquí y habla con ella." Suzanne dirigió la cámara a su rostro.

"Habla conmigo, Francisco," dijo Consita.

"¡Oh, Dios mío!" dijo Francisco. "No sé qué decir."

"Bueno, dile dónde estás y qué has estado haciendo."

"Bueno. Bueno, me quedo aquí en este lugar llamado centro de detención, en América..."

Sam y Suzanne se despidieron de Francisco y salieron de puntillas.

Conduciendo a casa, disfrutaron hablando sobre su experiencia con Francisco. "¿No fue genial?" preguntó Suzanne.

"Qué lujo ver a Francisco. No sabía si iba o venía," dijo Sam.

"No puedo recordar cuándo me divertí tanto por última vez," dijo Suzanne, "excepto contigo, por supuesto, querido," añadió con una sonrisa.

"Me alegro de que hayas añadido esa parte," dijo Sam. "Podría ponerme celoso."

"De ninguna manera," dijo Suzanne. "Una mujer en mi condición sabe exactamente a dónde pertenece." Ella se acercó y le besó la mejilla.

"Claro, ahora intentarás engordarme," le acusó Sam.

"Sí, podría hacer eso," dijo Suzanne, "y después comerte todo."

"Me estás distrayendo, esposa."

"Bien," dijo Suzanne. "Esta funcionando."

Sam sonrió. "Entonces, dime, ¿hay alguna noticia sobre tu viaje al zoológico con Mary Beth y Sammy?"

"Estás cambiando de tema," observó Suzanne.

"Sí, lo intento."

"Bueno, tuvimos una explosión absoluta. Esos chicos son muy lindos y fotogénicos. Tomé cientos de imágenes fijas y no sé cuánto video. No he tenido tiempo de mirarlo todo, pero lo que he visto es simplemente genial. Tendré problemas para tratar de reducirlo a tres minutos para YouTube."

"No tienes que hacer eso," dijo Sam.

"¿Qué quieres decir? ¿Por qué no?"

"Bueno, usa lo que quieras y haz una serie de videos. Si los clips son tan buenos, puede ser una serie y desarrollar una audiencia," dijo Sam.

"Oh, entiendo lo que quieres decir. ¡Esa es una gran idea, Sam! Cada uno podría comenzar con un comercial de diez segundos para su campaña contra las drogas y luego ir a la serie."

"¿Cuál fue el video que tomaste?" preguntó Sam, que estaba realmente interesado.

"Mi favorito es de los dos niños en las montañas rusas diferentes. Puedo ver cómo cada uno podría ser un segmento separado. Pude ubicarme delante de ellos y capturarles la cara. Ella estaba gritando con el pelo volando hacia fuera y él tendría su brazo alrededor de ella con una mano y se aferraba a la vida querida con la otra. Tengo un montón de tomas largas, también. La pista de audio es genial. Literalmente puedes oír el viento rugiendo y todos los niños gritando. Una vez que el carro se detiene y todos se bajan, sus reacciones son muy animadas y divertidas."

"Parece que tienes un mundo de material," dijo Sam.

"Creo que sí," dijo Suzanne. "Nuestro viaje al zoológico no tuvo precio, también."

"Bueno, ya estamos en casa," dijo Sam. "Estoy listo para relajarme, ¿no?"

"Llévame a casa, nené," dijo Suzanne.

*   *   *

Capítulo 16

Noticias de las 6:00 en punto

"Buenas noches, damas y caballeros, les habla Jay Hendricks viniendo a ustedes desde los estudios de KXN-TV, en la Ciudad de Carson, Nuevo México. En los titulares de esta noche, los manifestantes fuera del centro de detención de la Seguridad Nacional, marchan por la liberación de Francisco Pisarro. La Gobernadora Holbrook exige la acción de Washington DC."

Fotos de los manifestantes pasaban detrás de su voz. Personas de todas las edades y orígenes étnicos marchaban en la protesta pacífica, llevando señales. "Liberen a Francisco," "Ultraje de la seguridad de la patria", "Boondoggle." "Gob. Holbrook ¿Dónde está?", etc.

"Empezamos con un informe de Ben Bertram en la capital. Hola Ben, "dijo Jay, leyendo desde un teleprompter.

"Buenas noches, Jay. Estoy aquí en el edificio del Capitolio en Santa Fe. Antes hablamos con la Gobernadora Holbrook."

"Buenas noches, Gobernadora. Es bueno verla." La escena le enfocó la cara.

"Buenas noches, Ben. Es bueno estar aquí."

"Gobernadora, vimos señales de indignación pública por las condiciones en los centros de detención de la Seguridad Nacional, especialmente por el trato de Francisco Pisarro. ¿Qué opina de eso?"

"Bueno, Ben, yo también estoy indignada por esta situación. Tus espectadores deben saber que el Estado de Nuevo México está haciendo todo lo que puede para resolver esta situación. Sin embargo, no podemos controlar lo que el gobierno federal está haciendo."

"¿Ha hablado con el Secretario de Seguridad Nacional o con la Casa Blanca?"

"He hecho numerosas llamadas al Departamento y a la Casa Blanca. Nadie ha devuelto mis llamadas. El Estado de Nuevo México no es importante para ellos."

"Solo quedan diez segundos, Gobernadora. ¿Tiene algo que le gustaría decirle al presidente aquí mismo?"

"Sí, claro," respondió Holbrook, con firmeza... "Sr. Presidente, ¡HAGA SU TRABAJO!"

"Gracias, Gobernadora Alicia Holbrook. Les habla Ben Bertram desde el edificio de lla capital en Sante Fe. Jay, de vuelta contigo."

* * *

De regreso en Washington D.C., el Presidente Gerard Bigelow estaba sentado en la oficina oval, flanqueado por su jefe de gabinete, el secretario de seguridad nacional y su secretaria de prensa. Frunció el ceño enojado mientras observaba a la Gobernadora Holbrook diciendo, "¡Haga su trabajo, Señor Presidente!" Él levantó el control remotó y apagó la transmisión.

"Quiero que ese tipo, Francisco Pisarro, salga de allí y salga de Estados Unidos, ¡AHORA! Nada de reporteros, ¿entienden?"

"Sí, Señor Presidente. En seguida, señor,"

"Quiero que esta historia se pierda de vista, ¿entienden?"

"Sí, señor, Señor Presidente," dijo la secretaria de prensa. "De inmediato, señor."

"¡Oh, y llame a esa gobernadora, por el amor de Dios!"

Bigelow la hizo retirarse con impaciencia, y se volvió hacia otro objeto.

Buscó a través de un enredo de papeles en su escritorio. "¿A dónde se fue esa nota?" murmuró. "Maldita sea, necesito a Beth Terry aquí. ¿Qué demonios está pasando con ella?"

"Tenemos uno de nuestros mejores abogados en el caso, señor, Bernie Witherspoon," dijo su jefe de gabinete.

"Póngalo al teléfono," ordenó Bigelow.

El jefe tomó el teléfono mientras Bigelow seguía removiendo sus papeles.

"Witherspoon, ¿puedo ayudarlo?"

"Manténgase en línea para el presidente," dijo el jefe, ofreciendo el teléfono a Bigelow.

"Witherspoon," dijo el presidente, "¿Dónde diablos está mi secretaria?" rugió "Demonios, Witherspoon, la necesito ahora mismo."

"Bueno, señor, estoy haciendo todo lo posible para conseguir su liberación."

"¿Cuándo?"

"No puedo decir, señor. Estamos esperando una audiencia."

"¿Quién es el juez?"

"Orthel. El Juez Orthel."

"Las campanas del infierno, Witherspoon, yo nombré a esa mujer. Préndele fuego debajo, por el amor de Dios. Haz lo que tengas que hacer. Simplemente trae a mi secretaria de vuelta aquí. ¿Entiendes?"

"Sí, señor, enseguida, señor."

El presidente entregó el teléfono a su jefe. "Hazle seguimiento a esto," ordenó.

* * *

Al otro lado de la ciudad, en una pequeña sala de audiencias del Senado, la Senadora Madeleine Simpson llamó a su comisión a la orden. Otro miembro de su partido ocupaba una silla, ninguno del partido de oposición. Tres de sus asistentes ocupaban las sillas detrás de ella. Solo había un reportero a la mano. Se trataba de una pasante que estaba trabajando en su tesis doctoral en la Universidad de Washington. Un experto reportero de la corte estaba listo para tomar notas. Tres testigos se sentaron en una mesa frente a la Senadora Simpson. No había otra audiencia.

"La audiencia de la comisión sobre las investigaciones sobre el presunto tráfico de armas en el suroeste de la nación entra en sesión. Llamamos a nuestro primer testigo, el Vicealmirante Francis Lee de la Guardia Costera de los Estados Unidos. Por favor, levántese y preste juramento, Almirante Lee."

Madeleine rápidamente leyó las calificaciones del Almirante. Ahora, Almirante Lee, entiendo que usted ha estado investigando un brote de armas de fuego en el oeste de los Estados Unidos, en particular el suroeste y los Estados fronterizos.

"Eso es correcto. Dirigí un grupo de seis investigadores, todos miembros de la policía."

"¿Cómo empezaron?"

"Los carteles de la droga mexicanos y americanos han estado librando la guerra por la supremacía y el control del narcotráfico y el secuestro comercial. En las últimas semanas, estas guerras se han extendido y han aumentado en violencia. Se están utilizando armas más sofisticadas. Nos enteramos de que estas armas son fabricadas en los Estados Unidos y vendidas por puntos de venta legítimos. Entonces surgió la pregunta: "¿Cómo pueden cientos de armas altamente sofisticadas y poderosas llegar a manos de pandillas y carteles de la droga?"

"Ya veo," dijo la Senadora Simpson. "Díganos, Almirante, ¿descubrió la respuesta a esa pregunta?"

"Sí, lo hicimos, Senadora. Las armas fueron vendidas debido a una orden directa emitida por la ATF. "

"Es una acusación espantosa, Almirante. ¿Está seguro?"

"Sí. Llamamos a unos cuarenta y cinco minoristas, responsables de cientos de armas. Cien por ciento de esos puntos de venta testificaron que ATF había emitido la directiva. Tengo aquí una copia de la orden."

"¿Puedo ver eso?" preguntó la Senadora Simpson.

El Almirante Lee le entregó una copia.

"Esta carta será incluida en el registro como Anexo A," dijo Simpson.

"¿Se ha puesto en contacto con la ATF?" preguntó.

"Si lo hicimos. Llamamos a directores en tres estados diferentes."

"¿Y qué encontraste?"

"Los tres estaban sorprendidos y consternados por la directiva, pero no tuvieron más remedio que transmitirla a su fuerza de campo y de ahí a los distribuidores. Los tres afirmaron que la directiva provenía de Washington."

"¿Llevó su investigación hasta la ATF en Washington?"

"Sí lo hicimos."

"¿Y qué encontró?"

"Bueno, básicamente, supongo que podría decirse que es una confusión."

"¿Está diciendo que no obtuvo una explicación satisfactoria por parte de la oficina de Alcohol, Tabaco, Armas de Fuego y Explosivos?"

"Eso es correcto."

"Volviendo al problema de las armas de fuego cayendo en las manos equivocadas, cuéntenos un poco acerca de cómo fueron utilizados."

"Alguna han sido utilizadas en la comisión de asesinatos y otros crímenes. Otras fueron confiscados durante las incursiones. El peor caso es el asesinato de un agente de la Patrulla Fronteriza Americana mientras estaba de servicio en las montañas a lo largo de la frontera. La Agente Anne Cory fue asesinada por un francotirador que manejaba una de las armas localizadas en estas ventas. Era un rifle de francotirador de largo alcance, de alta tecnología, similar al utilizado por el ejército estadounidense."

"¿Has identificado al francotirador?"

"El francotirador fue asesinado por el compañero del agente Cory. Sin embargo, creemos que el francotirador estaba trabajando para uno de los poderosos carteles de la droga en México. Es común que las bandas rivales pongan francotiradores en las montañas a lo largo de las rutas de contrabando más atraídas en el sur de Estados Unidos."

"¿Tiene alguna teoría de por qué la ATF ordenó que estas armas peligrosas fueran vendidas a criminales?"

"No, señora, no lo sé. No tiene ningún sentido en absoluto."

"Bueno, Almirante, apreciamos su patriotismo y su testimonio. Puede retirarse. Después de un receso de cinco minutos, llamaremos a nuestro próximo testigo."

Después del juramento del próximo testigo, Simpson dijo, "Por favor, indique su nombre y ocupación."

"Yo soy T.J. Cromley. Hasta hace poco fui un agente de campo para la ATF localizada en Sante Fe, Nuevo México."

"Señor Cromley, escuchó el testimonio del Almirante Lee. ¿Sabía usted de la directiva a la que se refería?"

"Sí, señora. La recibí en mi oficina del distrito."

"Cuéntenos lo que ocurrió."

"Bueno, pensé que era algo muy inusual. De hecho, nunca había visto nada parecido. Así que, le pregunté a mi jefe, al gerente del distrito."

"¿Y qué le dijo?"

"Me advirtió que no hiciera preguntas y que simplemente obedeciera las órdenes. Así que tuve que pasarla a nuestros minoristas licenciados."

"-Y luego, ¿qué hizo?"

"Bueno, me pregunté si el director del distrito podría estar involucrado con los carteles, de alguna manera. Pensé en ello y finalmente decidí escribir una carta a Washington."

"¿Y entonces qué pasó?"

"La semana siguiente me trasladaron a un puesto avanzado en el norte de Idaho sin ninguna explicación."

"Ya he leído su expediente, agente Cromley. Hasta el momento de su traslado a Idaho, recibió muchos elogios y fue considerado un empleado modelo. La razón de su traslado fue que se quejó y tenía una mala actitud. ¿No es verdad?"

"Con todo respeto, señora, eso es mentira. Me trasladaron porque hice una denuncia."

"Gracias, agente Cromley. Llamamos a nuestro próximo testigo. ¿Y usted es?"

"Soy Eugenia Barrymore. Trabajo para el director de la ATF como asistente personal."

"Ahora, señorita Barrymore, el director le dijo que respondiera a nuestra citación, ¿no es así?"

"Sí."

"Voy a mostrar en la pantalla de arriba una serie de documentos. Quisiera incluirlos en el expediente. Sra. Barrymore, por favor, díganos qué es cada uno de ellos."

"La primera es una directiva que fue enviada a todas las oficinas del distrito," dijo la Sra. Barrymore.

"En el registro no pueden verse ni el encabezado ni las firmas. Excepto eso, esta es la misma directiva que el Almirante Lee nos mostró," dijo la presidenta. "Ahora, Sra. Barrymore, por favor, díganos qué palabras están borradas."

"No lo recuerdo," contestó ella.

"Oh, vamos, señora Barrymore, seguramente sabe quién firmó esta directiva."

"No lo recuerdo."

"Está bien, aquí está el segundo memorándum. ¿Qué ve aquí?"

"Bueno, esta es una carta de nuestra oficina a las oficinas de campo. El cuerpo de la carta está borrado."

"¿Y de qué se trataba esta carta?"

"No lo recuerdo," dijo la Sra. Barrymore.

La Senadora Simpson siguió colocando letras en el proyector y la Sra. Barrymore siguió experimentando una pérdida de memoria.

"Gracias, señora Barrymore, puede retirarse. ¿Hay más preguntas o comentarios por parte de la Comisión? Al no escuchar nada, esta reunión se levanta." Con eso, todos se pusieron de pie.

El Almirante Lee, T.J. Cromley y la Senadora Simpson, se reunieron en un grupo para conferenciar, mientras que el resto de la gente se apresuró.

   *   *   *

Más tarde, la candidata doctoral de la Universidad de Washington, que había sido la única periodista en la audiencia de investigación, se reunió con su consejero de la facultad. Se sentó, esperando en silencio, mientras leía sus notas.

Finalmente, él levantó la vista, se quitó las gafas de lectura y enderezó la pila de papeles delante de él. Puso las manos sobre el escritorio. "Maida," dijo. "¿Te das cuenta de que es un material explosivo?"

"Me pareció una audiencia muy interesante," respondió. Maida era una mujer hispana joven e intensa, de unos veintisiete años de edad, con la piel de color café, y pelo oscuro de un estilo corto y halagador y unos ojos marrones luminosos. "¿Cómo se te ocurrió elegir esta audiencia como antecedente para su disertación?" preguntó el profesor.

"Bueno, vengo del norte de México, el estado de Chihuahua. Mi familia ha sufrido mucho a manos de los terroristas del cartel. Cuando vi esta audiencia listada en el horario diario, pensé que podría ser de interés para mí."

"Maida, creo que debes escribir esta historia en una serie de artículos cortos y presentarla al Washington Daily-Gazette bajo tu autoría. Eras la única periodista en esa sala de audiencias. Podrías haber descubierto un escándalo que afecta a los niveles más altos del gobierno. Antes de enviarlo, es posible que quieras intentar obtener entrevistas exclusivas con los principales actores. Trata de llegar a los testigos antes de que se vayan de la ciudad. Utiliza tu teléfono celular para grabar en video las entrevistas. Eso siempre es algo que hacen los reporteros en las zonas de guerra. Creo que tienes algo bueno aquí, como para 'Pulitzer'."

"Gracias, profesor." Maida recogió sus papeles y se apresuró para asegurarse las entrevistas. Al día siguiente, un título sobre el pliegue adornaba la portada del periódico. "Testigo Destroza a la ATF" Escándalo de Tráfico de Armas vinculado a la ATF. Parte 1. Por la Periodista Maida Graciano.

De repente, Maida tenía un nuevo escritorio en una oficina privada, equipada con computadoras, impresora, una línea privada y una secretaria de tiempo completo. Sus entrevistas en video estaban siendo editadas por un equipo profesional y tenía acceso a salas de reuniones y personas de influencia.

Ella había sentido que la Senadora Madeleine Simpson había sido muy gentil y cercana en su entrevista, y Maida lo mencionó en su artículo. Por otra parte, la ATF parecía estar haciendo esfuerzos para la obstrucción y el encubrimiento del asunto. La palabra viaja rápidamente en los círculos políticos de Washington. De hecho, la secretaria de prensa de Bigelow tuvo que esquivarlo un poco durante la rueda de prensa de la tarde, cuando los periodistas le preguntaron sobre el escándalo de las armas en la ATF. Ellos lo titularon "La Siembra de Armas Salió Mal" e hicieron muchos de titulares gritando "Rifle Americano Asesina Agente de la Patrulla Fronteriza." De alguna manera, los programas de noticias de la red aparecieron con fotos del marido de Anne Cory y de los niños pequeños que salían del funeral. Se fueron a El Paso buscando entrevistas con vecinos y amigos. En el transcurso del asunto, descubrieron el secuestro de la esposa de Bert Nelson, Karen. Esto hizo que los titulares se hicieran más sensacionales, como "El secuestro de carteles mexicanos se cuela a través de la frontera."

Los productores de noticias y programas de entrevistas se peleaban por obtener información, desenterrando todo lo que podían sobre carteles, patrullas fronterizas y la ATF. La especulación corría de forma desenfrenada. ¿Podría afectar negativamente a la Casa Blanca? Las luces estaban encendidas hasta altas horas de la noche en el despacho oval pues el Presidente Bigelow estaba en conferencia con sus asesores. Exigía respuestas. Los asistentes lograron presentarle una copia de la directiva. La firma de Bigelow era clara. "Exijo saber cómo se forjó mi firma en este documento," bramó sin ningún efecto. Había sido cuidadosamente educado por un experto para escribir una firma que era prácticamente imposible forjar. Solo se usaban algunos bolígrafos y estos estaban guardados bajo llave en su escritorio.

El Secretario del Gabinete de Seguridad Nacional y el Fiscal General fueron convocados, al igual que el Director de la ATF. Bigelow los interrogó a los tres durante una hora. "¿Es su firma?" preguntó. El director la estudió durante mucho tiempo. "Bueno, estamos esperando," se burló el presidente.

133

"Bueno, señor, con el debido respeto, esta parece mi firma, pero juro que no tengo conocimiento de cómo llegó a este papel. No he emitido esta orden. después de todo, la orden, en sí misma, es absolutamente absurda."

"Bueno, Orville," gritó el presidente. "Esa también se parece a mi firma, pero no tengo conocimiento de cómo llegó a este papel. No he emitido esta orden. No acepté esta orden. Tenemos que frenar esta estúpida investigación por esa chiquilla de Nuevo México. Ella no es nadie. Tiene que ser fácil detenerla. Llame al Líder de la Mayoría del Senado y dígale que anule la investigación, inmediatamente. Debemos apagar este fuego antes de que llegue más lejos. ¿Entienden?"

"Ahora, esta pequeña reportera, Maida Graciano. ¿Quién demonios es ella? Nunca había oído hablar de ella. Atrapen a esa mujer y compren su silencio, de alguna manera, ¿entienden? Si eso no funciona, quiero hablar con su profesor. Creo que podemos darle algo de problemas para ella de esa manera."

Mientras tanto, la industria de noticias olía sangre. Los reporteros estaban inundando Nuevo México y se arremolinaban como tiburones en Washington D.C. El Washington Daily Gazette estaba en un rollo. Tenían ventaja sobre todos los demás, con la serie de Maida y su video. Se estaba transmitiendo en repetición en su estación de TV afiliada en Washington, y estaba siendo indicado en toda América y el mundo.

* * *

Tres días después las cosas se habían calentado más, si acaso. Los esfuerzos de la Casa Blanca por cambiar de tema estaban cayendo en oídos sordos. En lugar de verter agua sobre el fuego, parecía que estuviesen vertiendo gasolina. Otras comisiones estaban tomando la antorcha y corriendo con ella. Dos comisiones diferentes de la Cámara anunciaron audiencias. Llegaban convocatorias cada hora desde las comisiones del Congreso, exigiendo archivos, papeles, correos electrónicos y testigos para testificar.

El Presidente Bigelow era como un león enjaulado, rugiendo alrededor de la oficina. Estaba perdido sin su secretaria. "Dioses, Witherspoon," le gritó al abogado. "¿Qué demonios has estado haciendo? ¿Cuándo regresará? ¡La necesito ahora! ¿Es dinero? Gasta lo que sea necesario. ¡Tráela de vuelta aquí!"

En secreto, parte del personal de la Casa Blanca empezaba a tener dudas privadas sobre el presidente Bigelow. Aquellos que habían visto la directiva actual, con el distintivo garabato de Bigelow en el fondo, estaban escépticos respecto a los argumentos del presidente y a su posición sobre este asunto. Ninguno se atrevería a decirlo en voz alta. Por el contrario, seguían órdenes y guardaban silencio sobre sus dudas. Sin embargo, esos pensamientos tendían a erosionar su lealtad y hacerles pensar en un plan de contingencia. ¿A dónde irían si tuvieran que desprenderse del asunto? Ciertamente las cosas no mejoraban cuando Bigelow atacaba y gritaba a su personal.

* * *

Capítulo 17

Un Espía en El Medio

"Buenos días, Capitán Baker," dijo Mike. "¿Tiene un minuto?"

"Buenos días, Mike. Claro, entra. Toma asiento."

"¿Cómo están los recién casados?" preguntó Mike

"Espléndidamente," respondió Cap. "¡Este tema del matrimonial es genial! Deberías intentarlo alguna vez."

Mike se echó a reír y esquivó la observación. "Buen intento, Capitán."

"¿Entonces, en qué piensas? Llegaste temprano y fresco," dijo el Capitán.

"Voy a ir al grano. He estado pensando en este asunto con las guerras de los carteles. Sabe, hasta ahora hemos estado esperando que hagan algo, para poder reaccionar. Me gustaría ser más pro-activo."

"Eso suena interesante. Estoy seguro de que tienes algo en mente," dijo Baker.

"Me gustaría infiltrarme en su organización. Si tuviéramos un espía en medio de ellos, podríamos saber lo que están planeando, con tiempo para resolver."

"Eso sería de una ayuda inconmensurable, por supuesto," dijo Baker. "No piensas enviar a uno de los nuestros encubiertos, ¿verdad? Eso llevaría años."

"Tiene razón; y eso sería demasiado peligroso, también. Estoy pensando que tenemos que darle la vuelta a uno de ellos," dijo Mike.

"¡Ah! No puedo esperar a escuchar el resto."

"¿Recuerdas al joven que diseñó la droga de violación de tu hija?"[6]

"¡Dios mío, él no!"

"¿Quién mejor?"

"No sé si podría tolerar eso," suspiró Baker.

"Siento recordarle ese horrible momento," dijo Mike.

---

[6] Ver, "Persiguiendo La Cocaína" Capítulos 2 y 3.

"Disculpa aceptada," dijo Baker, "pero por favor no lo saques de nuevo."

"Por favor, escúcheme, Cap," suplicó Mike.

El Cap permaneció en silencio durante largo rato. Mike esperó. El Cap negó con la cabeza y respiró hondo como si recobrara su fuerza. "Muy bien, Mike, solo por esta vez, y que sea rápido."

"Partiendo de su reacción, ahora, creo que él es la última persona que el cartel sospecharía que fuese un espía. Por cuatro razones: 1. Pensarían que usted no querría tener nada que ver con él. 2. Era el sobrino favorito de John Jacobs. 3. Creció con el cartel. Todos los chicos se consideran a sí mismos como sus tíos. 4. Algunos podrían considerarlo un heredero aparente, si saliera de la cárcel."

"Todo lo que tenemos que hacer es pensar en una razón plausible para dejarlo salir de la cárcel y convencerlo de que espíe para nosotros."

"Suena simple, Mike. Supongo que tú también lo has deducido."

"Bueno, he considerado algunas ideas, pero la decisión final tendría que ser de usted y del Fiscal del Distrito Blissfield."

"Me gusta tu idea, Mike. Déjame pensarlo un poco."

"Gracias, señor, eso es todo lo que puedo pedir."

De vuelta a casa

El grupo de agentes había venido a molestar al director en cama. Eran las 3:00 de la mañana. Las únicas personas despiertas eran unos cuantos guardias solitarios.

"Señor," susurró el guardia mientras sacudía suavemente al director. "Señor, despierte, señor."

"¿Qué ocurre?" murmuró el alcaide.

"Señor, hay un mensaje," susurró el desgraciado joven guardia.

"¿Un mensaje?" El guardia abrió un ojo. Se despertó despierto.

"Señor, lamento despertarlo, pero estas órdenes llegaron directamente del presidente."

"Presidente, ¿cuál presidente?" El director salió de la cama, buscó su túnica y deslizó los pies en zapatillas. Se quedó un momento en pie y se acercó a la puerta. Ciego momentáneamente por la luz en la habitación exterior, parpadeó durante medio minuto antes de concentrarse en un trío de hombres armados con trajes negros.

"¿Qué significa esto?" preguntó, fallando al intentar ser intimidante con su túnica abierta, su camisón y su cabello despeinado.

Un hombre se adelantó y mostró una placa. "Venimos de parte del Presidente Bigelow," dijo. "Tenemos órdenes de sacar a un preso llamado Francisco Pisarro de esta instalación."

"Bueno, bien por ustedes," dijo el director. "Ya era hora. Voy a tomar esa orden." Él extendió su mano.

El hombre principal de negro chasqueó los dedos al siguiente hombre en la fila. Le dio un papel en la mano. Se lo entregó al director.

El director lo tomó, notó la firma. Gerard Bigelow, y el sello presidencial. "Muy bien, caballeros, pueden firmar un documento que demuestra que hemos liberado al prisionero bajo su custodia; el guardia los llevará a su celda. Veo por la carta del presidente que se le ordena a Pisarro salir del país hacia su patria."

"Tenemos nuestras órdenes," dijo el hombre de negro mientras garabateaba una firma en los papeles de liberación.

El encargado escudriñó la firma y apartó la forma. "Buenas noches, caballeros," dijo y volvió a su dormitorio.

Por un momento Francisco revivió ese horrible momento en que él y Augie fueron despertados por terroristas en Juárez, México.[7] Saying nothing, the men in black assisted Francisco to his feet and propelled him to the cell door.

"¡Esperen un momento!" gritó Francisco. Vacilaron. "Vendré tranquilamente," dijo Francisco mientras miraba al joven guardia, sosteniendo un anillo de llaves. "No hay necesidad de ser ásperos." Los tres hombres de negro se miraron y se encogieron de hombros.

"¿Me voy de este lugar?" preguntó Francisco a nadie en particular. El joven guardia asintió con la cabeza.

"Bueno, en ese caso, no me resistiré," dijo Francisco. "Así que, relájense todos y déjenme reunir mis miserables pertenencias."

---

[7] pp. 226-230 El Inmigrante y la Moneda Dorada, Libro Tres de la Serie McBride

"¡Rápido!" gruñó el líder.

Francisco apretó rápidamente sus cosas en una funda de almohada, esperando que lo agarraran de nuevo en cualquier momento. Se tomó tiempo para vestirse con ropa civil, peinarse el pelo, usar el baño, coger una chaqueta, una barra de chocolate, sus falsos documentos de identidad, el teléfono celular que había recibido de Sam y Suzanne, y el poco dinero que le quedaba. "Estoy listo. Vamos, "dijo.

El Lanzamiento

Sammy y Mary Beth estaban excitadas y nerviosas más allá de las palabras. Ese día sería el lanzamiento del primer video en su campaña contra las drogas en Youtube. Habían trabajado incansablemente durante horas, días y semanas, editando y reeditando los videos de tres minutos de la serie. Esta primera tenía que ser perfecta, pero no tan perfecta como parecer profesional, a pesar de que era, de hecho, muy profesional. El personal de KXN-TV había estado detrás del proyecto, prestando su maestría en su tiempo libre para corregir y para pulir el vídeo, los efectos sonoros, y los gráficos principales. El departamento de publicidad había ayudado con el guión para los comerciales de 10 segundos presentando a Mary Beth y Sammy. Sus amigos en la Secundaria de St. Luke y el Hospital de St. Luke habían prometido darle un "me gusta" al video, republicarlo en sus perfiles de Facebook y enviarlo a todos sus contactos por correo electrónico. La compañía del padre de Sammy, Monroe Enterprises, estaba preparada para seguir su ejemplo.

Mary Beth y Sammy habían subido el primer video el viernes por la noche. El sábado por la mañana estaban pegados a las pantallas de sus computadoras viendo el número de visualizaciones subir de un puñado a cientos, a miles a decenas de miles a cientos de miles. Los resultados fueron increíbles. Por la noche estaban exhaustos, pero demasiado emocionados para dormir. El domingo por la tarde el video fue recogido por la mayoría de las otras redes y servidores, y apareció en AOL, Huffington Post y algunos de los noticieros de la red.

139

Sammy, Mary Beth y todos sus partidarios estaban muy contentos.

* * *

En una prisión de mediana seguridad en algún lugar de Nuevo México, un joven se sentó en el centro de recreación viendo la televisión cuando una breve parte del comercial fue mostrada en un noticiero. Asombrado, comentó: "¡Conozco a esa chica y ese tipo!" Se dirigió a una de las computadoras y comenzó una búsqueda. Con el tiempo, encontró el original en YouTube. Lo interpretó varias veces, reflexionando sobre su memoria de esa horrible escena de violación.[8] *Es la misma chica; estoy seguro de eso, a pesar de que ha cambiado, igual que el chico.* El video no mostraba sus nombres. Quizás había alguna razón para eso. Quizás no querían ser reconocidos o llamar la atención hacia sí mismos. Después de todo, el tema era "No usen drogas."

Cielo Santo, ciertamente arruiné mi vida. Si tan solo pudiese volver a empezar. Rick Jacobs tuvo mucho tiempo para reflexionar sobre esas cosas mientras estaba en la cárcel. Ahora sabía que su tío John había sido un asesino y un capo de la droga. Pero, Ricky, siendo joven, no tenía tal visión de su tío. Para Ricky, el tío John era un hombre amable que lo tomó bajo su ala y trató de enseñarle la integridad y el bien del mal. "No quiero que crezcas como yo," declararía John, mientras se ocupaba de proteger a Ricky de la parte sórdida de la vida.

Después del asesinato del tío John, [9] Ricky supo la verdad sobre él al ver las noticias y leer todo lo que pudo encontrar. Todavía le era difícil creer que un tío tan amable y cariñoso pudiera ser el asesino despiadado y el maestro de la droga que relataban los medios.

Mientras estaba en la cárcel, Rick había comenzado a asistir a los servicios de los domingos por la mañana y el miércoles por la noche y a los grupos de discusión organizados por los mormones. Fue la introducción de Ricky a la fe. Los hombres y mujeres que

---

[8] Pp. 58-59 Persiguiendo la Cocaína, Libro Dos, La Serie McBride
[9] P 241, El Inmigrante y la Moneda Dorada, Libro Tres, La Serie McBride

representaban a la iglesia impresionaron a Ricky con su naturaleza pacífica, su paciencia y bondad amorosa. Ricky se puso ansioso para aprender más y pasaba gran parte de su tiempo libre leyendo más libros sobre el tema en la biblioteca. Había leído el "Nuevo Testamento y los Salmos", y el "Libro de Mormón, Otro Testamento de Jesucristo," ambos regalos de los mormones.

¿Era posible que Jesús hubiese vivido, muerto y resucitado entre los muertos? ¿Era cierto que Jesucristo le había aparecido a tantas personas después de su resurrección, como decía en los libros? Rick tenía muchas preguntas para los líderes de su pequeño grupo los miércoles por la noche. Poco a poco, Rick llegó a creer, también. Llegó a una plena realización y convicción de la gravedad de sus iniquidades. Se arrepintió de su pecado y pidió ser bautizado en la fe. Así, se había convertido en una nueva persona. Aunque estaba recluido, podía sentir alegría.

A Rick le encantaba especialmente leer los libros de los apóstoles que habían sido torturados y encarcelados; algunos fueron colgados de una cruz. La forma en la que podían seguir cantando las alabanzas de Dios mientras estaban encadenados en una mazmorra, inspiraron a Rick a querer hacer lo mismo y convertirse en una mejor persona. Mientras aceptaba el perdón de Dios, sabía que cuando terminara su condena y fuera liberado de la prisión, tendría dificultades. Eso era de esperar como parte de su penitencia. Todo lo que podía hacer, ahora, era prepararse lo más posible.

Al ver el video de Mary Beth Baker y Sammy Monroe, no podía dejar de preguntarse si Dios le daría alguna oportunidad de enmendar el daño.

* * *

Capítulo 18

Enmienda

Leroy levantó la vista de su escritorio. "Buenos días, Mike."

"Buenos días, compañero. ¿Cómo estás hoy?"

"Soy un cinco en una escala de uno a diez," dijo Leroy.

"Oh-oh, problemas de mujeres de nuevo." Mike supuso.

"Sí, mi chica volvió a la botella."

"Mala suerte, amigo," dijo Mike. "¿La atrapaste?"

"Sí, encontré las botellas vacías de Vodka," dijo Leroy. "Cuando la confronté, ella simplemente negó que había estado bebiendo. Ella inventó una excusa, como si fueran botellas viejas o algo así."

"Cielos," dijo Mike. "Y las cosas estaban yendo tan bien allí, por un tiempo."

"Sí."

"Entonces, ¿dónde están ahora?"

"No puedo soportarlo cuando me miente. Mike, le supliqué que me dijera la verdad, pero ella igual la negó. Me fui de su casa, Mike. Supongo que le asustó mucho porque volvió a AA y se volvió sobria de nuevo. Ha estado llamando y dejando mensajes, llorando y disculpándose y pidiendo otra oportunidad."

"¿Qué vas a hacer?"

"Simplemente no sé cuánto más puedo soportar, Mike."

"Entiendo; es difícil."

"La vida se pone tediosa, ¿verdad?" preguntó Leroy.

"Nada que valga la pena tener es fácil," dijo Mike.

"Supongo que tienes razón."

"Sabes, Leroy, creo que este enigma está hecho como para el psiquiatra de nuestra estación," dijo Mike.

"¿Cómo dices?"

"Bueno, él o ella tendría toda la información que necesitas, en lo que respecta al progreso de la enfermedad. Podría decirte lo que puedes esperar, y cuáles son las posibilidades de que Doreen se recupere. Podría ayudarte a resolver tus sentimientos. ¿Qué tanto vale para ti volver a una relación con ella?"

"Me gusta esa idea, Mike. Tal vez eso me ayude a averiguar cómo lidiar con esto."

"Es solo una idea. Hazlo como mejor te parezca."

* * *

"Mike, ¿puedes venir un minuto?" dijo el Capitán Baker. "A mi oficina."

Mike cerró la puerta de la oficina y se sentó al lado del escritorio del Cap.

"He pensado en tu propuesta con respecto a ese tipo que violó a Mary Beth. Tus puntos están bien tomados, pero no tengo ni idea de cómo puedes hacer que suceda. Tienes mi permiso para hablar con el Fiscal del Distrito al respecto. Ve que puedes hacer. ¿Bueno?"

"Gracias, Capitán." Mike se marchó de la oficina, fue directo a su escritorio y cogió el teléfono.

"Oficina del Fiscal del Distrito de la Ciudad de Carson, ¿puedo ayudarlo?"

"¿Puedo hablar con el Fiscal Blissfield, por favor? Habla el Teniente Mike McBride."

"Sí, señor, te conectaré."

"Blissfield aquí."

"Hola, Duane, es Mike McBride."

"¡Mike! ¿Cómo estás?"

"Vivito y coleando, señor. ¿Y usted?"

"Fantástico, gracias. ¿En qué puedo ayudarte, Mike?"

"Bueno, tengo una propuesta qué hacerle para pedir su consejo. Ni siquiera sé si esto funcionará."

"Adelante."

"Enviamos a un sujeto a la prisión estatal por cargos de violación con drogas y narcotráfico, de nombre Rick Jacobs."

"Oh, claro, recuerdo el caso. Se trata de la hija del Capitán Baker y algunas familias prominentes en la Ciudad de Carson."

"Ese es el tipo," dijo Mike.

"Bueno, ¿cuál es tu idea, Mike?"

"Estoy buscando a alguien que podamos plantar en los carteles para que espíe por nosotros. Simplemente no estamos consiguiendo controlar estas guerras de los carteles. Si pudiésemos obtener información privilegiada sobre sus planes, podríamos ser capaces de evitar algunos de estos asesinatos. Además, como usted sabe, Karen Nelson ha sido secuestrada. Los federales no están progresando en ese caso y el tiempo se agota. Luego, están los problemas del contrabando y de las armas. Parece que estamos un paso por detrás de la mafia. Me gustaría estar un paso adelante, ¿sabe?"

"Entonces, ¿cómo entra Rick Jacobs?"

"Estoy pensando que podríamos ofrecerle un trato, una libertad condicional anticipada a cambio de información. Creo que podría volver al círculo interior con bastante facilidad."

"Podría funcionar," dijo Blissfield. "Déjame sacar su expediente."

"Veamos ahora," dijo Blissfield, tecleando mientras miraba la pantalla de su computadora. "Ah, aquí vamos. Richard C. Jacobs, arrestado por violación y narcotráfico. Se declaró culpable de un cargo reducido. Condenado 6 meses a 3 años. Está pendiente una audiencia de libertad condicional pronto. Podría escribir una carta recomendando la libertad condicional supervisada de cerca con libertad condicional suspendida si se viola. Así tendríamos un martillo para controlarlo."

"Me gusta eso," dijo Mike. "¿Qué tal si subo a verlo?"

"Tienes mi bendición, Mike. Solo dime lo que quieres hacer."

"Gracias, Duane. Estaré en contacto.".”

* * *

Mike lentamente se paseó por las páginas de una carpeta de archivos marcada con el número del interno. *¡Qué triste como tu vida se ve reducida a seis páginas y un número de expediente!* Por lo que Mike estaba leyendo, Richard Jacobs había sido un prisionero modelo. No había infracciones o marcas negras en su expediente. No recibía visitas. Gran parte de su tiempo libre lo pasaba en la biblioteca. Pertenecía a un grupo de discusión del miércoles por la noche y al equipo de béisbol de la prisión. Mike tenía lo que necesitaba. Devolviendo el expediente al empleado dijo, "Me gustaría hacer una visita a este prisionero, por favor."

"Ciertamente, siéntese en el vestíbulo y lo llamaremos cuando suba."

Mike se trasladó a la sala de espera. Pasaron diez minutos. Apareció un joven apuesto de veintitantos años, con la mano extendida. "Hola, eres Mike McBride, creo."

"Sí, eso es correcto," Mike se puso de pie y aceptó el apretón de manos. Teniente Mike McBride del Departamento de Policía de la Ciudad de Carson."

"Ha pasado un tiempo," sonrió el joven. "Soy Rick Jacobs. Tú testificaste en mi juicio."

"Sí, lo hice," dijo Mike. "¡Buena memoria!"

"No es frecuente que yo reciba visitantes," dijo Rick. "¿Vamos a la sala a hablar? Puedo conseguir algo de beber de la máquina de monedas."

"Sí, hagámoslo," dijo Mike.

Pronto se acomodaron cómodamente en un rincón privado de la habitación. Mike tomó café con azúcar; Rick tomó una Coca-Cola.

"Esta es una bonita prisión," dijo Mike.

"Sí, de hecho", dijo Rick "No es nada como las cárceles de máxima seguridad. Para permanecer aquí debes tener una conducta perfecta y estar en ciertos crímenes no violentos. Como acepté un trato, la acusación de violación fue abandonada. De lo contrario, no estaría aquí. Tuve mucha suerte."

"Debo decir que sí," dijo Mike.

"Tengo muchos privilegios que no estarían disponibles en ninguna otra parte. Eso ayuda."

"Entonces, ¿cómo lograste que se retirara la acusación de violación? Pensé que teníamos un caso cerrado herméticamente," dijo Mike.

"¡Absolutamente, lo tenían! Doy gracias al Señor, cada día que estoy aquí. No estoy seguro de cómo pasó. Podría haber sido porque la víctima en mi caso no estaba disponible para declarar. Creo que su padre quería que el caso fuera procesado lo más rápido posible, sin la publicidad de un juicio. Para eso, tuvieron que arreglar una declaración de culpabilidad. He sido muy curioso en cuanto a lo que le sucedió a la niña y los chicos también, pero nunca he visto una sola palabra en los medios de comunicación sobre ello."

"Bueno, ¿sabías que el padre de la niña es el jefe de policía?"

"¡Oh Dios mío! No, no lo sabía. Fue estúpido hacer lo que hice, ¿no? Podría jurar que vi su foto en la televisión el otro día. ¿Es eso posible?"

"Sí lo es. Ella ha sido presentada en una serie de comerciales anti-drogas," dijo Mike.

"Eso era," dijo Rick. "Fue la protagonista de un video sobre un paseo en montaña rusa. ¿Quién era el joven con ella?"

"Ese fue uno de los chicos que los que arreglaste la violación."

"Creí reconocerlo. Ambos lucen estupendos, todos unos adultos."

"Sí, son jóvenes maravillosos."

"Así que están ocupados haciendo una campaña antidrogas."

"Bueno, sí. Se inspiraron para hacerlo debido a la experiencia horrible que pasaron."

"Oh," la cara de Rick se cayó. "Mi culpa, por completo."

"Sí lo fue. Probablemente no sepas lo que le pasó."

"No sé nada."

"Después de que ella fue drogada, tuvo una reacción a la sobredosis. Acudí tras la llamada 911 y fui la primera persona en encontrarla. Estaba inconsciente y apenas vivía. Ella realmente murió en la sala de emergencias, pero su corazón comenzó a latir, de nuevo. Estuvo en coma por casi dos semanas, y luego en rehabilitación por meses."[10]

La cabeza de Rick estaba en sus manos.

Mike continuó, "Tu tío John movió todos sus hilos para tratar de sacarte. Él secuestró al novio de la chica -el joven que viste en el comercial- y lo retuvo durante una semana, hasta que lo encontramos. Faltó muy poco para que fuera todo lo contrario."

---

[10] "Persiguiendo la Cocaína," Libro Dos, La Serie McBride, Capítulos 2-3.

Rick sostuvo su cabeza y lentamente la sacudió, parpadeando las lágrimas. "Oh, Señor, ten misericordia de mí," gimió.

Mike lo miró. *¿Esto es en serio?*

Finalmente, Rick levantó la vista. "Lo siento, Mike, perdona por favor ese estallido de remordimiento. No estoy tratando de impresionarte. Sé que el Señor ha prometido perdón si nos arrepentimos... pero esto es tan malo. ¿Cómo puedo ser perdonado?"

Mike lo miró, tratando de discernir su sinceridad. "No es mi deber decirlo," dijo Mike.

"Sí, lo sé. Lo siento," dijo Rick. "Pero, déjame preguntarte esto, ¿hay alguna manera de que pueda arreglarlo?"

"Bueno, sí y no," dijo Mike.

"Cualquier cosa," dijo Rick. "Dime."

"En primer lugar, nunca debes contarlo. Debes guardar esto en secreto, para toda la vida. No es una cosa fácil de hacer, pero, aquí está el por qué. La chica no sabe que fue violada en grupo. Solo sabe que le dieron una sobredosis. Todos los jóvenes implicados, la policía y el personal médico han mantenido el secreto, hasta ahora. Ella sufrió tal trauma ya que los profesionales de la salud mental pensaron que era mejor no decírselo. Es bastante increíble, en realidad. Es casi como si la ciudad entera la protegiera."

"Eso *es* increíble," dijo Rick.

"Sin embargo, hay algo que puedes hacer para ayudarnos. Depende de cómo te sientas sobre el cartel que tu tío encabezó, y cómo te sientas acerca de los narcóticos. Me doy cuenta de que John te estaba preparando para que te levantarás en lo alto de la organización, en el momento de tu arresto."

"Le diré esto, teniente, detesto el cartel y todo lo que representa. No quiero tener nada que ver con esa malvada empresa. Sé que puede burlarse de un prisionero, que dice haber encontrado a Cristo, pero es cierto, lo he hecho. Será duro cuando salga, para tratar de encontrar trabajo legítimo, pero tengo que intentarlo."

"¿Cómo te sentirías traicionando al cartel?" preguntó Mike.

"Supongo que eso dependerá de si encaja con mi fe," dijo Rick.

"Lo que necesitamos es que alguien penetre en el cartel desde arriba y nos informe."

"Creo que podría penetrar, siempre que todavía me acepten, pero, ¿cómo saldría de aquí y qué haría?"

Mike se levantó para devolver su taza de papel a la papelera. "Si estás de acuerdo, el Fiscal del Distrito escribirá una carta a tu junta de libertad condicional, recomendando tu liberación, dependiendo del buen comportamiento. Tu libertad condicional podría entonces ser revocada, si reniegas de nuestro acuerdo. Tendrías que reportarte con tu oficial de libertad condicional, con regularidad. Ese oficial será uno de nuestros hombres. Le pasarás cualquier información."

"Eso funcionaría," dijo Rick.

"Tenemos tres elementos de información, en particular, que necesitamos. Primero, no podemos descubrir cómo los carteles y pandillas están recibiendo sus armas. Parece haber alguna ruta de suministro por la puerta trasera. Segundo, han secuestrado a una de las esposas de la Patrulla Fronteriza. Estamos desesperados por encontrarla. En tercer lugar, queremos información anticipada sobre cualquier complot de asesinato, por lo que podríamos interrumpirlos antes de que sucedan. Por último, cualquier otra cosa que nos sea de interés."

"Ya veo," dijo Rick. "Bueno, Mike, te puedo decir de inmediato, que realmente me gustaría hacer esto. Me daría la oportunidad de reparar mi pasado y hacer algo para ayudar, al mismo tiempo."

"¿Quieres pensarlo?" preguntó Mike.

"No, estoy listo."

"Tienes una audiencia de libertad condicional por venir. El Fiscal del Distrito escribirá la carta. No podemos revelarles sobre nuestro acuerdo, por lo que dependerá de ellos si toman su recomendación. Si no... bueno, no hay daño."

"Ya veo."

"Cuando vuelvas a casa, no queremos que te arriesgues. Simplemente ponte en contacto con tus viejos amigos de una manera normal y mantén los oídos abiertos. Podría ser mejor si abandonas la forma de hablar cristiana y juegas como si volvieras a ser el de antes. Probablemente podrías intentar conseguir un trabajo legítimo. Puedes usar la excusa de estar en libertad condicional para zafarte de cualquier asunto muy comprometedor. No hagas preguntas inusuales. Si deciden probarte haciéndote hacer alguna cosa, puede que tengas que hacerla. No arruines tu cubierta. Si eres arrestado, probablemente no intervendremos a menos que estés en peligro real. Serás procesado de forma normal. Sería demasiado peligroso para ti si lo descubrieran. Te ayudaremos de cualquier manera que podamos, pero solo podrás confiar en nosotros," dijo Mike. "Llama a uno de estos números si tienes problemas."

"De acuerdo," dijo Rick.

"Probablemente no estaremos en contacto de nuevo, hasta que te encuentres con tu oficial de patrulla. Probablemente deberíamos arreglar una contraseña. ¿Qué sería una buena frase?"

"¿Qué tal si digo 'Mike me envió'?"

"Creo que puedo recordar eso," sonrió Mike. "Buena suerte, Rick.*

Capítulo 19

El Consejero

Leroy pensó *Soy un adulto. ¿Por qué estoy tan jodidamente nervioso?* Ese día era su primera cita con el consejero del Departamento de Policía.

El Doctor Melrose tenía una oficina en el centro detrás de Penney's, la tienda por departamentos. Tenía una secretaria a tiempo parcial compartida que parecía no haber asistido ese día. Leroy esperó solo en un pequeño vestíbulo para que el doctor saliera. Una pequeña señal dirigida a la sala de descanso, a la vuelta de la esquina a la derecha. Una puerta cerrada del vestíbulo, a la izquierda, lucía una señal de "No molestar."

El doctor Melrose abrió la puerta y se acercó a Leroy. "Hola, soy el Doctor Melrose," dijo, "¿y tú?"

"Leroy Bratowski." Leroy se levantó y le estrechó la mano.

"Sí, por supuesto, Leroy, hablé contigo por teléfono. Por favor, ven conmigo. Siéntate donde quieras," dijo, indicando una selección de dos sillas.

Leroy eligió una antigua silla tapizada en una esquina. Miró por la ventana hacia un estacionamiento. Un pequeño calentador lanzó aire caliente a los pies de Leroy. "Hazme saber si te incomoda," dijo el Doctor Melrose. "¿Qué puedo traerte de beber? Tenemos refresco, limonada o agua embotellada."

"El agua estará bien," dijo Leroy, pensando que su garganta se sentía un poco seca.

"Discúlpame," dijo el Doctor Melrose, "mientras traigo las bebidas."

Mientras esperaba, Leroy estudió una exhibición vertiginosa de diplomas, premios y certificados de membresía profesional en la pared. Una planta de hiedra en la esquina estaba un poco polvorienta. Sus ojos descansaban sobre un pez de colores que se movía perezosamente sobre un pequeño cuenco de agua.

El Doctor Melrose regresó con limonada para Leroy y una lata de refresco para él. "Lo siento," dijo. "Parece que nos quedamos sin agua. Espero que esto te agrade."

Leroy asintió y cogió la limonada.

Melrose sonrió a Leroy y abrió su lata. "Tal vez puedas contarme un poco sobre tu situación."

"Bueno, es mi novia, Doreen. Ella es una alcohólica en recuperación," dijo Leroy.

"Ya veo," dijo Melrose con amabilidad.

"Estoy tratando de averiguar qué hacer."

"¿Hay algo que puedas hacer?" preguntó el médico.

"Bueno, he tratado de apoyarla con su programa de AA. Ella va al menos tres veces a la semana. Pero, para mí, es difícil confiar, ¿sabe?"

"He pasado mi carrera escuchando estos casos, así que por favor no pienses que puedes sorprenderme. Sin embargo, cada caso es único. Necesito escuchar tu historia. Supongamos que empiezas por el principio," le sugirió el médico.

Leroy respiró hondo y se lanzó. El Doctor Melrose escuchó en voz baja, añadiendo un comentario o pregunta suave de vez en cuando. Veinte minutos más tarde, Leroy se recostó en su silla. "Supongo que eso lo dice todo," dijo. "Entonces, ¿qué opina, doctor?"

"Creo que puedo ayudarte," respondió el doctor. Se levantó, se acercó a un archivador y sacó un cajón. "Tengo algunas cosas que me gustaría compartir contigo. Esta es la primera." Le entregó una copia a Leroy. "Esta es una línea cronológica típica de alcoholismo que muestra cómo progresa la enfermedad." El gráfico ilustraba veinte o más pasos por los que un alcohólico pasa y los síntomas en cada paso. El tiempo que duraba cada etapa se mostraba en estimaciones amplias. Leroy podía relacionar las descripciones con Doreen. "¿Dónde colocarías a Doreen en esta línea de tiempo, Leroy?" preguntó el doctor Melrose.

Leroy estudió el cuadro. Las etapas finales eran realmente aterradoras. "Probablemente en algún lugar de aquí," dijo señalando en algún lugar entre la octava o la décima etapa.

"¿Así que no ha sido delirante, o ha tenido ataques de inconsciencia?"

Leroy sacudió la cabeza. "Se ha tambaleado, ha perdido el equilibrio, ha caído, ha arruinado sus palabras, ha mentido, ha negado, ha escondido sus botellas y bebido todo el día y la noche; pero eso es todo."

"Ajá," dijo Melrose. "Todavía hay esperanza, entonces. No queremos que progrese hacia estas últimas etapas. En algún lugar de aquí," señaló hacia la última línea, "llega un punto en el que es imposible revertir la enfermedad. En ese punto, la persona sigue hundiéndose, a través de las etapas finales, hasta la muerte.

"¿Qué hay de los daños a sus órganos?" preguntó Leroy. "Eso me preocupa."

"Los órganos se ven afectados, las células cerebrales, el riñón, el páncreas, el hígado, también, la boca, el esófago y el estómago. Pero, con sobriedad, el cuerpo se recupera rápidamente. Es increíble de ver. Incluso las células cerebrales se regenerarán en un período entre varios meses a un año."

"Hay varios tipos conocidos de alcohólicos," dijo Melrose. "No es que no haya ninguna superposición, pero nos ayuda a etiquetarlos clínicamente. Está el bebedor social que bebe en los bares; le gusta la compañía. No es un bebedor compulsivo. Puede estar sobrio durante toda la semana y beber hasta emborracharse todo el fin de semana. Tu chica es lo que yo llamaría el bebedor del armario. Intenta ocultarlo a todo el mundo, nunca bebe en público y finge que no bebe nada."

"Así es," dijo Leroy.

"Aunque hay diferentes tipos, ciertos comportamientos son comunes a todos." dijo Melrose. "Por ejemplo, la gente perfectamente inteligente se miente a sí misma y a los demás. La enfermedad los hace hacerlo."

"No lo entiendo," dijo Leroy.

"Lo sé."

"¿Cómo pueden hacer eso?"

"Es difícil que la gente normal lo entienda, pero es cierto. El alcohol realmente le hace cosas al cerebro. Las personas más agradables del mundo le mentirán a las personas que más aman."

"Supongo que eso ha sido lo más difícil para mí. Me duele mucho que me haya mentido. La amaba, y pensé que ella también me amaba. Le supliqué que me dijera la verdad. Lo prometió una y otra vez, y luego, juró que no estaba bebiendo cuando no era cierto. A veces sospechaba que estaba bebiendo y le preguntaba sobre eso. Ella era tan convincente a veces que no lo descubrí durante semanas y meses. Me ha engañado, doctor."

"Y eso realmente duele, ¿no? Te sientes traicionado," dijo Melrose.

"Es exactamente así."

"¿Ayuda de alguna forma saber que es el alcohol hablando?"

"Supongo que ayuda un poco, pero es difícil de entender."

"Eso es cierto, y esa es una razón por la cual Alcohólicos Anónimos tiene tanto éxito, porque solo otro alcohólico puede realmente entenderlo."

"Ha ido a AA," dijo Leroy, "fielmente, tres veces por semana. No sé cómo puede mantenerlo, pero lo hace."

"Ese es un programa muy bueno," dijo el Dr. Melrose.

"Así que, ¿cree que podrá mantenerse sobria esta vez?"

"Muchos de ellos lo hacen, y llevan vidas perfectamente normales. Pero se comprometen a abstenerse de beber incluso la primera bebida. No es que una bebida te mate, pero la adicción es tan convincente y tan engañosa que una bebida puede dispararla. Dentro de tres o cuatro semanas, si no te detienes, estarás de vuelta en esta línea de tiempo, dondequiera que lo hayas dejado. No vuelves al principio."

"Estaba tan molesto cuando recayó que me fui," dijo Leroy. "Ahora me está pidiendo otra oportunidad. No sé si puedo dársela de nuevo. ¿Es así como va a ser?"

"¿Qué tan comprometida está en mantenerse sobria?"

"Completamente comprometido, creo," dijo Leroy, "pero, a pesar de eso, recayó."

"Todos los alcohólicos en recuperación te dirán que han recaído, por lo que eso no es sorprendente. No quieren, pero sucede. La pregunta es si pueden levantarse y volver a intentarlo. Una parte de cualquier programa de tratamiento es identificar los llamados "desencadenantes" y aprender a evitarlos. Una forma de ayudarla es atraparla y preguntarle cómo se siente. Hablar de ello. Esto la ayudará a dejar de beber y volver a AA."

"Pero el problema, doctor, es que me lo oculta. No puedo decir con certeza si ella está bebiendo. Y si la acuso, se enoja."

"Una pareja que traté resolvió ese problema al comprar un alcoholímetro."

"¿Oh en serio? Pero, ¿no se enojaría si le pidiera hacerse el examen?"

"Tal vez, pero solo tendrás que valerte del amor duro. Aprendí esto de una pareja muy compatible que vino a mí después de haber estado casados por mucho tiempo. Siempre habían hablado de sus problemas antes de que este enorme problema de la adicción criara su fea cabeza. Trabajaron conmigo y establecieron un acuerdo para que la pareja tomara la prueba cuando se le pidiera hacerlo, con un mínimo de quejas."

"Después de eso, la esposa, en este caso, tenía un método infalible de probar si había alcohol presente. Le ahorraba la agonía de la duda y la indecisión, y los salvaba de discutir si lo había o no lo había. Esto le quitó la incertidumbre a la persona sobria."

"Como funcionó, salvó al socio adicto unas cuantas veces, también. Cuando era atrapado, era capaz de reducir la frecuencia de las recaídas. A medida que pasaba el tiempo, los lapsos se hacían cada vez más alejados y la confianza se restableció gradualmente. Esto podría funcionar para ti y para Doreen, Leroy."

"Me he estado preguntando si debía volver con Doreen. Tal vez podría estar de acuerdo en volver con ella si aceptara tomar la prueba de alcoholemia cada vez que se lo pida, una vez por semana, o lo que sea."

"Podrías hacer que eso funcione."

"Planeaba pedirle que se casara conmigo, antes de enterarme de esto."

"¿Qué piensas ahora?" preguntó el doctor Melrose.

"Ahora no, no puedo hacerlo ahora. Tal vez algún día."

"Entonces, es bueno que no se hayan casado aún," dijo el médico, mirando su reloj. "Bueno, eso es todo el tiempo que tenemos por hoy. ¿Esto te ha servido?"

"Sí, me ayudó a entender. Muchas gracias, doctor."

"Estoy feliz de escucharlo. Hemos hecho un buen comienzo, pero hay mucho más de qué hablar y mucho qué mostrar. Tengo algo de material para que leas en casa. Explica por qué algunas personas son adictas y otras no, y pueden responder a algunas de tus preguntas sobre sus posibilidades." Le entregó un folleto a Leroy. "Te veré la próxima semana a la misma hora."

"A la misma hora, la semana próxima," comentó Leroy.

De vuelta en su automóvil, Leroy apoyó la cabeza hacia atrás y se relajó. Se sorprendió de sentirse tan cansado, casi extenuado. Sin embargo, había sido bueno. El Dr. Melrose era útil. *Me siento mejor. Melrose es una buena opción para mí. Creo que sé lo que haré, pero quiero consultarlo antes con la almohada.*

*   *   *

Capítulo 20

Reportando

Rick Jacobs estrechó la mano de su nuevo oficial de libertad condicional. "¿Cómo está usted, señor?" dijo. "Soy Richard Jacobs."

"Hola, señor Jacobs," dijo el oficial. "Solo llámame Hal, ¿de acuerdo? Mike me envió."

"Gracias, Hal. Mike me envió también. Por favor, llámame Rick, si no te importa."

"No hay problema, Rick. ¿Vamos a empezar?"

"Sí, por favor," dijo Rick, entregándole a Hal algunos papeles.

"Veo que tienes todo cubierto aquí," dijo Hal, hojeando la pila. "Has estado fuera una semana, ahora. ¿Cómo van las cosas?"

"Bueno, me presenté para varios trabajos, pero el único que me ofrecieron fue para entregar pizzas a domicilio. ¿Debería tomarlo?"

"Eso suena como un buen comienzo, Rick. Me alegra que hayas podido encontrar algo tan rápido. Tener un trabajo regular te dará un ingreso y una oportunidad para comenzar a adquirir una sólida experiencia laboral. Asegúrate de que estar siempre sobrio y puntual; hacer tu trabajo y no darle a tu jefe ninguna oportunidad de hablar. Con tus cheques de pago, debe ser capaz de abrir una cuenta bancaria y obtener una tarjeta bancaria. Incluso si tienes un límite pequeño, comenzará una reputación crediticia. Tienes tiempo para construir un buen registro y avanzar gradualmente en tu trabajo. El mejor registro sería quedarse con este lugar de pizza un año o dos y tratar de avanzar con la empresa. Con ese historial puedes buscar un trabajo mejor después."

"Gracias por ese consejo," dijo Rick.

"¿Dónde vives?" preguntó Hal.

"En este momento, me quedo en el refugio sin hogar del Ejército de Salvación. Hago unas cuantas tareas para ayudar con mi guardia."

"Está bien, Rick. Son buenas personas. Te recomiendo que te quedes allí hasta que acumules lo suficiente en su cuenta bancaria para pagar una habitación barata. Asegúrate de estar en una buena situación financiera antes de cortar los cabos sueltos. No te permitas sobrepasarte demasiado y tener problemas financieros. Eso puede llevarte de vuelta a malos hábitos y mala compañía."

"Gracias, una vez más, por el consejo, señor."

"Entonces, dime, ¿te has reunido con alguno de tus amigos o parientes?"

"Bueno, sí, busqué a algunos de los viejos amigos de mi tío."

"¿Hay noticias?"

"Bueno, hablaron sobre la competencia para dirigir el cartel. Hay un par de personas diferentes, quizás tres compitiendo por el trabajo. Uno es otro de los tíos, un tipo mayor. Tengo la impresión de que no era el favorito. Otro es uno de los antiguos tenientes, un chico más joven. Se le considera bastante inteligente, pero demasiado joven e inexperto. Podría sorprenderte de la tercera persona, el jefe de actuación, y el más probable ganador."

"¿Oh en serio?"

"Es una mujer llamada Desiree Parker."

Hal lanzó un silbido bajo. "¡La ex amante de John Jacobs!"

"Me sorprendió un poco que no estuviera en la cárcel," dijo Rick.

"Ella es resbaladiza. No hemos podido cargarle nada."

"Creo que eso habla bien de sus posibilidades de ganar poder," dijo Rick con una risita torcida. "El rumor es que ella arregló el asesinato del tío John y logró fijar el rap en Tony Medino-Torres, el jefe del cartel del Zorro mexicano."

"Eso parece,"-dijo Hal.

"¡Vaya!" Dijo Rick.

"Hablaron sobre el cartel mexicano tratando de hacerse cargo de algunos de los negocios de Estados Unidos. Eso los pone furiosos. Piensan que, como son norteamericanos, tienen derecho a cualquier negocio estadounidense."

Hal hizo una mueca.

"¿No significa algo eso?"

"Una grosera distorsión del patriotismo diría yo," observó Hal.

"Sí, es como 'Dios bendiga a América' la tierra de la oportunidad. Siento no haber descubierto más, pero Mike me dijo que no hiciera preguntas. Simplemente escuché y me mostré interesado en recordar los viejos tiempos y en ponerme al día sobre lo que ha sucedido desde que me fui."

"Excelente trabajo, Rick. Este dato sobre Desiree Parker es bueno. No presiones, por ahora. Solo ten cuidado y mantén los oídos abiertos. Tómate tu tiempo y construye confianza. Deja que se acostumbren a tenerte cerca."

"Gracias, Hal. Haré mi mejor esfuerzo," dijo Rick.

"Te veré a la hora normal, la próxima semana," dijo Hal, "pero si algo sucede, mientras tanto, simplemente llama a mi número y di 'Mike me envió.' Me gustó tu respuesta, 'Mike me envió, también.' Podemos usar eso en el futuro. Vendré hasta ti. Podría estar disfrazado, así que escucha las contraseñas. Del mismo modo, si necesito hablar contgo, apareceré en la pizzería o donde quiera que estés. De nuevo, probablemente estaré disfrazado. Seremos muy cuidadosos. Más vale prevenir que curar."

"De acuerdo," dijo Rick.

"Eso es todo por hoy, Sr. Jacobs. Mantente limpio y nos vemos la próxima semana." Hal se volvió hacia su trabajo y Rick se fue por la puerta.

De Vuelta a Casa

Consita y su familia acababan de terminar de cenar cuando escucharon el extraño sonido que resonaba en las montañas de las Serranías Azules. "¿Es un helicóptero?" preguntó Consita. El abuelo asintió.

"¿Qué crees que quieran?" preguntó el padre de Consita a nadie en particular. Después de todo, no habían recibido visitas externas, desde que el Inspector López y Carlos se llevaron a ese agente ladrón.[11]

Veinticuatro horas antes, Francisco había sido embarcado a bordo de un vuelo comercial, rumbo al sur; y ahora estaba disfrutando del primer paseo en helicóptero de su vida, todo cortesía de la Casa Blanca de Bigelow.

---

[11] El Inmigrante y la Moneda Dorada, Capítulo 23

Los niños de la aldea no perdieron tiempo en correr hacia el desembarco del helipuerto fuera del pueblo. "No se acerquen demasiado," dijeron sus madres, mientras se levantaban para seguirlos.

"Vamos," dijo el Abuelo a los ancianos. El padre de Consita se levantó para unirse a ellos.

Consita y las otras mujeres se quedaron para limpiar la mesa mientras aguardaban noticias. Consita se hizo sombra en los ojos para mirar hacia arriba mientras el helicóptero volaba por encima y caía lentamente fuera de la vista más allá de los árboles. Las mujeres estaban ansiosas. La llegada de un helicóptero no era necesariamente una buena noticia.

Las mujeres seguían ocupadas, cuando el helicóptero aterrizó y se detuvo. De repente, oyeron a los niños correr entre los árboles, llamando a "Consita", "Consita".

El muchacho más grande y rápido corrió hacia Consita y la tomó de la mano. "Ven, ven, ¡tienes que ver!"

Consita se quitó el delantal y lo tiró. "¿Qué? ¿Qué es?" preguntó mientras él tiraba de ella rápidamente hacia el helipuerto. Solo sonrió. "Te sorprenderás." Se reunieron con otros niños que se unieron en el grupo tirando de ella y charlando emocionadamente.

Por fin llegaron al borde del claro. Los ancianos estaban agrupados alrededor de la puerta del helicóptero. Cuando la vieron acercarse, se apartaron para revelar a un joven guapo con los brazos extendidos y una sonrisa de una milla de ancho. Él se acercó a ella. "¡Consita!" exclamó. "¡Cariño!"

"¡Francisco!" gritó mientras corría a través del claro, y saltó a sus brazos. La levantó y la giró, gritando de alegría. A estas alturas, todo el pueblo estaba reunido, aplaudiendo y animando. Las lágrimas corrían por su rostro. Francisco la dejó en el suelo y la tomó entre sus brazos para besarla. Luego la sacudió de un lado a otro en sus brazos. Él la miró a los ojos y la besó de nuevo. Hubo pitidos, silbidos y aplausos. Lentamente comenzaron a retroceder hacia el pueblo, mientras el grupo se agolpaba, tocaban a Francisco y le daban palmadas en la espalda.

El abuelo se volvió hacia el piloto del helicóptero para recoger las pertenencias de Francisco y hacerse cargo de los gastos. "No importa, señor," dijo el piloto, apartándose. "Todo ha sido arreglado por los Estados Unidos de América."

Más tarde, todo el mundo permaneció alrededor de la fogata, hablando en la noche y celebrando con vino y alegría. Finalmente, Francisco tuvo que alegar agotamiento. Había sido un viaje largo e inquieto, con cambios de avión, largas esperas en las terminales y siestas incómodas.

Tomándole la mano, se fue con Consita hacia la estancia de su familia. "Mañana empezaremos a planear nuestra boda," dijo, mientras la besaba de buenas noches.

De Vuelta al Trabajo

Beth Terry se sentía incómoda por volver a la Casa Blanca. Era su segundo día de libertad después de su audiencia en la corte. Ella había sido acusada de un cargo de poner en peligro a un infante bajo la nueva ley de Cayley. Witherspoon la había representado, argumentando sin éxito que los cargos fueran rechazados. Se fijó la fianza y fue pagada inmediatamente. Beth fue puesta en libertad bajo fianza.

Su aprensión acerca de su recepción por el presidente y el personal de la Casa Blanca resultó ser injustificada. La gente estaba demasiado envuelta en sus propios problemas para preocuparse de los suyos. Lo único que importaba era que volviera a trabajar. El alboroto sobre las audiencias del Congreso había sido bastante malo, pero ahora había nuevas preocupaciones sobre una posible investigación del Gran Jurado sobre el escándalo de las armas.

Washington estaba lleno de rumores. Había acusaciones de encubrimiento y de obstaculización saliendo de todas partes, mientras que los políticos pomposos posaban para las entrevistas, prometiendo llegar al fondo de esto. Algunas personas del ala más lejana ya estaban pidiendo la destitución.

La comisión del Senado que estudiaba el escándalo continuó exigiendo que el jefe de personal del presidente testificara ante la comisión, mientras que el presidente invocó el privilegio ejecutivo para impedirlo. Existía el temor de que miembros del personal de la Casa Blanca pudieran ser trasladados ante el gran jurado. En ese caso, el Presidente Bigelow podría ser impotente para detenerlo. Cuando Beth esuchó esto, se preguntó si había alguna posibilidad de que la llamaran.

Bigelow la recibió de nuevo. "Dios mío, señora Terry, me alegro mucho de tenerla de vuelta. He estado como un lisiado sin usted. Por favor, vea si puede arreglar este lío en mi escritorio."

En medio de eso y sus constantes demandas, Beth recorrió el camino entre su oficina y la suya, sin parar nunca para el almuerzo o hacer una pausa. El sol había desaparecido por debajo del horizonte hacía horas, cuando ella cansadamente cerró la tienda y tomó el metro para ir a casa.

Mirando fijamente la ventana mientras las emisoras pasaban borrosas, Beth permitió que su mente se volviera hacia la espantosa posibilidad de que pudiera ser llamada ante el Gran Jurado. Ella estaría atrapada entre su lealtad al presidente y su miedo por su hija. Era una situación imposible. *¿Qué debería hacer? ¿Qué podría hacer? No hay forma de que pueda testificar... absolutamente no.*

*   *   *

Capítulo 21

Horas Tempranas

Era domingo temprano en la mañana. KXN-TV le permitió a Suzanne y los adolescentes usar las instalaciones del estudio, con una condición: el estudio tenía que estar vacío. Así, Suzanne y su tripulación adolescente tenían que ajustar su edición a esas raras ocasiones en las que no había noticias de última hora ocupando el estudio.

Suzanne estaba avanzada en su embarazo por lo que necesitaba dormir mucho; pero ella no podía hacer menos que Mary Beth y Sammy, porque nunca se quejaron de renunciar al tiempo de la almohada. Por lo tanto, se arrastró antes del amanecer, esa mañana, para dar los toques finales a los próximos seis segmentos en su campaña antidrogas de YouTube.

Sus primeros diez segmentos, con el tema del parque de diversiones, se habían vuelto virales con millones de visitas. Los adolescentes ahora tenían un blog activo, y una página de Facebook con 100.000 amigos, y una cuenta de Twitter con medio millón de seguidores. Leer historias de éxito en el blog era gratificante e hizo que el esfuerzo valiera la pena. Algunas de las historias más tristes eran desgarradoras. En el mejor de los casos, habían alejado a las personas antes de que probaran drogas dañinas por primera vez. Suzanne pensó que el blog era tan efectivo como cualquier otra cosa de las que hacían.

Beth y Sammy se habían convertido en celebridades, solicitados como oradores. Tuvieron que contratar a una secretaria para manejar su correo.

"Estos nuevos segmentos van a ser muy diferentes de nuestros primeros diez, ¿no?", dijo Mary Beth, mirando el video por encima del hombro de Suzanne.

"No es tan emocionante," aceptó Sammy desde su punto de vista sobre el otro hombro.

"Sí", dijo Suzanne, "esas imágenes tenían un factor 'wow'; este rodaje tiene el factor 'temor'."

"Y uno bueno," dijo Sammy.

Suzanne presionó el botón de detener y retrocedió muy lentamente hasta el comienzo de un segmento mostrando un cordero bebé. Puso un marcador e inició el segmento de nuevo. "Vamos a escoger la mejor parte de esta escena y copiarla a una nueva carpeta."

Después de una hora de trabajo, habían escogido una docena de clips de las mejores tomass de los animales del zoológico. Se sentaron y vieron la nueva carpeta de principio a fin.

"¿Cómo podemos hacer que esto sea emocionante?" preguntó Sammy.

"¿Queremos que sea emocionante?" preguntó Mary Beth.

"Bueno, ¿qué crees que atraerá a nuestro público objetivo?" preguntó Suzanne. "Yo tomo fotos. Hasta ahora, el marketing no ha sido lo mío."

"Hagamos algunas pruebas de marketing," sugirió Mary Beth.

"¿Cómo?"

"Bueno, podríamos hacer un video, publicarlo en YouTube e invitar a nuestros seguidores a comentar," dijo Mary Beth.

"Eso funciona," dijo Suzanne.

"Sigo pensando que tenemos que hacerlo más emocionante," dijo Sammy.

"¿Cómo?"

"Hay maneras de hacer cualquier vídeo más emocionante," dijo Suzanne. "Utilizar cortes rápidas, en lugar de largos desvanecimientos. Utilice imágenes superpuestas. Ir adelante y atrás rápidamente, ajustar la música rápida, utilizar efectos de fantasía y más tomas animadas, por nombrar algunas. Además, haría que la longitud total del segmento fuese más corta."

"¿Debemos hacer dos videos diferentes con el mismo material, uno lento y otro rápido, y dejar que nuestros espectadores voten?"

"No lo sé," reflexionó Sammy. "Tal vez sería bueno involucrarlos. La gente va a votar con los pies de todos modos."

"¿Votar con los pies?" preguntó Suzanne.

"Es solo un dicho," dijo Sammy. "En estos días y edad, votan con sus clics."

Al final, hicieron un segmento protagonizado por los corderos y los monos bebés para el contraste. Los monos tenían una banda sonora de música rápida con inserciones de una pista de risa para adaptarse a sus payasadas. Los corderos tenían música calmante de cuerdas. Hicieron una introducción con gráficos de fantasía y, por supuesto, comenzaba con un comercial de drogas de diez segundos con Mary Beth y Sammy.

Subieron esto a YouTube, y publicaron un aviso, invitando a comentar.

Devolvieron el estudio a como estaba antes, apagaron las luces y se fueron.

"Voy a volver a la cama," anunció Sammy.

"Me gusta esa idea," bostezó Suzanne. "Quizá me tome una siesta."

"Nos vemos," Mary Beth se despidió con la mano.

* * *

Llamada para Levantarse Temprano

Bert Nelson se frotó los ojos, se estiró y bostezó. *Cielos, extraño a mi esposa cuando la bebé llora.* Abrió un ojo y miró el reloj. *Arggh.* Bert se fue tropezando en el pasillo y giró a la derecha. Miró a su hijo pequeño, Timmy, durmiendo a través de la reja, y se desvió hacia el baño para un alivio rápido. Adele gritó más fuerte. Bert se lavó las manos y se enjuagó la cara. Algo revivido, entró en el cuarto de la bebé. Los ojos de Adele estaban apretados y su pequeña lengua se agitaba mientras ella respiraba para lanzar otro chillido para invocar a su padre.

"Adele," Bert habló suavemente. "Yoo-hoo, Adele." Bert bajó el lado de su cuna y silbó un fragmento de una canción a través de sus dientes. Ella lo miró a través de sus ojos azules de bebé, sonrió y dio patadas con los pies. El corazón de Bert se derritió. "Oye, nena, ven con papá." Unas grandes manos fuertes se deslizaron por debajo Adele y la transfirieron a unos brazos firmes. Bert la llevó a la cocina, entreteniéndola con ruiditos y zumbidos, puso su biberón a calentar y regresó al cuarto de la bebé para cambiarle el pañal. Adele estaba concentrada en su chupete y miraba a Bert solemnemente mientras él le hacía caras y le hacía cosquillas en el vientre. Bert rápidamente la vistió con un traje de felpa que ajustó en su lugar con las pestañas de Velcro. *Gracias a Dios por el sujeto que inventó el Velcro.* Bert tomó su biberón y el control remoto de la TV y se dirigió a una mecedora. Adele comenzó a chupar con vigor. Bert apuntó el control remoto hacia el receptor y presionó algunos botones. El informe de intercambio de productos básicos de la mañana estaba al aire, pero, al menos, era algo de ruido. Bert se paseaba por los canales mientras Adele chupaba. Sus pequeños párpados mostraban un tono ligeramente púrpura; sus pestañas descansaban suavemente sobre sus dulces mejillas. Su cuerpo se sentía cálido y cariñoso, con la suavidad de un bebé.

Los instintos paternos de Bert estaban en plena alerta cuando escuchó los primeros sonidos de un fax llegando. *Eso puede esperar. Probablemente es solo publicidad.* A pesar de lo difícil que era despertar, disfrutaba esos momentos privados con su hija. El biberón casi se había terminado. Bert comenzó a retirarlo de su boca y ella reanudó la succión durante unos segundos. No era en serio.

Bert colocó el biberón en una mesa lateral y la meció unos minutos, disfrutando de la paz. Sabía que esto tenía que terminar antes de que él mismo se durmiera. Hacía diez años, cuando era un policía haciéndose una carrera, fue solicitado en un caso donde un bebé fue accidentalmente sofocado mientras dormía con su padre. En ese momento, Bert había vislumbrado el infierno.

Bert llevó su preciosa carga al cuarto de los niños, la metió en la cama, sana y salva, y levantó el borde de la cuna. Se quedó observándola por un minuto mientras encontraba su pulgar, le daba unos sorbos, suspiraba y dormía el sueño del inocente.

Bert regresó a la cocina. Terminó de preparar el café. Se sirvió su primera taza del día y la llevó al baño donde se afeitó, se cepilló los dientes y se peinó. En el dormitorio, se puso ropa limpia para trabajar, y le dio a la ropa de cama un rápido chasquido y tirón.

Bert recargó su café y se metió en la oficina para revisar sus mensajes. Sus ojos cayeron sobre el fax. *Oh, sí, casi lo olvido.* Arrancó la hoja. La dirección de regreso no le dijo nada. Mirando el mensaje, el nombre de Karen saltó hacia él.

"Si quieres ver a KAREN viva, mantén a tus hombres alejados de la milla dieciséis, el viernes por la noche." Estaba firmado con una gran Z.

* * *

Desayuno Temprano

Mike se metió en un puesto frente a Juliette. "Hola."

"Hola, te digo yo a ti," replicó Juliette.

"¿Cómo está el café esta mañana?" Mike miró a su alrededor.

Una camarera se acercó trayendo consigo una taza de café humeante. Calentó la taza de Juliette y luego sirvió una para Mike. "¿Será igual esta mañana?"

"Sí," dijo Juliette. Ella se quedaría con su pomelo y su café.

"No, me siento atrevido esta mañana," dijo Mike. "Quiero un waffle de de fresa con jarabe de arce y al lado algo de bacon crujiente; y sigo queriendo ese café que pedí."

"Enseguida, señor."

Mirando a Juliette, Mike sonrió por encima del borde de su taza. "¿Dormiste bien, mi amor?"

"De hecho sí, ¿y tú?"

"De vez en cuando me interrumpían los sueños contigo," respondió.

Juliette gimió delicadamente. "Espero que guardes esos sueños solo sobre mí, y nadie más," dijo.

"Siempre," dijo Mike, bebiendo su café.

La camarera entregó la comida. Juli atacó su pomelo con una cuchara afilada, haciendo que salpicara la barbilla de Mike. Él sonrió, lo secó con su servilleta y dijo, "Buen tiro, Carolle. Ahora veamos si puedes repetir eso."

"¡Oh, lo siento mucho!" explicó ella y se rió.

"No lo sientes," dijo Mike.

Juliette tiró de una cara larga y rompió a reírse de nuevo.

Mike cortó un buen trozo de waffle, lo cubrió con jarabe y se lo metió en la boca. Masticó con satisfacción. "Mm, está bueno," dijo. "¿Quieres un poco?"

"Solo un bocado," dijo Juli.

"Voy a pedir uno para ti."

"Oh, me atrapaste otra vez," dijo Juli.

"Solo te mantengo al día," dijo Mike, mordiendo.

Juli cambió de tema y comenzó a hablar con entusiasmo sobre su trabajo.

Mike observó la animación en su rostro.

"Juliette, dime, algo, ¿cómo te sientes en la Ciudad de Carson, estos días?"

"Mike, definitivamente me encanta aquí."

"¿No extrañas la gran ciudad?" preguntó Mike. "¿Sabes? ¿El aire salado del mar, el puente dorado, Fisherman's Wharf, la cultura y los funiculares que suben hasta la mitad del camino hacia las estrellas?"

"La niebla, la lluvia, el tráfico, la política, el diminuto apartamento que cuesta un brazo y una pierna, y el trayecto de una hora," gruñó Juli.

"Aceptamos esperar seis meses," dijo Mike, "y solo han sido... ¿qué, dos?"

"Tres meses, Mike, y ya estoy segura; sin embargo me quedo con nuestro acuerdo. Me encanta mi apartamento. ¡Hay mucho espacio! Es limpio y agradable y espacioso, conveniente para todo, y el alquiler cuesta alrededor del veinticinco por ciento del costo de mi apartamento en la ciudad."

"Pero, ¿no es tu salario menos, también?"

"Sí, tienes razón, pero todo cuesta menos, comida, el cine, la peluquería. Me queda más dinero de mi pago. Además, tengo algo de dinero guardado. Susanne y yo ganamos un poco con las ventas de nuestro video y he ahorrado la mayor parte de eso. Estoy bien."

"Ya veo," dijo Mike.

"No me voy, si eso es lo que me estás preguntando." Juli sonrió.

*   *   *

En su camino al trabajo, Mike meditó sobre la conversación en su mente. *¿Eso significa que Juliette será feliz viviendo aquí en la Ciudad de Carson? Si es así, estará esperando que le haga la propuesta en tres meses. Será mejor que empiece a ahorrar para ese anillo de diamante.*

Juliette y Mike habían llegado a un acuerdo en el que ella intentaría vivir en la Ciudad de Carson durante seis meses para determinar si podía o no ser feliz aquí. Mike había hecho de eso, más o menos, una condición para el matrimonio. Lo único que le impedía proponérselo era el temor de que no fuera feliz viviendo en una pequeña ciudad después de su excitante vida en la ciudad de San Francisco.

*   *   *

Capítulo 22

El Repartidor

Desiree Parker levantó el teléfono y marcó un número.

"Jerry's Pizza."

"Me gustaría ordenar una suprema con masa regular." Dio la dirección. "Y por favor, que sea el joven guapo, Rick Jacobs, quien la entregue."

"Lo siento, señora, el señor Jacobs no es uno de nuestros repartidores. Trabaja exclusivamente en la tienda."

"Tengo que insistir en Ricky Jacobs y nadie más."

"No tiene licencia para la entrega, señora. Tenemos otras personas autorizadas para la entrega."

"Necesito que hagas una excepción esta vez... Te diré qué, que Ricky traiga la pizza después de salir del trabajo. Eso estará bien. ¿A qué hora puedo esperar?"

"Trabaja hasta las diez, señora. Puedo darle el mensaje. Entonces dependerá de él."

"Oh, él vendrá."

"¿Tal vez deba darle su nombre, o ya sabrá el domicilio?"

"Solo dile, Desiree. Él sabrá."

"Muy bien, Desiree. Una pizza suprema con masa regular." Colgó. "Oye, Jacobs. Por aquí," gritó.

Rick dejó su escoba y se dirigió a la pequeña oficina equipada con dos teléfonos y escritorios. "Sí, señor."

"Bueno, señor Jacobs, parece que tienes una admiradora," sonrió. "Aquí está tu carta de amor." Él le entregó la orden a Rick. "En el futuro, amante, dile a tus novias que no te molesten en el trabajo."

Rick estaba desconcertado. Hal había advertido a Rick que podría contactarlo con disfraz. "¿Estás seguro de que era una chica?"

"Desiree," se burló el encargado, "insistió en que tenías que entregar su pizza. Dice que puedes llevarla después del trabajo."

Rick estaba aturdido. Leyó el papel con la dirección. "¿Esta es su dirección?"

"Eso es lo que ella dijo."

"Escucha, no estoy seguro de quién es. ¿No dejó un número de teléfono?"

"No, solo la dirección."

"Bueno, no tengo automóvil. ¿Está bien si hago solo una llamada rápida a un amigo para ver si puede recogerme y llevarme a su casa? "

"Ok, pero en tu propio tiempo, durante tu descanso. Utiliza el teléfono en el salón. No se nos permite ocupar los teléfonos de las órdenes con llamadas personales."

"Gracias," dijo Rick.

Más tarde, en su descanso, llamó al número que Hal le había dado.

"Hardy al habla."

"Hal, Mike me envió."

"Mike me envió, también."

"Estoy de descanso en Jerry's Pizza. El lugar recibió una llamada extraña. Una mujer quiere una pizza, pero insiste en que yo se la entregue después del trabajo. Ella dio su nombre como Desiree. ¿Crees que podría ser la Sra. Parker?"

"Quienquiera que ella sea, se está acercando a ti, Rick. Dame su dirección y lo averiguaré."

"Bueno, si voy, ¿organizarás el transporte? No tengo auto y un taxi está por encima de mi presupuesto."

"Si es Desiree Parker, Rick, esto podría ser peligroso para ti. ¿Estás seguro de que quieres ir?"

"Creo que puede ser una buena oportunidad para entrar desde dentro, Hal."

"Ok, esto es lo que haremos. Te recogeré después del trabajo y te llevaré allá. Te haremos usar un micrófono y estaré escuchando afuera en el auto. Prepararemos una señal, si necesitas ayuda, entraré."

Rick le dio la dirección de Desiree y colgó.

* * *

"Ding-dong," Rick hizo sonar la campana. Él esperó. Después de un minuto volvió a llamar.

La puerta se abrio. "Entrega de Jerry's pizza, señora."

"¡Ricky! ¡Cariño! ¡Por favor entra!"

Rick entró en la habitación. Desiree Parker cerró la puerta y se apoyó contra ella con una sonrisa sensual. "Solo pon la caja de pizza sobre la mesa, Ricky."

Rick la miró fijamente. Desiree siempre había estado bien vestida cuando vivía con el tío John, pero este vestido revelaba más de lo que cubría. Era de color rojo brillante, satinado y ajustado con una ranura por el lado de su cadera. La parte delantera cubría la parte baja de los pechos completamente reafirmados. Su espalda estaba desnuda. Un collar de diamantes relucientes y pendientes de solapa coincidentes le guiñaban un ojo, reflejando las docenas de velas encendidas en la habitación. Su cabello estaba rizado a medio camino hacia su cintura. Pestañas postizas y una sombra de ojos oscura acentuaban sus grandes ojos. Sus tacones de aguja la elevaron hasta la barbilla de Rick. Las velas perfumadas y su rico perfume eran casi demasiado.

Sin decir nada Rick se inclinó para colocar la caja de pizza sobre la mesa. Desiree se acercó a él y le cubrió los hombros con los brazos. "Mucho tiempo sin verte, Ricky, bebé," sonrió y acercó sus brillantes labios rojos a los suyos. Su cuerpo satinado se frotó contra él. Su pierna libre frotó arriba y abajo la suya. Una uña pulida le rodeó lentamente la oreja y trazó sus labios. "¿No me vas a dar la bienvenida?"

"Uh," dijo Rick, atónito. Levantó la mano, tomó sus dos brazos y se desenredó. "Creo que es mejor que comas la pizza mientras todavía está caliente."

"No tengo mucha hambre," dijo Desiree. "¿Por qué no vamos al sofá y nos acomodamos? Debes estar cansado después de un largo día de trabajo."

Rick se sentó en la silla solitaria.

Desiree señaló con sus palmas un lugar junto a ella, "Ven aquí conmigo, Ricky."

"No, no lo creo, y mi nombre es Rick."

"Entonces, el chiquillo ya es maduro," dijo, sarcástica.

"Desiree, ¿cómo mataste al tío John?"

"¡Oh, Rick, cariño, no puedes creer todas esas mentiras!"

"¿Cómo lo hiciste, Desiree?"

"Te lo digo, yo no hice tal cosa. Fue ese pequeño mexicano horrible, Tony Medino. No le habría hecho daño a tu tío."

"Entonces, ¿cómo persuadiste a Tony Medino de asesinar al tío John? Creo que tu comportamiento ahora me da una pista. Bueno, Desiree, eso no funcionará conmigo. No estoy dispuesto a hacer tu trabajo sucio."

"Ricky, cariño, me duele que pienses esas cosa. Hablemos de otra cosa. Tengo grandes planes para el cartel."

Rick frunció el ceño.

"John siempre me lo decía todo. Sé más que nadie. Dijo que el cartel era mío cuando murió."

"De ninguna manera," se burló Rick.

"Sí, de verdad lo hizo. John y yo nos amábamos. Nos íbamos a casar."

"¿Cómo es que nunca he visto nada de esa devoción?"

"¡Pero, debes haberla visto! Lo hice todo por John."

"Oh, claro que sí, y luego escuchaste sus conversaciones y lo mantuviste drogado y borracho la mitad del tiempo."

"¡Eso es mentira!" ella saltó de su asiento.

Ricky frunció el ceño y se quedó sentado.

"No peleemos, querido. Tengo grandes planes para ti."

Rick levantó una ceja.

"Quiero que seas mi mano derecha en el nuevo cartel. Va a ser más grande y mejor que nunca. Serás un hombre muy rico. No más limpieza de inodoros, pisos y cargarás la basura de otras personas."

"¿Tu mano derecha, Desiree? ¿Quieres decir que me encargaré de tu basura? No lo creo."

"No no. Contrataremos a alguien para hacer el trabajo sucio. Te quiero casi como un socio, un asesor de confianza."

"Sé sincera, Desiree. Quieres decir amante, ¿verdad?"

"¿Bueno, por qué no? ¿No soy lo suficientemente hermosa para ti? Muchos hombres darían cualquier cosa por ser mis amantes. Puedo tener a quien yo quiera."

"Eres muy hermosa, Desiree, pero mis servicios no están a la venta."

"Cambiarás de opinión," se burló ella y le dio la espalda.

Rick pensó profundamente por un minuto. *¿Debería seguirle el juego? ¿Qué me recomendaría Hal hacer?* "Mira, Desiree, dejemos de jugar, ¿vale?"

"No sé a qué te refieres."

"Me refiero a dejar de jugar la carta sexual."

Dejó la postura y se dejó caer en el sofá.

"No funcionó, ¿verdad?"

"No estoy diciendo eso. Eres una mujer muy deseable. Pero, si vamos a estar juntos en el negocio, sobre alguna base, prefiero mantenerlo de esa manera. No mezclemos el placer con el negocio. O lo uno o lo otro, no los dos."

"De acuerdo," dijo Desiree abruptamente. "Dame cinco minutos." Ella salió de la habitación. Cuando regresó se había quitado la ropa de sirena, los zapatos y la peluca. En cambio, llevaba pantalones vaqueros, una camisa lisa, zapatillas y sin maquillaje. En su mano tenía una lata de Coca-Cola. "¿Qué tal esto?" preguntó.

"¡Perfecto!" dijo Rick. "Ahora, si me traes una lata de Pepsi, comeremos esa pizza y nos pondremos a trabajar," sonrió.

Desiree regresó con la Pepsi, dos platos y algunos cubiertos.

"Gracias," dijo Rick, mientras se servía él mismo dos grandes rebanadas.

"¿Quieres calentarlas en el microondas?" preguntó ella.

"Nah, así está bien," Rick masticó un bocado grande. Esas cajas mantienen el calor por mucho tiempo.

"Maravillosa invención," aceptó. Comieron en silencio durante unos minutos. Finalmente, Rick se echó hacia atrás y empezó a beber. "Entonces, dime, honestamente, ¿cómo van los negocios? Sé que hay algunas cosas buenas y otras malas, así que no lo cubras de azúcar."

"Nuestro negocio ha bajado un quince por ciento, lo cual no está mal, considerando los problemas que hemos estado experimentando," dijo Desiree. "Me preocupan las rutas de suministro. Los mexicanos son muy poco fiables."

"Um," dijo Rick.

"Hemos estado mejorando en el aspecto de la protección de las cosas. Hemos abierto nuevos proveedores de armas, algunas cosas realmente de alta calidad. Tenemos suficiente para nosotros mismos, además de que nos hemos hecho con una buena cantidad exportando lo que nos sobra."

"No has estado vendiendo a los mexicanos, ¿verdad?"

"Bueno, sí, ¿no?"

"Yo no lo haría. Con mejores armas, las guerras mexicanas se acelerarán."

"Pensé que sería algo bueno", dijo. "¿No?"

"Supongo que me parece que la distracción de las guerras va a interferir con el negocio de la entrega de drogas. ¿No dijiste que la confiabilidad era un problema?"

"No pensé en eso. Mira, Ricky, es por eso que necesito que me aconsejes. Tienes una buena cabeza en los hombros."

"Gracias," dijo y terminó su Pepsi. "No estoy tratando de ser curioso o hacer demasiadas preguntas," dijo Rick.

"Ah, adelante. Si vamos a ser socios, tendré que ponerte al día," dijo Desiree.

"Bueno, si está bien. Realmente no necesito saberlo, pero ciertamente tengo curiosidad sobre cómo consiguieron los proveedores de armas."

"Oh, eso no es un secreto. En realidad, hay varios proveedores. De hecho, ahora, podemos ir a casi cualquier distribuidor legítimo y comprar lo que queramos."

"¡Vaya, qué bien! ¡No podrías pedir nada más!" Rick la felicitó.

Desiree sonrió y sacó su pecho. "Bueno, John lo inició, pero lo terminé yo, y fue mi idea en primer lugar."

"¡Bien por ti!", Dijo Rick.

"No te diré quién es."

"No hay problema," dijo Rick. "No digas demasiado. Entiendo."

"En realidad tenemos un contacto en la Casa Blanca," confió.

Rick silbó.

"Supongo que me ha ido un poco bien, ¿no?"

"¡Esto es increíble! Así que, ¿todavía está ahí, tu contacto, quiero decir?"

"Sí, ella todavía está allí, pero no vamos a dejar que se quede mucho más tiempo. Es demasiado peligroso."

"Sí, estaba pensando en eso," dijo Rick.

"Mira, sabía que trabajaríamos bien juntos," dijo Desiree.

"Hasta ahora, no he hecho nada," protestó Rick-.

"Has sido de mucha ayuda." Pensó un minuto. "Rick, he estado pensando... tal vez usted podría ayudarme con un envío que viene el próximo viernes."

"Bueno, no sé... ¿Es peligroso?"

"Tal vez lo sería si estuvieras en primera línea, aunque creemos que la solución está justo allí. Pero, no importa, no te dejaré hacer eso. Puedes ocultarte. En caso de problemas, simplemente te vas."

"Bueno, ¿qué tengo que hacer?" preguntó Rick. "No puedo dejar de trabajar, al menos, no al principio. Tengo que mantener la nariz limpia porque estoy en libertad condicional."

"No tendrás que hacerlo. El envío viene por la noche alrededor de la medianoche. ¿No sales a las diez?"

"Sí, creo que sí, pero no publican el calendario final hasta el lunes por la mañana, en caso de que haya una fiesta especial o un partido de fútbol o algo así," dijo Rick..

"Bueno, bueno, si sales a las diez, te llevaré conmigo para que observes. Odio ir allí sola. Nos esconderemos y observaremos, eso es todo. No puedo confiar en nadie, así que tengo que verlo todo," dijo. "Este va a ser nuestro mayor envío por ahora, pero tengo que asegurarme de que todo llegue a nuestro almacén. Esos tipos te robarán a ciegas si no te mantienes alerta."

"Yo te cubriré la espalda, Desiree, si eso es todo lo que tengo que hacer."

"Eso es todo, te lo garantizo."

"Tendrás que suministrar las armas. No puedo permitirme quedarme atrapado cargándolas."

"Lo haré."

"Te llamaré el lunes después de que se publique el horario," dijo Rick.

"Si es un sí, te recojo a las diez y vamos a conducir al desierto."

"Buen plan," dijo Rick. "Tengo que ir yéndome."

"Buenas noches, Rick. Gracias por venir."

Rick cerró la puerta detrás de él, bajó la cabeza, salió a la acera y giró a la izquierda. Habló suavemente. "Mike me envió."

Hal estaba escuchando.

"Voy a caminar hasta la esquina, fuera de la vista de la casa. Asegúrate de que no pueda verme, y de que nadie me esté siguiendo. Solo cuando estés seguro de eso, ven a recogerme."

Rick encorvó los hombros y caminó rápidamente. Diez minutos después, Hal se detuvo junto a él y abrió la puerta del pasajero. Rick saltó dentro. Hal había desconectado la bombilla de la cúpula del coche, de modo que no se encendió la luz cuando Rick abrió la puerta.

"Un trabajo tremendo, Rick. Felicitaciones. Tienes una increíble cantidad de información que nos ayudará," dijo Hal.

"¿Quieres que vaya con ella el próximo viernes por la noche?" preguntó Rick.

"No estoy seguro. Tendremos que hablar de ello en la sede y ver qué otros planes tenemos."

"Probablemente podría salir de ella diciéndole que tengo que trabajar el viernes por la noche, pero tendré que saberlo antes del lunes."

"Creo que vas a tener que reunirte con tu oficial de patrulla más de una vez a la semana," Hal sonrió.

"De acuerdo," dijo Rick.

"Llámame el lunes, si puedes," dijo Hal mientras se acercaba a la acera para dejar salir a Rick.

"Buenas noches," Rick cerró la puerta y entró en el refugio.

Sábado

Leroy levantó el teléfono y marcó.

"Es Doreen. Adelante por favor."

"Hola muñeca."

"¡Leroy!"

"Sí, soy yo. Pareces sorprendida."

"Me sorprende que hayas llamado," dijo.

"Doreen, ¿cómo has estado?"

"Sobria como un ratón de iglesia, Leroy."

"Eso es bueno."

"Y planeo seguir así."

"Doreen, me gustaría reunirme contigo y hablar."

"Bueno, está bien, supongo, si tú lo dices. ¿Dónde quieres que nos encontremos?"

"¿Puedo venir esta noche?"

"Oh, claro, estaré aquí toda la noche."

"Llegaré a eso de las 7:30, ¿de acuerdo?"

"7:30 está bien. Hasta entonces."

"Adiós."

A las 7:30, Leroy llamó a su puerta. Se abrió después del primer golpe. Doreen estaba allí vestida con pantalones y una blusa suelta. Leroy pudo detectar su perfume junto con el olor del café, procedente de la cocina. Sin estar seguro de qué hacer, Leroy se inclinó y la besó en la mejilla. Él tomó su mano. Se sentía bien.

"Preparé un descafeinado," dijo Doreen, "y descongelé una torta helada de queso."

"Eso suena sabroso, Doreen," dijo Leroy.

Salieron a la cocina. Leroy le sostuvo una silla. "¿Puedo servir?" preguntó.

"Gracias," dijo Doreen.

Se comieron la torta de queso en silencio. Leroy bajó su tenedor y se limpió la boca con la servilleta. Tomó un sorbo de café. "Eso estaba delicioso, Doreen."

"Gracias." Doreen terminó su pastel y llevó los platos al fregadero. Volvió con la cafetera para calentar el café.

"Gracias," dijo Leroy.

Doreen tomó asiento, de nuevo, y empezó lentamente a remover su café. "¿Querías verme?" preguntó.

"Sí, Doreen, quiero tener una discusión franca y abierta acerca de sçtu adicción, puesto que concierne a nuestro futuro juntos."

"Oh," dijo Doreen en voz baja. "Uh, ¿pero ya no lo hablamos?"

"Bueno, sí, pero, supongo, quiero decir, uh, no hemos terminado con la discusión."

"Bueno, adelante, dime lo que quieras decir, Leroy." Doreen se preparó.

Leroy decidió mantener la calma. Después de todo, ¿podría culparla por estar herida y aprensiva? "Primero, permíteme decirte que he pensado mucho en esto. Decidí ir a ver al psicólogo de los empleados para tener asesoría."

"Oh, ¿por qué necesitas asesoría?"

"Porque hay más de una víctima del alcoholismo. En el caso de cada alcohólico hay seres queridos que se ven afectados por la enfermedad, de diferentes maneras, por supuesto. No estoy insinuando que mi sufrimiento es el mismo que el tuyo, en absoluto. Simplemente estoy diciendo que tu enfermedad me ha afectado, como si, digamos, alguien que amas tuviese una terrible enfermedad. Dependiendo de lo cerca que estás de esa persona, eso te arrastraría, emocionalmente y de otras maneras."

"Hagamos que sea impersonal," continuó, "Supongamos que una mujer que no conocías estaba enamorada y comprometida para casarse, cuando su prometido tuvo un accidente y quedó paralizado. ¿No estaría esa mujer profundamente atrapada?"

"Por supuesto."

"Tomemos un ejemplo más, otra pareja. Supongamos que uno de los dos tiene Alzheimer. Digamos que él estaba tan mal que no sufría realmente, porque no se enteraba. En ese caso, ¿quién fue el que más sufrió?"

"Supongo que ella."

"Del mismo modo, si uno de los dos es alcohólico, el otro también es víctima de la enfermedad."

"Oh."

"¿Eso te ayuda a entender por qué necesitaba ayuda?"

"Sí, pero todavía me duele pensar que hablas de nosotros con un desconocido."

"De acuerdo," dijo Leroy.

"Bueno, ¿valió la pena? ¿Aprendiste algo?"

"Creo que sí, y voy a volver una vez por semana durante un tiempo, hasta que me sienta mejor".

Leroy buscó su mano. "Doreen, cariño, ¿es demasiado difícil para ti?"

"No, adelante, por favor."

"Bueno. Bueno, una de las cosas que aprendí es que he perdido mi sentido de confianza."

"Sí, eso lo aprendí que en el centro de rehabilitación, también. Es decir, toma mucho tiempo construir esa confianza, una vez más, incluso un año o dos, tal vez nunca, dependiendo de lo que suceda," Doreen estuvo de acuerdo.

"De acuerdo, así que eso no es ninguna sorpresa para ti. Además, no sabía... después de la última vez que recaíste... No sabía si podría soportar el dolor de nuevo. Estaba tan emocionado y esperanzado por ti. Había empezado a confiar de nuevo, y luego... y luego..."

"Rompí tu confianza."

"Sí, cuando eso pasó, estaba devastado. Me dolió tanto que no sabía si podía volver a retomarlo."

Las lágrimas corrían por las mejillas de Doreen. "No te preocupes por mí," dijo, mientras se limpiaba las mejillas.

"Esto tampoco es fácil para mí," dijo Leroy.

"Parece que no hay esperanza," dijo Doreen.

Leroy le apretó la mano. "Tal vez no, por completo."

"¿Qué quieres decir?"

"Bueno, he aprendido algunas cosas sobre tu adicción. Una cosa es que todos los alcohólicos en recuperación tienen recaídas. Lo que cuenta es si pueden recuperarse y volver a intentarlo."

"Sí, también lo he aprendido. Me sorprendió," dijo Doreen.

"También me sorprendió. Otra cosa es que todos los alcohólicos mienten sobre su condición, o para encubrir su condición. Se mienten a sí mismos y a los que aman. Mi doctor explicó que el alcohol afecta el cerebro y su poder de razonamiento. Esa información no quita todo el dolor, pero me ayudó a comprenderlo. Además, una vez que se ponen sobrios, el remordimiento es intenso."

"Sí, eso es cierto, remordimiento, arrepentimiento, disgusto, vergüenza. Es casi abrumador. Pero el programa de AA tiene muchas maneras de ayudar con eso. Esa es una parte importante del programa."

"Eso es bueno," dijo Leroy.

"Entonces, ¿dónde nos deja eso?" preguntó Doreen.

"Bueno, mi consejero me habló de una pareja que había resuelto muchos de sus problemas con un simple dispositivo pequeño."

"Oh, ¿y qué fue eso?"

"¿Prometes que no te reirás?" preguntó Leroy.

"No puedo hacer eso," ella rió.

Leroy sonrió también. "Fue un alcoholímetro."

"Estás bromeando," dijo Doreen.

"¿Te importaría?"

"¿Me importaría soplar en un alcoholímetro?"

"Sí."

"Bueno, no lo sé. Puede parecer... oh... ¿cómo puedo decirlo...?"

"¿Humillante?" preguntó Leroy.

"No exactamente. Supongo que parecería que no confías en mí."

"Exactamente," dijo Leroy. "¿Debería?"

"Supongo que me gané eso, ¿no?"

"No estamos tratando de jugar un juego, Doreen. Estamos tratando de ser honestos el uno con el otro. Nuestro futuro está en juego aquí. Al menos, desde mi punto de vista. El hecho es que confiaba en ti, completamente. Yo estaba enamorado de ti. Y entonces rompiste mi confianza. Entonces, justo cuando estaba empezando a recuperar la confianza, me rompiste el corazón otra vez. Ahora, entiendo por qué, pero eso no lo quita. Lo que necesito es una forma de confiar en ti otra vez. No quiero tener que preguntarme si estás sobria. Necesito saber que estás sobrio. Y, si no lo estás, entonces tendremos que desintoxicarte inmediatamente, como la última vez."

"Sí, cuando saliste conmigo, las dos veces, eso me sacudió a la sobriedad."

"Doreen, necesitas saber, sin duda, que me iré para siempre si vuelves a beber."

"¿Estás diciendo que volverás conmigo, si me mantengo sobria y si lo pruebo al soplar en el alcoholímetro?"

"Sí, pero no una sola vez. Estoy hablando de cada vez que te pida que soples, quizás una vez a la semana, o cuando lo necesite."

"Puedo hacer eso," dijo Doreen. "Eso sería bueno para mí también, porque podría demostrarte que estoy sobrio."

"Hay una cosa más, Doreen, necesitas saber esto de antemano. No me voy a casar contigo."

Ella se quedó en silencio.

Leroy se quedó en silencio.

"Oh," dijo ella. Se levantó y fue al fregadero. Empezó a retirar los residuos de los platos y a apilarlos en el lavavajillas. Ella puso a funcionar el triturador de basura, mojó un paño y comenzó a limpiar todos los mostradores y la mesa.

Leroy se levantó.

Doreen se giró para mirarlo, con el paño en la mano. "¿Es esto un adiós?" le preguntó.

"No," dijo Leroy.

"¿Entonces que es eso?"

"Eso depende de ti, cariño."

"¿Cuáles son mis opciones?" preguntó Doreen.

"Bueno, si estás dispuesta a permanecer sobria tanto como puedas, y dispuesta a volver a ponerte sobrio cuando recaigas; si estás dispuesta a demostrarme eso usando el alcoholímetro; entonces, podemos continuar nuestra relación en cualquier base que desee, con la salvedad de que no esperes un matrimonio. Podemos salir con la frecuencia que desees. Puedes mudarte conmigo, si quieres."

Doreen alzó la vista con un sobresalto. "¿Qué dijiste?"

"Uh, si estás dispuesta a permanecer sobria..."

"Eso no; quiero decir, al final."

"¿Puedes mudarte conmigo, si quieres?"

"Si, eso. Dilo otra vez."

"Puedes mudarte conmigo, si quieres."

"¿Quieres decir que?"

"¿Quieres mudarte?"

"¡SÍIIII!" Doreen chilló y saltó sobre él desde el otro lado de la habitación.

Él casi se cayó. Ella le rodeó con los brazos, "Sí, sí, sí", y le dio un gran beso.

Leroy estaba un poco desconcertado por su entusiasmo. Habría estado menos asustado si le hubiera dado una bofetada en la cara. Él comenzó a sonreír. "Bien," dijo, "¡Eso es maravilloso!"

"Ayúdame a buscar algunas cosas," tomó su mano y lo empujó a su habitación. Se metió en el armario, sacó una maleta, la arrojó a la cama y la abrió. Cruzando hacia su cajonera, abrió el cajón superior y tomó un montón de ropa interior. "Ten, cariño, tíralos en mi maleta, ¿quieres, por favor?"

Leroy estaba tan asombrado que la miró incrédulo.

"¿Quieres ayudarme aquí?" preguntó Doreen.

"Oh, claro, claro," dijo Leroy. Tomó la ropa, la colocó en la maleta y se dio la vuelta para recibir otra carga en los brazos. Esto continuó a través del cajón inferior.

"¿Cómo vamos allí, Leroy? ¿Está lleno?"

"No, no del todo. Tienes un poco más de espacio."

"Está bien, voy a meter unos zapatos," dijo Doreen. Cogió una bolsa de plástico y seleccionó tres pares de zapatos y unas zapatillas. "Toma estas, ¿de acuerdo?"

"Eso lo llena," dijo Leroy.

-Bien, ciérrala, por favor." Doreen escogió una media docena de trajes en perchas y los depositó en la cama. "Los sacaremos en las perchas," dijo. Sacó un estuche cosmético de gran tamaño del armario, entró en el baño y lo llenó con todo lo que necesitaba, desde cepillos para el maquillaje hasta champú y acondicionador. Cerró la cremallera y la agarró por el mango. Se volvió hacia Leroy con una enorme sonrisa. "OK estoy lista."

Leroy estaba casi sin palabras.

"Oh, espera, olvidé lo más importante," dijo Doreen. "Abre la maleta por mí, ¿quieres, por favor?"

Leroy la dejó abierta sobre la cama. Doreen se acercó al armario y sacó un magnífico conjunto de lencería. Se giró hacia fuera y alrededor de su cuerpo, para mostraárselo a Leroy. "Pagué una buena cantidad por esto," dijo, "y nunca lo he usado. Lo he estado guardando para la ocasión adecuada." se lo sujetó al cuerpo. "¿Te gusta?" preguntó.

¡Oh Dios Mío! pensó Leroy. Tragó grueso. "Sí, me gusta. De verdad me gusta."

"¿Estás seguro?"

"Cielo santo, cariño, me estoy muriendo aquí. Vamos a darnos prisa y llegar a mi casa antes de que explote."

Ella se rio alegremente, tiró el atuendo a la maleta, la cerró y se la entregó a Leroy. "¿Estás bien para conducir?"

"¡Oh, nena, voy a conducir bien! Te sacaré de tu mente. Vamos." Él recogió la ropa de las perchas en un brazo, la maleta en la otra y caminó por el pasillo. Doreen agarró el estuche de maquillaje y trotó detrás de él. Cargaron el automóvil con las cosas y se subieron. "Ven aquí, cariño," dijo Leroy. La envolvió en sus brazos y aplastó su boca contra la suya. "Ahí tienes, eso es solo una muestra de lo que vendrá." Inició el motor, mientras ella se acurrucaba, mordisqueaba su cuello y le acariciaba la pierna. "Cuidado, ahora, estoy conduciendo aquí," dijo Leroy con una enorme sonrisa.

Domingo en la mañana

Leroy estaba sentado en la mesa del desayuno tomando café. Estaba revisando el correo de ayer. Doreen estaba limpiando la mesa, usando su nuevo conjunto de lencería. Tenía el pelo desordenado y el rostro sin maquillaje, pero tenía un brillo deslumbrante. Doreen tarareó una pequeña melodía mientras limpiaba la cocina.

"Oh, mira," dijo Leroy. "Aquí hay una carta manuscrita con un sello de América del Sur. ¿Me pregunto qué será esto?"

"¿Puedo verlo?" preguntó Doreen. "Parece una invitación."

"Está dirigida a nosotros," dijo Leroy. Sargento Leroy Bratowski y Compañera. Esa eres tú."

"¿Para mí? Bueno, ahora, déjame verla."

Leroy se la entregó. "De acuerdo, ábrela."

Doreen cortó el sobre con un cuchillo de cocina. Ella sacó una hermosa invitación de boda escrita a mano. "Oh, estamos invitados a la boda de Francisco y Consita. ¿No es agradable? Pero, no podemos permitirnos volar allí abajo" dijo con nostalgia.

"Sabes lo que dicen, 'Dos pueden vivir tan barato como uno'."

"Lo dicen, ¿no?" dijo Doreen con una sonrisa.

Lunes en la mañana

A las ocho de la mañana del lunes, todos los policías de la Ciudad de Carson estaban reunidos en la sala de conferencias: Mike, Leroy, Sam, Hal, Leo, Brenda y Tom. Incluso Cal Culpepper había venido desde la casa segura. El Capitán Baker presidía. "Tenemos algunas noticias de Bert Nelson de la Patrulla Fronteriza," dijo. "Finalmente tuvo noticias de los secuestradores de su esposa. Le llegó un fax. Todo lo que decía era: "Si quieres ver a KAREN viva, mantén a tu gente alejada de la milla dieciséis, el viernes por la noche." Estaba firmada con una gran Z. "

"¿Creen que fue genuino?" preguntó Leo.

"Es muy difícil decirlo, ya que el secuestro ha estado en todas las noticias. Podría ser una broma, podría ser el cartel del Zorro aprovechando la situación, y podría ser auténtico. Ya hemos agotado cientos de pistas potenciales, pero esta suena bien, especialmente si la ponemos junto con otro dato sólido que Mike generó y en el que Hal está trabajando. Cuéntanos al respecto, Hal."

"Bueno, con el permiso del Cap, el Fiscal del Distrito Blissfield y Mike armaron un buen trato para colocar a un informante dentro del Cartel de la Costa Oeste. El viernes por la noche nuestro informador recibió dos pedacitos de información para nosotros desde quien actúa como jefe interino del cartel. Ella le dijo que un gran cargamento estaría llegando a la frontera el viernes por la noche alrededor de la medianoche. Ella invitó a nuestro informante a acompañarla en una tarea de observación, el viernes por la noche. No sabemos exactamente dónde, pero tal vez sea en este marcador de la milla dieciséis."

"Tiene sentido, ¿no?" dijo Leroy. "Sabemos que el cartel del Zorro firma su nombre con un Z grande, y sabemos que tienen un acuerdo con el Cartel de la Costa Oeste para entregar cocaína."

"Sea lo que sea que hagamos, debe estar sincronizado con la Patrulla Fronteriza," dijo el Capitán. "No vamos a pisar su operación, pero si el contrabando supera sus defensas en Nuevo México, entonces saltaremos. Lo coordinaré con Bert Nelson. Podemos revelar la información que tenemos acerca de la noche del viernes a la medianoche, pero ni siquiera podemos sugerir cómo conseguimos el dato. Debemos proteger a nuestro espía a toda costa, incluso si tenemos que sacrificar un arresto. Tener a este informante en el interior es como tener oro."

"Una cosa más," dijo Hal. "El jefe interino dijo que no esperaba ningún problema porque 'ya está arreglado' y eso es una cita. Si eso se refiere a la nota de chantaje, eso significa que el Cartel de la Costa Oeste sabe algo sobre el paradero de Karen.

"¿Escuché que se refieren al jefe como una mujer?" preguntó Sam.

"Sí, es una mujer, y alguien que podrías recordar. La mujer es la Sra. Desiree Parker." Ante esa noticia, el grupo estalló.

"Bueno, me cambiaré," dijo Cal, "¡Si eso no le gana a todo!"

"Ojalá todos pudieran haber estado conmigo, escuchando la conversación entre la Sra. Parker y mi informante, cuando ella trató de ponerle la marca. Él le dejó caer el peine más liso que haya escuchado en muchas lunas," rio Hal.

"¡Ah, qué vergüenza!" gimió Cal y le dio una palmada en la pierna.

"Muchachos, muchachos, vamos a calmarnos," dijo el Capitán suprimiendo una sonrisa. "Tenemos que resolver los asuntos del pueblo aquí."

Los hombres y la mujer se establecieron y reanudaron su reunión, terminando después de otros diez minutos.

Mike y el Capitán Baker se quedaron para una reunión privada.

"Capitán, necesito hablar de una cosa más, contigo, si es posible."

"Claro, Mike, déjame calentar mi café."

Ambos recargaron sus tazas y decidieron ir a la oficina del Capitán para su reunión.

"Esto tiene que ver con la llamada de Rick el viernes por la noche a Desiree Parker, Capitán. De acuerdo con Hal, ella terminó invitándolo como su asistente, o mano derecha, si se quiere. Hubo otra parte importante de su conversación. Sospecho que se trata de una información muy secreta sobre el nivel más alto de gobierno, la Casa Blanca. No estoy seguro de qué podemos hacer con esto, pero ella le insinuó a Rick que tenían un infiltrado en la Casa Blanca."

"¡Así es!" exclamó el Capitán con un silbido bajo. "¿Qué sugieres?"

"Bueno, con su permiso, creo que debo llevar esto al Almirante Lee. Ha estado en Washington, testificando ante una comisión del Senado. De hecho, creo que él fue el instigador de la primera investigación del tráfico de armas. Como usted sabe, ha explotado y está amenazando al presidente, él mismo.

"Creo que Lee puede ser capaz de poner este poco de información junto con lo que sabe y acelerar las cosas. ¿Qué le parece, Capitán?"

"Tienes toda la razón, Mike. Debes hacer de esto tu prioridad. Te sugiero que solicites una reunión con el Almirante Lee, tan pronto como sea posible, y empezar desde allí. Haz lo que sea necesario."

"Gracias, Capitán. Me pondré en ello," dijo Mike. "Puedo optar por llevar a Hal conmigo en lugar de a Leroy, esta vez, porque Hal está lidiando con el informante y puede hablar directamente sobre el tema."

"Ojalá pudiera dejarte a ambos, Mike, pero eso nos dejaría en malas manos aquí," dijo Cap. "Podríamos necesitar todas las manos en cubierta el viernes por la noche."

"Por supuesto," dijo Mike. "Supongo que tengo permiso para tomar una copia de la cinta de la entrevista de Rick con Parker."

"No hay problema," dijo Cap y le pidió a Mike retirarse.

Mike entró en una sala de conferencias vacía para hacer sus llamadas.

"Hola, Teniente," dijo el Almirante Francis "Buck" Lee

"Hola, señor," dijo Mike.

"¿Tienes algo en mente, hijo?"

"Sí, puede que tenga información muy interesante relacionada con ese problema en el que hemos estado trabajando."

"Oye, ciertamente despertamos un nido de avispas, ¿verdad?"

"De hecho lo hiciste," respondió Mike.

"Entonces, ¿cuándo quieres hablar de eso? ¿Ahora o más adelante?"

"Tan pronto como sea posible, señor, pero creo que esto sería mejor si fuese manejado en persona."

"Bueno, entonces, me pregunto si deberíamos llamar a todo el grupo de trabajo," preguntó Lee. "Si es así, podría venir a tu lado."

"¿Sigues en el este?" preguntó Mike, teniendo cuidado de no divulgar demasiado por teléfono.

"Sí," dijo Lee.

"Bueno, hay otro miembro en el este que podría encontrar esto interesante. ¿Por qué no voy a su zona, esta vez? Después podríamos decidir reunirnos aquí, con los demás."

"Tú sabrás mejor," dijo Lee. "¿Puedes encontrarme aquí?"

"No tengo ni idea."

"Bueno, me quedo en el Inn que lleva el nombre del hombre que tiene un monumento aquí. Es la estructura más alta que ves cuando vuelas. Esa es mi pista. Me encontrarás. Además tienes mi número de celular."

"Estaré allí a la hora de la cena, señor, y traeré un amigo."

"Estupendo. Me pondré en contacto con nuestro otro amigo y lo invitaré a cenar."

"Gracias, eso me ahorrará una llamada. Por favor, haga una reserva para nosotros en su hotel para esta noche. Dos camas en una habitación estarán bien."

"Yo me encargo. Hasta pronto, amigo."

Mike marcó la extensión de Hal Hardy.

"Hal, es Mike. Estoy en la sala de conferencias. ¿Podrías entrar un momento?"

"Claro," dijo Hal. Colgó y se acercó a Mike.

"Entra y cierra la puerta, por favor," dijo Mike.

"Seguro, ¿qué pasa?"

"Necesito que vayas a Washington DC conmigo esta tarde. El Cap dio su permiso."

"Oh," dijo Hal. Sacó una silla y se sentó a la mesa con Mike.

"Vamos a tomar la cinta que hiciste de Rick Jacobs y Desiree Parker y llamar al vicealmirante Buck Lee."

"Bueno, eso suena intrigante," dijo Hal.

"La razón principal por la que te necesito es simplemente para agregar autenticidad como testigo. La cinta habla por sí misma, pero las cintas pueden ser manipuladas. Puedes jurar que es auténtica."

"Sí, puedo," dijo Hal.

"Bueno. ¿Entonces no tienes ningún problema para escaparte?"

"No hay problema," dijo Hal.

"Está bien, entonces puedes volver a tu escritorio. Llamaré a las líneas aéreas. Te daré un zumbido tan pronto como tenga nuestro horario. Probablemente nos quedaremos y volaremos a casa mañana," dijo Mike.

* * *

Mike pasó buena parte de su tiempo de vuelo poniendo al día a Hal respecto al grupo de trabajo de la policía, la extraña directiva que autorizaba las ventas de armas y el encubrimiento que estaba bajo investigación en ambas cámaras del Congreso, además de un gran jurado. También le habló de la participación del vicealmirante Lee en las audiencias del Senado.

Cuando dieron un rodeo para aterrizar en el Reagan International, el sol brillaba sobre el Potomac. Mientras se asentaban alrededor de la cuenca de las mareas, el Jefferson Memorial apareció ante la vista. El monumento de Washington, construido para honrar al primer presidente de los Estados Unidos, George Washington. "La vista desde aquí nunca deja de emocionarme," dijo Mike. Tenía el asiento de la ventana, así que le señaló los edificios importantes para Hal.

Hal estaba casi en el regazo de Mike, esforzándose por ver por la ventana. "¡Guau! ¡Eso es genial!" exclamó Hal. "¿Tendremos tiempo para visitar alguno de los lugares?"

"Lo dudo. Disfrútalo mientras puedas."

Muy pronto, el espectáculo terminó; Su avión llegó hasta la puerta. Mike y Hal cogieron sus maletas y maletines de la bandeja de arriba y subieron por el pasillo. Siguieron las señales directamente al metro y tomaron dos asientos a bordo de la línea azul para viajar a la ciudad. Mike había explorado el sitio web del sistema de metro y había determinado que esa línea de metro los llevaría a una parada que estaba a una cuadra del George Washington University Inn.

El paseo en metro era en sí un tour de la ciudad, a través del Potomac, una parte por encima del suelo y otra parte bajo tierra. "Nuestra parada está en el histórico distrito Foggy Bottom cerca de la Universidad George Washington y el Centro Kennedy," dijo Mike. "Tal vez tengamos la oportunidad de verlos. Entiendo que el Kennedy Center tiene un espectáculo gratuito cada noche a las 6 pm. Además, el solo hecho de estar dentro y ver el lugar es una delicia."

Comenzaron a recorrer la corta distancia desde la parada de metro hasta el Inn. "Aquí está el Hospital Universitario George Washington," dijo Hal, señalando una señal en la entrada. "No se parece a un hospital habitual. Aquí es donde el vicepresidente Cheney fue por su condición cardíaca."

La acera continuaba con residencias anticuadas que les parecían pintorescas a estos hombres que estaban acostumbrados a los espacios abiertos. Las casas restauradas eran más altas que anchas, y estaban construidas juntas. Los escalones estaban casi en la acera. La mayoría tenía un sello de correos de tamaño césped con un árbol. Pocas personas de las que vivían aquí necesitaban un coche. Tenían fácil acceso a la ciudad a través de los 110 kilómetros de metro y el extenso sistema de autobuses.

El George Washington University Inn se escurrían entre el resto de las edificaciones. Tenía una modesta fachada de ocho pisos. En el interior, el vestíbulo era pequeño, silencioso y elegante. Mike había adivinado correctamente. El mostrador tenía sus reservas y una carta del Almirante Lee. "Estamos en la habitación 312, al final de su mismo pasillo. Llamen al llegar. Firmado, Buck." Mike, y Hal fueron llevados directamente a su habitación, donde encontraron un surtido de fruta, aperitivos y bebidas esperando por ellos.

Su habitación estaba decorada con un elegante mobiliario de estilo europeo con un escritorio victoriano, un centro de entretenimiento de arce oscuro y estampados de época romántica en la pared.

Mike levantó el teléfono y llamó a la habitación 312. El Almirante Lee contestó. "Bienvenidos a Washington."

"Gracias, señor," dijo Mike.

"¿Como estuvo su viaje?"

"Hermoso," dijo Mike. "Estábamos emocionados volando hacia el Reagan."

"¿No es inspirador?" Lee estuvo de acuerdo.

"¿Cuándo nos reuniremos?" preguntó Mike.

"Estamos listos en cualquier momento."

"Ok, déme una media hora para refrescarnos de nuestro viaje," dijo Mike y bajaremos.

El Almirante Buck Lee los saludó con su emoción habitual. Los condujo a una mesa redonda con cuatro sillas. "Mike, recuerdas de Charles McArthur."

"Hola, Charles, es bueno verte," dijo Mike ofreciendo una mano.

"Lo mismo digo," dijo Charles, estrechando su mano.

"Charles, este es mi socio, el sargento Harold Hardy del departamento de policía de la Ciudad de Carson," dijo Mike. "Hal, te presento a Charles McArthur, de la ATF de Filadelfia."

"Sargento Hardy," dijo McArthur.

"Llámame Hal, por favor, Charles. Ya he oído hablar mucho de ti."

"Nada malo, espero."

"Todo bueno, te lo aseguro," dijo Hal con una sonrisa.

"Señores, por favor siéntense," dijo Buck Lee. "¿Puedo preparar una copa para alguien?"

"No, gracias, estamos bien," dijo Mike.

"En ese caso, pasemos a los negocios. Ciertamente has despertado nuestra curiosidad, Mike."

Mike procedió a actualizarlos con los acontecimientos previos a la reunión de Rick Jacobs con Desiree Parker. "En un momento vamos a reproducir la grabación de su reunión, pero en primer lugar, permítanme señalar la información significativa que hemos aprendido. Parece que el Cartel de la Costa Oeste, bajo el comando de su jefa interina ha descubierto una manera de obtener acceso a todas las armas legales que quiere, directamente a través de distribuidores legítimos. Esos distribuidores creen que están cooperando con la ATF y el Departamento de Justicia en algún tipo de plan organizado para derribar a los sindicatos del crimen."

"Sí, por supuesto, eso es lo que hemos estado investigando y lo que ha causado alboroto en Washington," dijo Lee, impaciente.

"Eso es cierto, pero la nueva información puede mostrar que la investigación ha ido en la dirección equivocada. Verán que hemos descubierto un escenario completamente diferente."

"Vamos," dijo Charles, mostrando interés por primera vez.

"Las investigaciones del Congreso han estado investigando a través de la administración y sus agencias por alguna señal de malversación de cargos, buscando algún culpable de esta catástrofe. Los diversos organismos han estado luchando por eludir, encubrir y acallar la investigación, haciéndose así parecer culpables. Seguramente, debe haber alguna trama atroz, o, en el mejor de los casos, algún error estúpido."

"Si tengo razón, hubo una trama atroz, pero no fue por alguien en la administración, fue planeada y perpetrada por el Cartel de la Costa del Mar de la Droga. Han plantado un espía justo debajo de nuestras narices, un topo en la Casa Blanca. Necesitan escuchar esta cinta. Hal puede atestiguar su exactitud."

"Sí, puedo," dijo Hal. "Yo estuve ahí. Hice la cinta. La única alteración fue para esconder el nombre de nuestro informante. Escuchen la cinta." La encendió.

Charles y Buck se inclinaron hacia adelante y escucharon atentamente. Cuando la cinta llegó al punto en el que Desiree Parker le dijo a Rick que compraba y vendía armas, Buck se acercó y puso la cinta en pausa. "Vamos a oír eso de nuevo," dijo. Mike rebobinó parcialmente la cinta y la volvió a encender.

Desiree Parker está hablando.

"Hemos estado mejorando en el aspecto de la protección de las cosas. Hemos abierto nuevos proveedores de armas, algunas cosas realmente de alta calidad. Tenemos suficiente para nosotros mismos, además de que nos hemos hecho con una buena cantidad exportando lo que nos sobra."

"Oh Díos mío," dijo Buck. "Hazla seguir."

La cinta siguió.

"Realmente no necesito saberlo, pero ciertamente tengo curiosidad sobre cómo consiguieron los proveedores de armas."

"Oh, eso no es un secreto. En realidad, hay varios proveedores. De hecho, ahora, podemos ir a casi cualquier distribuidor legítimo y comprar lo que queramos."

"¡Vaya, qué bien! ¡No podrías pedir nada más!" Rick la felicitó.

Desiree sonrió y sacó su pecho. "Bueno, John lo inició, pero lo terminé yo, y fue mi idea en primer lugar."

"¡Bien por ti!", Dijo Rick.

"No te diré quién es."

"No hay problema," dijo Rick. "No digas demasiado. Entiendo."

"En realidad tenemos un contacto en la Casa Blanca," confió.

Rick silbó.

"Supongo que me ha ido un poco bien, ¿no?"

"¡Esto es increíble! Así que, ¿todavía está ahí, tu contacto, quiero decir?"

"Sí, ella todavía está allí, pero no vamos a dejar que se quede mucho más tiempo. Es demasiado peligroso."

"¡Tienen un contacto en la Casa Blanca!" soltó Charles, "¡y es una mujer!"

"¡Fue una idea de Parker!" dijo Buck.

"¡Y el plan empezó antes de que John Jacobs fuese asesinado!"

"Cierto," dijo Mike, "¡y escucharon la última parte?"

"Escuchemos de nuevo," dijo Charles.

Mike volvió a rebobinar y presionó "reproducir."

"En realidad tenemos un contacto en la Casa Blanca," confió.

Rick silbó.

"Supongo que me ha ido un poco bien, ¿no?"

"¡Esto es increíble! Así que, ¿todavía está ahí, tu contacto, quiero decir?"

"Sí, ella todavía está allí, pero no vamos a dejar que se quede mucho más tiempo. Es demasiado peligroso."

"Están planeando deshacerse de su contacto," dijo Charles.

"Tenemos que llevar esto ante el gran jurado," dijo Buck.

"No nos precipitemos," dijo Charles. "La vida de una mujer puede estar en juego. Tal vez sea una de ellos, tal vez no."

"¿Cómo puede ser alguien más?" preguntó Buck.

"Piénsalo," dijo Charles. "¿Cómo se abre camino el cartel? Por coerción, soborno, secuestro, intimidación, amenazas, tortura, terror... ¿debo seguir?"

"Estoy de acuerdo," dijo Mike. "La idea de que podrían poner a una de sus personas de confianza en la Casa Blanca es más difícil de imaginar que las formas que Charles mencionó. Esos son los procedimientos operativos estándar en el norte de México."

"Ya veo lo que piensas," dijo Buck. "Pero ¿por qué no llevarlo al gran jurado?"

"Tal vez lo hagamos, pero aquí está mi pregunta: ¿Confías en el secreto del gran jurado?"

"Lamentablemente, las fugas pueden ocurrir en cualquier lugar," admitió Buck.

"Lo que me preocupa es el riesgo de comprometer a nuestro informante," dijo Mike. "Está en una misión muy peligrosa. Si el cartel recibe un soplo de esta cinta, o de su espionaje, será apartado, pero solo después de les haya dicho todo lo que sabe sobre nuestra operación."

"Vale, entonces, ¿en *quién* confiamos?" preguntó Charles.

"Bueno, ¿las cuatro personas en esta habitación?" preguntó Buck.

"¿Será eso suficiente gente?"

"Es un mal comienzo."

"Podemos hacer una lluvia de ideas," dijo Mike. "Si se trata de una mujer en la Casa Blanca, eso elimina a mucha gente de nuestra lista de sospechosos. ¿No tendría que ser alguien con acceso al presidente?"

"¿Podría ser una falsificación la firma?"

"Los analistas de caligrafía retenidos por el comité del Senado, pensaban que era genuina," dijo Buck.

"Entonces era una falsificación genuina o muy buena hecha por alguien con acceso a la original y también a los bolígrafos que el presidente usa."

"Eso elimina a mucha más gente."

"¿Quién se va?"

"Bueno, su esposa, su hija, su secretaria, su asistente personal de protocolo, agente de viajes, secretaria de citas. Creo que podría obtener todos esos nombres," dijo Charles.

"También podría estar entre las personas que cuidan de sus necesidades personales, su peluquera, su maquilladora, su entrenadora, su asistente de vestuario, su médico, quien le escribe los discursos, el servicio secreto, etc., cualquiera de los cuales podría ser mujeres. El presidente del partido es una mujer. ¿Cómo vamos a conseguir esa lista?"

"¿Y cómo vamos a investigarlos todos?" preguntó Hal.

"Vamos a intentar algunos hipotéticos," sugirió Hal. "¿Y averiguar cómo lo hicieron?"

"¿Como que?"

"Supongamos que la persona es básicamente una empleada honesta, de confianza, que ha sido coaccionada de alguna forma drástica, para obtener la firma del presidente en una directiva sin su conocimiento. Tal vez el cartel la está amenazando con algo que haga que la persona haga esta maldita acción. Tendría que ser algo realmente horrible. ¿Cuáles serían las peores cosas, las más espantosas que podrían hacerle a una mujer para conseguir su cooperación en un acto de traición?"

"¿Dañarla? ¿Amenazarla con hacerle daño? ¿O a su marido?"

"Nada de eso. Lo peor sería quitarle a su hijo."

"Por supuesto, tienes razón. Pero, ¿no sería demasiado obvio el secuestro?"

"No necesariamente. Tal vez la madre no informó del secuestro."

"¿Cómo podrías no denunciar un secuestro?"

"Chico, tendrías que estar aterrorizado."

"Bueno, el cartel puede ser aterrador."

"Ok, empecemos haciendo una lista de todas las mujeres que tienen acceso personal al presidente. Necesitaremos saber un poco sobre sus estilos de vida y sus hijos. Luego utilizaremos el proceso de eliminación para reducir la lista a los sospechosos más probables. Se necesitará algún buen trabajo de la policía a la antigua para investigar cada uno. Busca cualquier cambio en su comportamiento, o acciones significativas."

"Todo esto está muy bien," dijo Mike, "pero ¿cómo vamos a hacerlo? Ninguno de nosotros tiene autoridad aquí. ¿Nos asociamos con la policía local, el FBI?"

"Buena pregunta," dijo Hal..

   *   *   *

Capítulo 23

Invitaciones a la Boda

"Hola querida," dijo Sam al volver del garage. Suzanne le ofreció una mejilla para que la besara y se inclinó sobre una cacerola en la estufa. Sam le robó un poco para probar la medida. "¿Cómo está Junior hoy?" le preguntó mientras acariciaba su barriga creciente. Justo en ese momento el bebé pateó la mano de Sam.

Suzanne se rio, "Debe estar resentida porque la llamaste Junior."

"¿Ah sí?" preguntó Sam, mientras se metía en el refrigerador para tomar una lata de refresco.

"Sam, el correo está en la mesa de la puerta de enfrente, si quieres echarle un vistazo."

"¿Hay algo interesante?"

"Sí, hay una carta de Francisco."

"Oh, vaya, voy a buscarla," dijo Sam. Rápidamente buscó la carta entre el correo y la llevó de vuelta a la cocina. Sam tiró de un banco del bar y se sentó en él mientras abría la carta. "Ah. Estamos invitados a la Celebración de la boda. ¡Esto es genial!"

""Fíjate en la fecha," dijo Suzanne. "Parece que es seguro que pueda asistir a la boda."

"¡Súper!" dijo Sam.

"Hay una carta también," dijo Suzanne.

Sam pinchó en el sobre, "Ah, aquí está." Abrió la carta y la leyó en voz alta. 'Queridos Suzanne y Sam, llegué a casa sano y salvo después de un vuelo de 24 horas y un paseo en helicóptero. Estoy feliz de haber vuelto a los brazos de mi familia. Consita se ve más hermosa que nunca y está muy ocupada con los planes de la boda. Espero que puedan venir. Estarán encantados de saber que mi agente literario le ha enviado mi libro a varios editores y ha asegurado una excelente oferta con un generoso avance anticipado. El libro será publicado pronto, aquí y en América. Hay productores de cine interesados en la historia, también. Muchas gracias por su generosidad mientras estuve en Nuevo México. Saludos, Francisco." Enlistó su número de teléfono de la aldea al final de la carta."

"Oh, vi ese número," dijo Suzanne "y no me di cuenta de lo que significaba. Qué tonta."

"¿Quieres ir a la boda?" preguntó Sam.

"¿Estás bromeando? No me lo perdería por nada en el mundo," contestó Suzanne.

"De acuerdo, entonces puedes empezar a hacer los planes," dijo Sam, "pero no hasta mañana." Sonrió, puso su soda en el mostrador y tomó a Suzanne entre sus brazos.

Miércoles

Rick se reportó por teléfono con su oficial de patrulla.

"Hardy aquí."

"Hola, Hal. Mike me envió."

"Mike me envío, también."

"¿Puedes recogerme a las diez de la noche?"

"Sí puedo."

"Me estoy reuniendo con mi socio de negocios."

"Estaré allí."

*   *   *

Tras llegar a casa desde Washington, Mike y Hal se reunieron con el Capitán Baker.

"Adelante, caballeros, tomen asiento."

"Buenos días, Capitán."

"Entonces, estoy interesado en escuchar su informe."

"Tuvimos un viaje exitoso. Nos reunimos con el Almirante Lee y con otro miembro de nuestra grupo de trabajo en la investigación por tráfico de armas. Reproducimos la cinta para ellos y les dimos un adelanto de las que pensamos que son las implicaciones, teniendo cuidado de no revelar la identidad de nuestro informante," dijo Mike.

"Buen trabajo," dijo el Cap. "¿Qué pensaron ellos?"

Hal respondió: "Pasamos bastante tiempo buscando ideas, así que no fue el plan de una sola persona. Fue la suma de nuestro pensamiento colectivo."

"Me gusta eso," dijo Cap. "Cuatro buenas mentes son mejores que la suma de sus partes, heh-heh."

"El resultado final fue obvio. El escenario más probable es que una mujer cercana al presidente lo traicionó. Estábamos más preocupados sobre quién y por qué, que sobre el cómo. Hicimos una lista de las personas en las posiciones que cumplían con ese criterio. Nuestra teoría es que el cartel ha coaccionado, amenazado, chantajeado o de alguna manera aterrorizado a una empleada para dar ese paso drástico. El escenario más probable es que el hijo de la mujer haya sido utilizado por el cartel para forzarla a obedecer, bien sea que lo hayan secuestrado o amenazado seriamente. Además, creemos que el cartel planea eliminar a su contacto pronto."

"Eso tiene sentido," dijo Cap. "¿Entonces por qué están aquí?"

"Teníamos una larga lista de posibles posiciones desde la esposa del presidente hasta su peluquera," dijo Mike. "Los otros dos pensaron que tenían contactos dentro del Departamento de Policía para poder obtener los nombres reales de las mujeres en esas posiciones. Estos nombres serán ingresados en una base de datos, junto con todos los detalles pertinentes. Cada uno tendrá que ser estudiado en cuanto a datos legales y financieros, número y edades de los hijos, estilo de vida, etc. Una vez que hayan trabajado en la base de datos, pueden comenzar a buscar de acuerdo a ciertos criterios, hasta que alguien, o más de una aparezca en la parte superior. Luego volaré a D.C. para ayudar con la investigación de los nombres más importantes. Una vez que reduzcamos a los sospechosos, podemos solicitar órdenes de registro y/o trabajar con el gran jurado para citar cualquier cosa que necesitamos."

"Parece un sólido trabajo policial," dijo el Capitán.

Mientras tanto, Hal y yo estamos aquí por un par de días para trabajar en los casos de contrabando y secuestro."

"Tengo una reunión programada con Rick esta noche," dijo Hal.

"Dependiendo de lo que Hal descubra de Rick, tengo un plan para el viernes por la noche."

"Bien," dijo Cap. "¿Te importaría decirme tu pequeño secreto?"

"Por supuesto," dijo Mike con una sonrisa, optando por ignorar la burla.

"Mike," dijo Hal. "Ya sé de esto. Si me disculpas, tengo algunas cosas que hacer."

Mike se inclinó hacia el capitán, hablando en voz baja. Hal cerró la puerta y caminó hacia su escritorio para comenzar a trabajar en una pila de correo.

Viernes por la noche

Desiree recogió a Rick en su trabajo a las diez. Salieron en un jeep para subir a las montañas cerca de la milla dieciséis. Sería un largo viaje lleno de baches. Necesitaban permitirse mucho tiempo y llegar al lugar bastante antes de la medianoche; El momento de llegada del tren de mulas era aproximado. Además, no querían correr el riesgo de ser vistos por pandillas rivales.

Desiree le había advertido a Rick que se vistiera con ropa oscura cálida. Rick vino preparado para la noche fresca de la montaña con un abrigo pesado, chaleco, guantes, sombrero y botas. El chaleco era uno que Hal le había prestado hecho de Kevlar a prueba de balas.

Llegaron a un mirador y estacionaron el jeep de color oscuro detrás de un afloramiento. "Ojalá pudiésemos quedarnos en el jeep, pero sería demasiado notable," dijo Desiree. "Tendremos que salir y buscar una mejor posición." Ella se dirigió a una perca entre algunas rocas donde podían sentarse con la espalda apoyada contra una gran roca y observar todo el valle. Desiree le entregó a Rick un par de binoculares de visión nocturna y un arma. "¿Sabes cómo usar esto?" preguntó ella.

"No, en realidad no. El tío John le tenía miedo a las armas."

Desiree se rió, "Eso es divertido. Ven, déjame mostrarte." Ella le hizo un resumen del manejo de armas.

Rich sonrió, "De verdad, Desiree, no estoy seguro de que puedas confiar en mí como un guardaespaldas."

"Lo harás muy bien, si se da la ocasión," comentó. "Además, tengo mi propia protección y sé cómo usarla. Todo lo que necesitas hacer es cuidarte."

"Lo recordaré," dijo Rick.

* * *

De vuelta a la Ciudad de Carson, Mike y Leroy estaban llamando a la puerta de la antigua mansión de John Jacobs. Golpearon la puerta y tocaron la campana durante cinco minutos. Un hombre encorvado en ropa de noche respondió a la puerta. "Somos de la Policía de la Ciudad de Carson." Mike mostró su placa. "Estamos aquí buscando a la Sra. Desiree Parker."

"La Sra. Parker está fuera," dijo el hombre.

"¿Cuándo regresará?" preguntó Sam.

"Solo soy el jardinero. Vivo en la parte de atrás. Entre y mire a su alrededor, si no me creen."

"Tenemos una orden para registrar la casa y los terrenos," dijo Mike. "Por lo que sabe, ¿alguien más vive aquí?"

"El resto del personal viene solo en las mañanas."

"Está bien. Gracias. Puede volver a su casa."

"Vivo en un apartamento detrás de la casa de carruajes."

"Esta bien. Intentaremos no molestarlo. Si tenemos que mirar en su apartamento, llamaremos a su puerta."

"Por favor, cierren cuando se vayan," dijo el hombre y se fue.

Mike y Leroy lo vieron irse. Mike habló en su walkie-talkie. "Estamos dentro, Bert."

"Bien, estamos revisando los terrenos. Hasta ahora, está limpio. Vimos que el hombre se iba y subía por la escalera exterior de la casa de carruajes."

"Nos dijo que era el jardinero y que él vive en un apartamento allí," dijo Mike.

"Entendido," dijo Bert. Él y uno de sus agentes continuaron revisando el terreno con linternas.

Mike y Leroy revisaron rápidamente las habitaciones del primer piso. Luego se separaron. Mike subió, Leroy se quedó abajo. Mike empezó a revisar metódicamente los dormitorios, uno por uno. Su walkie-talkie dio un pitido. "McBride."

"Baja, Mike. Ella está aquí."

Mike voló por la escalera y siguió volando hacia el sótano. "¿Dónde estás, Brat?"

"Al fondo."

Mike corrió.

Una mujer asustada yacía encadenada a la cama. Tenía la boca amordazada. Mike rápidamente se desató las manos y la boca. "¿Karen?" preguntó.

"¿Quién es usted?"

"Teniente Mike McBride, Departamento de Policía de la Ciudad de Carson y este es mi socio Sargento Leroy Bratowski. Creo que hay alguien al otro lado de la línea que quiere hablar con usted." Mike tecleó su walkie-talkie. "Nelson," dijo una voz fuerte. "Bert, prepárate," dijo Mike con una sonrisa mientras le entregaba el aparato a Karen Nelson.

"¿B-Bert?" dijo ella.

"Karen, cariño, ¿eres tú?" gritó.

"Soy yo, estoy bien," dijo.

Mike tomó el teléfono. "Está al fondo, en el sótano."

El sonido de los pies corriendo y de las puertas que se cerraba se oyó por la radio. Entonces lo escucharon corriendo por las escaleras y por el pasillo. Se metió en el cuarto y la apretó entre sus brazos. "Karen, oh Karen... Tenía tanto miedo."

"Oh, Bert, pensé... pensé que iba a morir."

Los dos se abrazaron y empezaron a llorar. Mike y Leroy salieron de puntillas de la habitación. Se movieron hacia el pasillo para dar a la pareja un poco de privacidad. "Tendremos que buscar una llave para esos grilletes," dijo Mike.

"Vamos a buscar en la cocina," sugirió Leroy. Después de revisar todos los lugares habituales, se sentaron en el mostrador para esperar. "Entonces, dime, Mike, ¿qué te hizo pensar que Karen Nelson estaba aquí?"

"No estaba seguro," dijo Mike, "pero, empezó cuando le dijo a Rick Jacobs que "todo estaba arreglado aquí." Puse eso junto a la advertencia a Bert Nelson sobre mantener a sus hombres alejados de la milla dieciséis. Recuerda, no estábamos seguros de dónde había salido el fax, pero podemos decir por los números de cambio que se imprimen en letra pequeña en el borde de cada fax, que venía de los Estados Unidos. Trazamos el número a un supermercado en la Ciudad de Carson. Tienen una máquina de fax disponible para el público. Supuse que no era del Zorro.

Revisamos la dirección de la casa donde Rick se reunió con Desiree y encontramos que no estaba ocupada. Fue una sola ida. Entonces, llegué a pensar en el día en que atrapamos a Tony Medina por el asesinato de John Jacobs.[12] Recuerda, revisamos la casa y descubrimos dónde había estado viviendo Desiree. Había llegado apresuradamente y salió disparada de aquí, pero dejó algunas de sus ropas y joyas costosas detrás. Ahora, ¿qué mujer deja sus joyas, a menos que planee volver? Luego, comprobamos al propietario de la casa y descubrimos que estaba arrendada bajo un nombre falso. Voilé, caso resuelto."

"Fácil," dijo Leroy. "Ciertamente me encanta un final feliz."

Mike sonrió. "¿Vamos a ver si Bert necesita una mano con los grilletes?"

"No te molestes," dijo una voz profunda desde la escalera. "Encontré una llave colgada de un clavo." Entró en la cocina llevando más o menos a su esposa. Ambos estaban envueltos en sonrisas. "Mike y Leroy, no puedo agradecerles lo suficiente." Se retorcía las manos, una a la vez. "Si hay algo que pueda hacer por ustedes... Karen y yo estamos muy agradecidos."

"Verlos a los dos juntos es suficiente," dijo Mike.

"Lo mismo digo," dijo Leroy.

"Bueno, entonces, si no hay nada más, nos pondremos en camino."

"Pueden irse," dijo Mike. "Solo asegúrate de tomar la declaración de la señora, pero mañana estará bien. Leroy y yo queremos investigar en la casa, revisar las computadoras y la oficina."

"Adiós," dijo Karen. "Siempre estaremos muy agradecidos."

---

[12] "El Inmigrante y la Moneda Dorada," Libro Tres, La Serie McBride, p. 242

"Adiós."

* * *

Viernes en la Noche, Cerca del Marcador de la Milla Dieciséis

"¡POLICÍA! ¡ALTO!" gritaron las voces. Rick se giró y Desiree buscó su arma. Dispararon tiros. Rick se lanzó al suelo. Desiree vació su arma apuntándole a formas invisibles. Un oficial vestido de negro tomó la mano de Desiree antes de que pudiera volver a cargar. Él forzó su brazo hacia detrás y hacia arriba. Su arma cayó al suelo. Rápidamente le esposó las manos. "Está bajo arresto," dijo, mientras la conducía por un camino hacia una furgoneta de patrulla fronteriza, mientras recitaba sus derechos de Miranda.

"Mi pareja," gritó Desiree. "Rick, mi compañero. No pueden dejarlo allí."

"Olvídalo, está muerto," gruñó el oficial. "Enviaremos a alguien después para que se lleve su cuerpo." Desiree fue llevado a la parte de atrás con una docena de oscuros centroamericanos mirándola bajo los ojos encapuchados. "No puedes meterme aquí con ellos," gritó.

"Lo siento, señora, es eso o salir de aquí caminando." Se acercó a cerrar la puerta.

"No, no," gritó ella en pánico. "Está oscuro aquí."

"Déjalo," dijo uno de los hombres. "No estamos interesados en ti."

La furgoneta se puso en marcha y comenzó a bajar de la montaña. Desiree seguía llorando.

"No se preocupe, señora, saldremos de aquí dentro de un par de horas," dijo una voz en español "y volveremos a la frontera."

"El cartel se encargará de nosotros," dijo otro.

"Son del Zorro", siseó.

"Correcto, señora. Tenemos protección garantizada."

Desiree empezó a temblar. Sus manos esposadas detrás de ella, se deslizó sobre su trasero tan lejos en una esquina como pudo.

* * *

Rick se levantó y empezó a sacudirse.

"Qué gran actuación allí, amigo," dijo Hal Hardy mientras le daba a Rick una mano."Un millón de gracias por este chaleco," dijo Rick "Fue útil."

"Oye, amigo, no disparé a matar," se rió Hal. "¿No estabas preocupado?"

"¿Quién, yo? ¿Preocupado?" Rick se echó a reír nerviosamente. "Soy duro."

"Sí, claro," Hal se burló. "Levantado con una cuchara de plata en la boca, así estabas."

"Sí, fui una nenita, de acuerdo," dijo Rick.

"Bueno," dijo Hal, "creo que tu amiga va a estar atada un rato."

"Supongo que eso significa que voy a estar de vuelta barriendo pisos, apilando platos," Rick se rió entre dientes. "Está bien. He tenido suficiente emoción para aguantarlo."

"Vamos, amigo, nos pondremos al día en nuestro descanso.”

*   *   *

Capítulo 24

La Perra Lady

El sábado por la mañana, Grace y Michael McBride Sr. estaban tomando el desayuno en la mesa de la cocina. La Perra Lady se levantó de su alfombra y caminó hacia la puerta, moviendo la cola. "¿Qué pasa, Lady?" preguntó Grace. "¿Necesitas salir?"

Mike se detuvo en la entrada de sus padres y se dirigió a la puerta de la cocina justo cuando su padre la abría. "Bueno, hola, hijo. Tu perra te oyó venir." Lady estaba extasiada, moviendo, meneando y pateando a Mike por su mano.

Mike se agachó y le dio un cálido abrazo y una caricia completa. Cuando la miró a la cara, Lady se permitió lamerlo. "Hola, Lady. Eres una buena perra. Buena perra, Lady." Al final, Mike se puso de pie y se acercó a la cafetera, con Lady en sus talones. "Hola, mamá, papá," les sonrió. "Gracias por cuidar a mi perra. ¿Puedo calentar su café?"

"No para mí," dijo Grace.

Pop extendió su taza, "Solo un poco," dijo. "Gracias."

Mike se sirvió una taza y tomó un plato pequeño, un tenedor y una cuchara. Añadió un poco de azúcar a su café. Grace le entregó el plato de rollitos de canela. "Gracias mamá. He estado ansioso por uno de estos." Mike agitó su café para enfriarlo, le sonrió a sus padres y preguntó, "¿Cómo ha estado todo el mundo?" Él notó una mirada entre sus padres.

"Estamos bien," dijo Grace.

"Sí, todo bien," dijo Pop.

"Ok, si ambos están bien, entonces ¿qué pasa?"

"¿Dije que algo andaba mal?" preguntó Grace.

"¿Qué pasa?" Repitió Mike.

"Realmente nada," dijo Grace.

"Pop, ¿qué pasa?"

Pop bebió su café. Mike esperó.

"Bueno, es solo que Lady no ha estado... No lo sé." Pop se detuvo.

"¿Qué pasa con Lady?"

"Tal vez no sea nada."

"Háblame de esa nada," dijo Mike.

"Es solo la forma en que ha estado actuando," dijo Grace.

"No es como de costumbre," añadió Pop.

"¿No es su yo habitual, como qué?" insistió Mike.

"Bueno, ella suele ser muy feliz y alegre, ¿sabes?"

"Sí, lo sé."

"Pero ella ha estado tranquila. Solo se acuesta por ahí. Si fuese una persona, diría que está deprimida."

"Vamos," dijo Mike.

"Pérdida de apetito. Cuando la mandas al patio, no sale corriendo y empieza a olfatear, solo se arrastra, muy despacio."

Lady se acercó y apoyó la cabeza en la rodilla de Mike. Empezó a acariciarla y a rascarle las orejas. "¿Me has echado de menos, Lady?" preguntó Mike. Ella lo observó con ojos llorosos. "¿Creen que haya sido eso?"

"Podría ser," dijo Grace. "Espero que eso sea todo."

"Pero, no le ha importado estar aquí antes," dijo Pop. "Nos encanta tenerla. Tendrás que verla y ver si está bien mañana. Eso es todo lo que sabemos."

"Entonces, cuéntanos sobre tu viaje y lo que ha estado pasando." Grace cambió el tema.

*   *   *

Mike fue directo al veterinario. Lady era su posesión más preciada y querida mascota. No se arriesgaría.

El doctor estaba feliz de ver a Lady. "¡Bueno, miren quién está aquí! ¡Es Lady! Hola, Lady. ¿Viniste a ponerte tus vacunas?"

"No, gracias, Doc, no hoy. Solo necesitamos que nos hagas un chequeo. Lady ha estado actuando deprimida, tranquila, se echa, no tiene apetito. ¿Qué crees que está mal? Estuve fuera por varios días. ¿Es que, tal vez, solo extraña su casa?"

"Puedo ver que estás preocupado, Mike, pero probablemente no sea nada. Tomaremos su temperatura, escucharemos su corazón y sus pulmones, y nos buscaremos a ver si le duele algo. ¿Qué dices?"

Mike se sintió aliviado. "Eso suena como un buen plan. Gracias doctor."

"Ven conmigo, Lady," dijo el doctor. Lady caminó tranquilamente detrás de él.

Mike tomó una revista y se preparó para esperar. Intentó, sin éxito, ignorar las terribles posibilidades que pasaban por su mente. Lady podría tener enfermedades del corazón, cáncer, un bloqueo o una infección viral.

El Doc y Lady regresaron en cinco minutos.

"¿Qué, tan pronto?" Mike se puso en pie, preocupado.

El Doc tenía una amplia sonrisa en su rostro. "No hay nada malo con tu perra que no vaya a curarse en seis o siete semanas." él rió.

"¿Qué quieres decir?"

"Lady está embarazada de dos o tres semanas."

"¡Embarazada!" Exclamó Mike. "¡Eso es imposible! ¿Cómo pudo ocurrir eso?"

"Bueno, supongo que de la forma habitual," le sonrió Doc.

Mike se dejó caer y miró a Doc con incredulidad. "Pero…"

"No hay peros. Se fue y lo hizo," dijo el doctor. "Me temo que es demasiado tarde para la píldora del día siguiente. ¿Quieres que haga un aborto?"

"¡N-no, por supuesto que no!" Mike estaba horrorizado.

"Bueno, entonces te daré algunas vitaminas. Dale dos al día. Ponlas en el alimento de alta calidad para perros. Mucho líquido y mucho descanso. No hay excitación inusual, y luego hay que dejar que la naturaleza siga su curso. Lady sabrá qué hacer. Llámame si tiene algún problema, como alguna hemorragia, o problemas para orinar o en sus intestinos. Además, cuando entre en parto, quédate con ella. Ella querrá un lugar limpio y oscuro, como una caja de cartón, forrado con trapos limpios. Su trabajo no debe durar mucho tiempo.

Si eso ocurre, puede que necesite ayuda con instrumentos. Llámame. Pero es raro que eso ocurra."

"Ella sabrá cómo cuidar a los cachorros. Mientras ella esté amamantando, ella los limpiará. Quédate ahí y mi ayudante te traerá las vitaminas y un libro para leer que te dice todo lo que necesitas saber. Buena suerte, Mike." Golpeó a Mike en la espalda. "Parece que vas a ser padre." El doctor se alejó riendo.

Mike parecía aturdido. No se movió hasta que el ayudante le entregó una pequeña bolsa, sonrió y dijo: "Felicitaciones."

Mike se puso de pie, asintió y murmuró sus gracias. Se encaminó hacia el coche, casi olvidando a su perro. Ella logró mantenerle el ritmo. Mike abrió la puerta trasera y la levantó. "Vamos, Lady. Te llevaré a casa."

* * *

Capítulo 25

Washington D.C.

Mike, Leroy, Lars, Nola, Charles, Buck, Sam y Bert se amontonaron alrededor de una enorme pantalla de ordenador.

"Esto es lo que sabemos, hasta ahora," dijo Buck. "Estamos operando bajo la teoría de que una o más de las mujeres, que figuran en esta base de datos, tienen algún tipo de conexión con el Cartel de la Costa Oeste, dirigido por John Jacobs, hasta su asesinato. Lo sabemos porque su sucesora, Desiree Parker, que fue arrestada hace apenas dos días, es conocida por haber declarado: "Tenemos un topo en la Casa Blanca." También indicó que ella -el topo- sería eliminada pronto; Así, sabemos que el topo es una hembra y que el tiempo es esencial."

"Todo esto comenzó cuando, de alguna manera, una orden ejecutiva falsa llegó a los canales oficiales ordenando a los traficantes de armas legítimos a lo largo de la frontera sur con México vender armas a los 'compradores de paja' que se sabía que compraban para los carteles de la droga. Las investigaciones del Congreso y los grandes jurados han añadido presión para asignar la culpa y señalar."

"Estamos operando sobre la teoría de que la firma es genuina y que el presidente no sabía lo que había firmado. En ese caso, podemos confiar en la afirmación de Desiree Parker de que hay un topo en la Casa Blanca. ¿Me estás siguiendo hasta aquí?"

Todos asintieron.

Lars habló, "Básicamente, simplemente hemos utilizado el proceso de eliminación. Me parece que tenemos que revisar hasta el final de la fila. Si de eso no resulta nada, volvemos a la mesa de dibujo."

Hubo cabeceos y murmullos de acuerdo.

Buck continuó: "Con la ayuda de algunos colegas, hemos construido esta base de datos de todas las mujeres que podrían tener acceso directo al Presidente Bigelow. Hemos ordenado la base de datos utilizando diferentes hipótesis, pidiendo a la computadora que enumere a las mujeres en orden de la más probable a menos probable. En todos los casos, las mismas pocas mujeres aparecieron al inicio de la lista. Una vez más, por el proceso de eliminación hemos seleccionado los tres sospechosos más probables. Usted los ve enumerados aquí. Son la esposa del presidente, su hija y su secretaria personal.

Buck hizo clic en el control remoto y la hija apareció de cerca. "Ahora, señoras y señores, necesito que piensen en ellas tres, una a la vez. ¿Cuál tenía el motivo, los medios y la oportunidad? La hija, Sarah Jane, asiste a una universidad privada exclusiva fuera de Londres. Había venido a casa para una visita, justo cuando se produjo la firma de la directiva. La universidad a la que asiste es liberal y de izquierda. ¿Tenía el motivo, los medios y la oportunidad?"

"Los profesores podrían haberle lavado el cerebro," dijo uno.

"Ahí está el motivo," dijo Buck.

"Podría haber pedido a su padre que firmara un papel para una necesidad escolar," dijo otro.

"Ahí están los medios," dijo Buck.

"Estaba de visita en casa," dijo un tercero.

"Oportunidad," dijo Buck. "Ahora, pasemos a su esposa."

Hubo silencio mientras cada uno meditaba.

"¿Puede alguien pensar en un motivo?" preguntó Buck. Nadie habló. "Muy bien, sigamos adelante."

"Bueno, creo que tanto los medios como la oportunidad serían obvios," Lars rió entre dientes.

"Estoy de acuerdo," dijo Buck. "Consideremos a la número tres, su secretaria personal, Beth Terry. ¿Motivo?"

Todo el mundo estaba perdido en sus pensamientos.

"No parece haber un motivo obvio," dijo Buck. "¿Por qué querría dirigir las ventas de armas a los criminales?"

"Podría tener un motivo," dijo Charles, "pero tendríamos que descubrirlo."

"Eso es un signo de interrogación," dijo Buck. "No podemos descartarla, todavía. ¿Qué hay de los medios?"

Mike habló, "Por supuesto, ella está con el presidente varias veces al día. Podría ser difícil para ella para llegar a una razón decente para pedir su firma. ¿Tal vez un autógrafo?"

"Pensamos en eso," dijo Buck, "pero nuestro investigador cree que él usa una firma diferente para los documentos a la que él usa para los autógrafos, como precaución. ¿Alguna otra idea? Al no escuchar nada, pasemos a la oportunidad."

"Yo me iré por lo fácil," dijo Leroy. "Tiene muchas oportunidades."

Mike dijo: "Supongamos que el cartel ejerció presión sobre una de estas personas para que obedeciera, haciendo lo que hemos visto, los carteles en México, para salir adelante, ya sea por asesinato, amenaza, intimidación, soborno o secuestro. ¿Eso cambiaría el factor de motivación?"

Siguió un coro de sí.

"Todos están de acuerdo," observó Buck, "Así que borremos este signo de interrogación; ahora, tenemos un sí en las tres categorías."

"Bueno, ahora lo estamos viendo desde el punto de vista del cartel," dijo Mike, el detective. "¿Cuál sería la que tendría más probabilidad de ser intimidada por el cartel?"

"Beth Terry," fue la respuesta universal.

"Ah, entonces, si asumimos que el cartel inició el plan, claramente, Beth Terry es el objetivo obvio. Por lo tanto, tenemos que estudiar su motivo, sus medios y su oportunidad," dijo Buck. "Ya sabemos que el motivo es conseguir armas."

Mike dijo: "El cartel debe mantener el secreto. Dado que Beth es leal, patriótica y cercana al presidente, tendrían que superar su renuencia por medios poderosos. Sigue bajando, por favor, Buck. A ver si tiene marido o hijos."

"Una hija," dijo Buck, "que asiste a una escuela privada bien resguardada para niños de altos funcionarios. Un conductor armado la lleva allí en una limusina, de ida y vuelta de la escuela."

"Bueno, si yo estuviese planeando esto, intentaría apoderarme de la hija de dentro de la escuela," dijo Sam.

211

"Bingo," dijo Mike-, "el plan perfecto. Llévate a la hija y mantenla como rehén mientras la señora Terry hace el trabajo sucio, un plan a prueba de errores."

Charles ya estaba llamando a su contacto. Escuchó por un momento y luego colgó. "Beth Terry está en libertad bajo fianza, bajo acusación de poner en peligro a un menor."

Hubo un jadeo colectivo.

"Según la oficina del fiscal, su hija ha estado desaparecida de la escuela por semanas. Beth fue acusada de no informar la desaparición de su hija durante treinta días o más. No lo han hecho público debido a la posición delicada de Terry en la Casa Blanca."

"¿La nueva ley de Cayley?"

"Así es," dijo Charles, mientras volvía a reunirse con el grupo.

"Bueno, dama y caballeros," dijo Buck, "esto cambia el agua de la pecera. Piensen, ¿hay alguna duda?"

Todo el mundo lo miraba.

"¿Qué hacemos ahora?" preguntó Buck.

"Primero, salvemos las vidas que podemos salvar," dijo Nola. "Luego nos aseguramos de que el suministro de armas se corte."

"Ya corté el suministro de armas," dijo Buck.

"En tercer lugar, vamos al gran jurado y tratamos de hacer que la administración, su gente y sus agencias salgan de la trampa," dijo Charles.

"Volviendo a lo de salvar vidas, ¿podemos hacer que Beth Terry sea arrestada por violación a la libertad condicional? Eso la pondría en custodia protectora sin alertar al cartel," dijo Nola.

"Voy a trabajar en eso," dijo Charles. Salió de la habitación.

"¿Qué podemos hacer para encontrar a la hija de Beth?"

Se agitaba la cabeza. "Esa es una difícil."

"¿Qué se ha hecho hasta ahora?"

"Sin duda, el FBI ha trabajado en ello, pero lo han mantenido silencioso, como sólo el FBI sabe hacer," respondió Buck.

"Estoy seguro de que han ido de un lado a otro, muchas veces."

"¿Crees que tienen alguna idea acerca de la conexión del cartel?"

"Lo dudo."

"Terry no hablaría, estoy seguro. Incluso es posible que no sepa qué organización tiene a su hija."

Charles volvió a la discusión. Según la oficina del fiscal, la directora de la escuela de Annabelle Terry dijo que una mujer que afirmaba pertenecer al servicio secreto vino a la escuela para recogerla. Tenía una nota de la madre de Annabelle que la excusaba de la escuela por el día. Dijo que había una muerte en la familia.

"¿Supongo que el servicio secreto no sabía nada al respecto?" preguntó Mike.

"Correcto," dijo Charles.

"Huelo otra de las imitaciones de Desiree Parker," dijo Leroy.

Mike chasqueó los dedos y señaló a Leroy, "Brillante deducción, Dr. Watson."

"Si Desiree la tiene, ¿dónde está?" preguntó Leroy.

"Esto no es un buen augurio para Annabelle Terry, me temo", dijo Mike. "Examinamos a fondo la mansión alquilada de Parker. No había ninguna niña allí, no viva de todos modos, y no en la casa."

"¿El jardinero, tal vez?" preguntó Leroy.

"Esperemos," dijo Mike.

"¿Podría haber retenido a la niña en otro sitio?" preguntó Buck.

"No habría encajado con su patrón de comportamiento," respondió Mike. "Sabemos que mantuvo a otra víctima del secuestro en el sótano de su mansión. También sabemos por información de primera mano que ella desconfiaba de todos hasta el punto de paranoia. No, creo que ese fue un plan personal de Desiree Parker."

"Podemos hacer una búsqueda de aerolíneas y ver si Desiree llevó a una niña con ella cuando dejó de Washington. Un poco de trabajo policíaco tradicional debería mostrar un registro de alquiler de automóviles. Apuesto a que vamos a encontrar que el automóvil viajó más millas de lo que se podría explicar con sus viajes en Washington y sus alrededores."

"¿Qué tan lejos iría el FBI buscando un cadáver?"

"Buena pregunta," dijo Mike. "¿Charles, habría una base de datos central de cuerpos no identificados?"

"El FBI debería tener una. Por favor, no me pidas que viole los registros del FBI."

"Te escucho," Mike sonrió ligeramente. "¿Y los registros estatales o regionales?"

"Lo intentaré," dijo Charles. Se volvió hacia la computadora e introdujo una larga cadena de números y clics. "Aquí vamos," dijo. Él ingresó sexo femenino. "¿Qué edad tenía ella?"

"Nueve años de edad."

"Nada en el Distrito de Columbia. Déjame intentar con Virginia." Charles se calló durante dos minutos. "Nada aquí."

"Intenta con Maryland," sugirió Mike.

Una vez más, Charles tecleaba mientras todos se esforzaban por ver lo que estaba haciendo. "Ah, ¿cómo está éste? Mujer, Caucásico, altura 4 pies 6 pulgadas, peso 59 libras, cabello castaño, ojos castaños. Los pescadores encontraron su cuerpo cerca de la boca de la bahía."

"Eso encaja," dijo Buck. "¿Alguna ropa en particular, joyas?"

"Ella llevaba un uniforme escolar y tenía los zapatos amarrados. Había un medallón alrededor de su cuello. Causa de muerte, estrangulamiento. El cadáver había estado muerto desde hacía cuatro semanas."

Hubo silencio en toda la habitación.

"¡Oh, cielos!" gimió Nola, apoyando la cabeza entre sus manos.

Charles procedió a solicitar los resultados de la autopsia, incluyendo imágenes del cadáver. "Esperemos a que lleguen estos datos y luego se los llevaremos a Beth Terry para que los identifique."

"Um, quizás deberíamos pensar en eso, primero," dijo Mike. "¿Es hora de traer al Fiscal del Distrito? No estoy seguro de que debamos jugar con su prisionero."

Charles levantó el sitio web de la escuela. Él imprimió una foto de grupo de algunos de los estudiantes que usaban sus uniformes. "Cuando llegue la autopsia podemos comparar las imágenes." Continuó navegando por el sitio web hasta que encontró algunas fotos de las clases. Buscó a Annabelle Terry. "Ah, tenemos suerte. Aquí está una foto de Annabelle con su uniforme escolar aceptando un trofeo como ganador de un concurso de ortografía." Presionó "imprimir."

La impresora de la oficina sonó y escupió una serie de impresiones en color. Charles las manipuló con cuidado y las depositó en la mesa de conferencias. Abrió un cajón del escritorio y extrajo una lupa. "Su turno, detective." Le entregó la lupa a Mike. Mike buscó en el escritorio una regla, una brújula, un transportador, una pluma y un papel, y comenzó a tomar mediciones y a anotar números. Consultó los hallazgos escritos del forense.

Al final se enderezó, frotándose la espalda. "Mi mejor juicio es que hay un noventa por ciento de certeza de que este sea el cuerpo de Annabelle Terry. Pude obtener ángulos precisos y medidas en tres puntos principales de similitudes, y seis puntos menores. La única manera de estar seguro es comparar el cuerpo con registros médicos y dentales, y finalmente con el ADN de los padres u otros parientes cercanos."

"Creo que esto es todo lo que necesitamos para justificar llevarlo al presidente del jurado y al fiscal especial," dijo Buck. "Ellos pueden decidir cuándo llamar al Fiscal del Distrito Capital y otras fuerzas del orden. ¿Está todo el mundo de acuerdo?"

Todos estuvieron de acuerdo excepto Mike, que estaba pensando. "En ese caso, gente," dijo Buck, "creo que todos pueden marcharse, excepto Mike, y posiblemente Charles. Los dos deben quedarse para el gran jurado. Quiero agradecerles a todos en conjunto y de forma individual por llevar este caso hasta su conclusión lógica. Hemos demostrado, una vez más, el poder colectivo del cerebro humano para razonar en una forma que las computadoras nunca podrán igualar."

Hubo apretones de manos, felicitaciones y gracias a todos hasta que todos se fueron excepto los tres y Leroy, que estaba esperando a Mike. "Voy a llamar al gran presidente del jurado y pedir una reunión tan pronto como sea posible. Apreciarla si puedes quedarte hasta que nos pongamos en marcha," dijo Buck.

Mike levantó la mano, "Espera un momento, si no te importa, Buck"

"Claro, Mike. ¿Qué es?"

"Ojalá pudiéramos estar seguros antes de ir al presidente del gran jurado. Es cierto que es importante limpiar al presidente y a la ATF, pero no olvidemos que tenemos una pequeña víctima de asesinato que exige justicia."

"¿Qué más podemos hacer?"

"Tomarnos el tiempo para enviar estas imágenes por fax a D.A. Blissfield y al sheriff Dunlevy en la Ciudad de Carson. Ambos son buenas personas."

"Por supuesto," dijo Buck en un tono ligeramente condescendiente, "pero ¿de qué serviría eso?"

"Tengo la idea de que pueden obtener una confesión del asesino," dijo Mike.

"¿Cómo podrían hacer eso?" preguntó el Almirante, acostumbrado a que sus órdenes se siguieran sin ser cuestionadas.

"La Sra. Desiree Parker está ahora bajo custodia en la cárcel del condado de Carson. Antes de que nos vayamos con algo de arrogancia, sugiero que les enviemos por fax estas fotos. Tal vez podamos ir al gran jurado, completamente cargados y listos."

Y así fue que Leroy Bratowski disfrutó del privilegio de ver a su compañero, El Teniente Detective Mike McBride Jr., convertirse en el gran héroe de la administración Bigelow, la ATF y el departamento de justicia. El testimonio de Mike ante el caso del gran jurado les aclaró todos los cargos e insinuaciones. Los grandes personajes del D.C. le pidieron a Mike que se quedara para una serie de festejos y apariciones antes de los influenciadores de alto rango, y otros, a un precio de cinco cifras.

"No, gracias," Mike rechazó todas las ofertas amablemente y reservó su pasaje, costeado, en el primer avión a El Paso. En veinticuatro horas, los medios de comunicación de Washington pasaron a la siguiente noticia.

*   *   *

Capítulo 26

Volando Alto

A bordo del avión corporativo de las Empresas Monroe, los invitados a la boda de Francisco estaban disfrutando del mimo de dos anfitrionas de las aerolíneas Monroe. Las sillas cómodas tenían a los pasajeros y unas bonitas mesitas laterales, firmemente unidas a los brazos, que servían para contener bebidas y aperitivos extravagantes.

Los televisores de pantalla plana transmitían con orgullo los comerciales antidrogas. Los créditos señalaban a Mary Beth Baker y Sammy Monroe, productores, con la ayuda de la fotógrafa Suzanne Mulholland y KXM-TV. Suzanne estaba encantada. Su marido, Sam, y su hermana, Juliette, sonreían orgullosos.

Los aplausos crecían con cada segmento hasta el final, cuando los pasajeros intentaron una ovación de pie. La anfitriona principal sonrió y gentilmente pidió a los pasajeros que permanecieran sentados con sus cinturones de seguridad colocados, tanto como fuese posible.

"Colocamos el segmento con los corderos y monos bebés en YouTube," explicó Suzanne. "Pedimos que nuestros espectadores nos digan si les ha gustado o no. Hubo más de 2 millones de visitas y clics en 'me gusta'. La respuesta fue tan increíble que seguimos con cinco videos más usando animales bebés del zoológico. Sus payasadas son hilarantes, ¿no creen?"

"¡Son encantadores! ¿Cómo vas a superar eso para la próxima campaña?" preguntó Juliette, inclinándose hacia delante.

"Hmm, esa es una pregunta difícil," dijo Suzanne.

"¿Qué pensarías de usar un perro muy lindo e inteligente?" preguntó Juliette.

"¿Qué perro tenías en mente?"

"Un perro policía muy especial, propiedad de un amigo cercano mío."

"¿Lady?"

"Sí."

"¡Qué gran idea!" exclamó Suzanne. Miró a Mike y alzó una ceja.

Mike se agachó con una mano y rascó la cabeza de Lady. Lady lo miró, cerrando los ojos con expresión de éxtasis. "Um, bueno, Suzanne, agradezco la oferta, pero, Lady va a estar fuera de circulación durante los próximos tres meses."

"¿Oh en serio? ¿Sucede algo?" preguntó Grace McBride, que había oído la conversación.

"¿Qué quieres decir con "fuera de circulación"?" preguntó Juliette.

Los pasajeros estaban en silencio, esperando una explicación.

"Bueno, puede ser algo pronto para anunciarlo, pero la perra Lady va a estar ocupada criando a su familia."

"¡Lady!" gritó Juliette mientras se acercaba y la abrazaba, "¿Qué te han hecho esos hombres malos?" Juli le frunció el ceño a Mike. Ella acarició a Lady, vigorosamente. "Oh pobre bebé." Lady cerró los ojos y aceptó serenamente la adulación. "Ven a sentarte conmigo, Lady," Juliette regresó a su asiento. Lady se acercó y puso su barbilla en el regazo de Juli.

Mike protestó "¡Gente, escuchen! Yo no tuve nada que ver con esto." Él levantó sus manos, "Soy inocente."

Juli continuó acariciando a Lady y frunciendo el ceño a Mike mientras los demás pasajeros aullaban de risa.

Mike se levantó ceremoniosamente y se deslizó como un villano a la cabina adyacente, en medio de una risa burlona y silbidos.

La cabina se calmó. Juliette se preguntó dónde había ido Mike. "Puedes volver, Mike. Lady dice: "Todo está perdonado"."

Mike no regresó. En cambio, las pantallas planas volvieron a la vida. Había fotos de hermosas montañas, con sonidos de arpa y una orquesta de cuerdas. Sonó una fanfarria de trompetas. A medida que se desvanecían, la voz de un locutor resonó por los altavoces. "Buenas tardes, damas y caballeros, y bienvenidos a bordo de este avión ejecutivo de Empresas Monroe, volando desde la Ciudad de Carson, Nuevo México a la exótica tierra de las Serranias Azules, en Sudamérica. Hoy tenemos un anuncio muy especial que hacer para una mujer muy, muy especial." Hizo una pausa mientras las cuerdas se hinchaban en volumen y el nombre de Juliette Marie Carolle estaba escrito en la pantalla de desplazamiento con una caligrafía de lujo. Una gran forma de corazón enmarcaba su nombre.

Juliette estaba aturdida. Ella jadeó y se cubrió la boca con las manos y miró, con los ojos muy abiertos, a la pantalla.

"Juliette," continuó el locutor, tenemos una pregunta para ti de Michael James McBride, Jr. "Las cuerdas volvieron a sonar y se desvanecieron para dar paso a un solo encantador de violín.

El rostro de Mike apareció en la pantalla, centrado dentro de una forma de corazón. "Juliette Marie Carolle, te amo con todo mi corazón. ¿Me harías el honor de convertirte en mi esposa?" La orquesta reventó.

Juliette gritó y se echó a llorar. Mike atravesó la puerta con un ramo de rosas fragantes en una mano y un anillo de diamantes en la otra. Sin apartar los ojos de Juli, se arrodilló sobre una rodilla. "¿Quieres casarte conmigo?" preguntó.

Juliette gruñó y asintió con la cabeza. Ella tendió las manos para el ramo. Sosteniéndolo eso en su brazo derecho, ella le ofreció su mano izquierda. Mike deslizó lentamente un anillo brillante con un único diamantes en su cuarto dedo. Se levantó y ayudó suavemente a Juli a levantarse hacia sus brazos para un beso de esponsales. Se deshizo de su ramo mientras el avión estallaba en aplausos y felicitaciones.

La pareja de novios no escuchó nada más, sino sus corazones que latían juntos.

Sudamérica

El avión de las empresas de Monroe se giró al este sobre el mar azul y descendió a lo largo de una trayectoria del vuelo al aeropuerto internacional de la ciudad capital. La torre dio indicaciones a los pilotos, "Entren en la dirección del viento, el círculo para aterrizar fue despejado, pista dos-siete." Mientras circulaban, los pasajeros estaban emocionados de ver la capital extendiéndose por kilómetros a lo largo de la costa, Pacífico.

El avión aterrizó suavemente y subió hasta la terminal corporativa de aviación general. Las azafatas abrieron la puerta para bajar los escalones para que los pasajeros desembarcaran. Francisco Pisarro y un anciano digno esperaban al pie de la escalera. Cuando todos hubieron desembarcado, estrecharon la mano de los pilotos y la tripulación, diciendo unas pocas palabras para cada uno. En el suelo, Francisco los recibió calurosamente y les presentó a su anfitrión, el Abuelo Pisarro.

"Hemos organizado un breve tour de turismo en helicóptero en el camino hacia nuestra humilde aldea," dijo el Abuelo, mientras la comitiva entraba en el edificio de la terminal. Su equipaje ya estaba siendo cargado en dos helicópteros. "Estamos esperando a dos pasajeros más, nuestros amigos de la ciudad," dijo el abuelo. "Ah, aquí están ahora."

El Inspector Felix López y Carlos Delgado se acercaron al abuelo y se inclinaron ligeramente. El Abuelo los reconoció con un movimiento de cabeza. "Saludos, Inspector y Carlos," dijo, "y bienvenidos."

"Gracias, Abuelo; estamos encantados de estar aquí."

"Mi nieto les presentará a sus amigos de América."

Después de las presentaciones, la comitiva avanzó hacia los helicópteros que los esperaban, donde se dividieron en dos grupos a bordo.

Los helicópteros se levantaron y volaron a lo largo de la costa, aumentando gradualmente la altura mientras el co-piloto señalaba varias señales. Las mujeres exclamaban con sorpresa sobre las playas de arena blanca, el agua azul, la espuma blanca hirviendo sobre las rocas negras. La ciudad estaba en barrios, cada uno con sus iglesias, escuelas, un parque, y un distrito central de negocios rodeado por avenidas graciosas y calles arboladas. "Estamos orgullosos de nuestra ciudad," dijo el Inspector López a Suzanne.

"Sí, de hecho, es muy hermosa."

"Te sorprenderás con los cambios en el pueblo de Francisco," comentó.

"¿Oh en serio?"

"Sí, de hecho. Desde el regreso de Francisco, los preparativos para la boda han ido avanzando rápidamente. El Abuelo ordenó que se construyera un banco de casas para huéspedes. El nuevo campo de aterrizaje de helicópteros ha permitido importar materiales de construcción, fontanería moderna y muebles cómodos para las cabañas. Varios de los jóvenes habían asistido a escuelas de hospitalidad, capacitándose en el funcionamiento de los hoteles modernos. El abuelo ha contratado a un gerente de hotel profesional para que vaya a supervisar y seguir formando."

"Qué delicia," dijo Suzanne. "¿Abrirán al público?"

"Bueno, serán los primeros en probarlo. No estoy seguro de cuáles son sus planes para el futuro."

"Será interesante observarlo," dijo Suzanne.

* * *

Al llegar al pueblo, el grupo fue recibida por la novia de Francisco, Consita, y por todo el pueblo. "Esta noche tendremos un banquete con un asado. Cada cabaña tiene su propia camarera personal, o, en el caso de los solteros, un muchacho para buscar cualquier cosa que necesiten y mantener el lugar ordenado. Por ahora, sus camareros les mostrarán sus chozas, donde podrán descansar hasta más tarde, o dar un paseo por el pueblo."

Había ocho bungalows, cuatro dobles, dos sencillos y dos para las familias.

Juliette estaba encantada con su bungalow. Tenía tres habitaciones, un dormitorio con cama matrimonial, un armario, una cómoda y una exquisita ropa de cama llena de almohadas. El baño tenía una bañera de burbujas, una ducha de cristal, grandes espejos, un lavabo construido en mármol con un área de almacén. Una tercera habitación tenía una pequeña zona de estar con asientos cómodos, un encantador escritorio con escritos y plumas. Juliette quedó encantada de encontrarse con una copia del nuevo libro de Francisco, "False Promises, Broken Dreams," sobre una mesa.

Un pequeño porche frontal, con vistas al azul azulado del lago estaba amueblado con un sofá de mimbre y dos sillas. La choza tenía suelos y paredes de pino pulidos, y un techo grueso tejido de hierbas altas y ramas de pino. La fragancia era increíble. Su camarera ya había desempacado su ropa y había guardado las maletas. Juliette se lanzó sobre la cama acolchada y admiró su anillo de compromiso.

Celebración de la Boda.

El entretenimiento de la tarde comenzó con los invitados sentados al aire libre en cómodas sillas alrededor de un enorme fogón. Los hombres jóvenes bronceados que emparejaban los troncos azules con el logotipo de la aldea de Serranius aparecieron en rocas en el lado lejano del lago que gritaban al unísono mientras que ejecutaron inmersiones perfectas y nadaban atravesándolo. Emergiendo del agua dando tres pasos simultáneos hacia delante, sonrieron y levantaron sus manos derechas para aplausos. Después de una rutina de caídas, volvieron al agua.

Su siguiente acto fue una exposición de clavados desde rocas bajas, medias y altas. Una serie de clavados individuales por cada uno de los jóvenes que se hizo gradualmente más difícil. A continuación se hicieron clavados dobles y triples, seguido de clavados realizados por todos a la vez desde diferentes puntos. Finalmente, emergieron juntos y desaparecieron detrás de una roca donde recogieron antorchas encendidas y corrieron alrededor de las antorchas de iluminación del lago para fijarlas en su lugar. Al final, se alinearon ante la audiencia para aplausos salvajes mientras se giraban y jugaban con sus antorchas.

Mientras tanto, una tropa de damas se había reunido alrededor del lago. Después de las últimas reverencias de los jóvenes, las mujeres ejecutaron graciosas inmersiones en el lago y procedieron con una hermosa demostración de nado sincronizado. Al levantar un brazo para los aplausos y para nadar hacia la orilla, los niños de la aldea aparecieron en grupo al otro lado del lago.

Estaban vestidos con ropas de coro azules decoradas con el logotipo de la aldea Serranius. El sonido celestial del coro de los niños se deslizaba a través del lago y volvía desde los picos elevados. El encantador coro cantó con una afinación perfecta, al unísono y en armonías para dos, tres y cuatro partes. Grace, que había dirigido un coro de niños en St. Luke's, se vio cautivada y sorprendida por el sonido. Al final, mientras la última nota resonaba desde una lejana montaña, nadie aplaudió. La audiencia quedó impresionada, algunas mujeres incluso llorando.

Después de largos momentos, el sonido de un tambor de conga distante rompió el hechizo. Cuando el sonido se hizo más fuerte, dos de los muchachos más fuertes aparecieron cargando un animal asado en una estaca. Entraron en el claro y se detuvieron abruptamente frente al Abuelo. Se levantó, invitando a los invitados a levantarse también. Invocó una bendición larga y fuerte sobre el animal, en su lengua natal, levantando las manos hacia el cielo. Cuando él se sentó, los jóvenes llevaron la carne a la mesa del banquete donde fue colocada en un gran plato. Un mayordomo comenzó a cortarla.

El Abuelo tocó una campana de mano y una procesión de ayudantes de cocina trajo elaborados platos de alimentos exóticos de la cocina y los colocó sobre la mesa. Más camareros sirvieron botellas de vino ceremonial fermentado en casa.

El Abuelo invitó a sus invitados a la mesa, donde se reunieron, Francisco a su derecha y Consita a su izquierda. Los aldeanos restantes tomaron asientos después de los invitados. El Abuelo alzó su jarra para un brindis. "Honrados invitados y amigos, nos reunimos aquí esta noche para celebrar las próximas nupcias de uno de nuestros hijos favoritos y su novia. Bebamos a su futura felicidad y al éxito de su unión." Los gritos de "Chin-chin," acompañaron el sorbo ceremonial seguido de aplausos. Consita se ruborizó mucho; Francisco saludó al abuelo y agradeció al grupo. Todo el mundo se sentó, en medio del balbuceo de voces felices en la conversación.

Un ejército de camareros comenzó a servir la comida en platos de oro y los comensales se sentaron a comer con gusto.

Después de la comida, todo el mundo se retiró a la fogata donde se encendió una enorme hoguera. La velada siguió con demostraciones de baile de los niños y jóvenes, vestidos con trajes elaborados, acompañados de tambores tradicionales y antiguos instrumentos musicales. Al final todos se unieron hasta que el agotamiento los obligó a retirarse a sus camas.

Al día siguiente, el lugar se transformó en una capilla de bodas al aire libre, con filas de asientos para los invitados y un coro de flores para la pareja. Los amigos de los pueblos cercanos comenzaron a llegar con una gran cantidad de regalos y ofrendas para la pareja nupcial. Francisco y su abuelo estaban en todas partes, saludando y dando la bienvenida a sus invitados, mientras Consita se mantenía escondida en su cabina con un grupo de mujeres y niñas que pasaban horas preparándola en la tradición centenaria de su pueblo. A medida que se acercaban las cuatro en punto, los invitados a la boda fueron invitados a dirigirse a sus asientos.

La ceremonia comenzó con el coro de los niños, otra vez, a través del lago, levantando sus voces en los cánticos antiguos pasados de generación en generación. Se calmaron en el zumbido suave en una clave menor para la entrada tradicional del novio. Ante una señal, una docena de jóvenes solteros llevaron al novio sobre sus hombros y lo colocaron delante del Abuelo, lo que simbolizaba la renuencia del novio a dejar su estado de soltería y asumir las responsabilidades de cuidar de una esposa y engendrar hijos.

Después una columna solemne de los ancianos de más alto rango se colocaron detrás del Abuelo, para señalar que no había escape para el novio. A continuación, el zumbido cambió a una clave importante mientras una procesión de una docena de jóvenes encantadoras, que iban desde la más joven a la mayor bailando graciosamente por el pasillo central, lo que significa posibilidades futuras novias disponibles para los jóvenes, siempre que merecieran tales delicias.

La música cambió a corales exuberantes y alegres, era la señal para que la novia apareciera, cubierta de pies a cabeza con su atuendo ceremonial, llevada, ciegamente, por sus dos hermanas, indicando que su total inocencia aún no había sido descubierta. Cuando se acercó a la bóveda, la música cesó.

225

El Abuelo se adelantó, sosteniendo un libro de bodas cubierto de hoja de oro. Abrió el libro y comenzó a leer en el lenguaje de los antepasados. Nadie podía entender las palabras, pero el significado era claro, ya que se desarrollaba ante sus ojos.

Después de cada párrafo, oímos rumores de promesa en los labios de Francisco. Ante esa señal, las hermanas quitarían una capa de cobertura de la novia, la doblarían cuidadosamente y la entregarían a un sirviente que esperaba.

Cerca del final, el rostro de Consita estaba cubierto por un solo velo resplandeciente. Sus pequeñas manos descansaban en las manos grandes de Francisco. Ella comenzó a recitar sus promesas. Las hermanas levantaron el último velo. Francisco deslizó un anillo de bodas en su dedo. Él tomó su cara en sus manos y besó sus labios. Las hermanas retrocedieron.

Consita y Francisco se arrodillaron. Los ancianos formaron un semicírculo de manos sobre la pareja. El Abuelo se volvió para entregar el libro de bodas a un asistente, levantó las manos sobre la pareja e invocó una bendición. Francisco ayudó a Consita a ponerse de pie. Se giraron, como uno, al público. El Abuelo entonó, "Testigos, amigos y invitados de honor, puedo presentarles al Sr. y Sra. Pisarro." La feliz pareja sonrió mientras la audiencia se levantaba en aplausos.

Se formó rápidamente una línea para recibirlos. Los invitados procedieron a ofrecer felicitaciones y luego se colocaron alrededor de la orilla del lago a ambos lados de un camino. Cuando el último invitado hubo felicitado, todos se giraron para ver un par de burros siendo conducidos por dos muchachos. Los burros estaban cubiertos de paños rojos, morados y dorados, decorados con hojas de oro, con diminutas campanas de oro colgando en medio de la franja. Niños pequeños cubrían el camino con pétalos de flores. Francisco levantó a Consita en el segundo asno, sentándola de lado. Agarró la cuerda de su asna y montó en el primer burro. Siguió por el sendero, conduciendo su burro mientras los invitados lo seguían, bañándolos con más pétalos de flores.

Una caminata de media hora les llevó a una muelle escondida, rodeada de pinos fragantes. En el banco una canoa de la boda estaba llena de las almohadillas suaves del blanco y del oro para la novia, y tenía un cojín arrodillado, y remos para el novio. Francisco ayudó a Consita a acomodarse en los cojines, tomó su lugar en el cojín arrodillado y levantó el remo. Los ancianos de la aldea se dispusieron junto a ellos, levantando suavemente la canoa y empujándola. Francisco corrió a través de las aguas tranquilas, con apenas una ondulación mientras los invitados a la boda lanzaban flores y aplaudían.

En la orilla lejana, Francisco se ató a un muelle, desmontó de la canoa y ayudó a su esposa. La llevó a la tradicional casa de miel que se había preparado para ellos. Permanecerían aquí, sin ser molestados durante el tiempo que quisieran, o hasta que Consita desarrollara náuseas matutinas. La comida y la bebida de cada día les llegarían al muelle en una canasta cubierta, y los desperdicios del día anterior serían retirados de igual forma.

La multitud se despidió de ellos y gritó sus buenos deseos mientras la pareja se despedía y desaparecía en la cabaña. Francisco puso a su novia de pie, sonrió a los ojos de Consita y la tomó entre sus brazos. *Al fin solos.* "Hola, Sra. Pisarro," dijo él.

"Hola, querido," dijo ella. Y se hundieron en las almohadas.

Una recepción temprana siguió para los aldeanos invitados, porque debían partir antes del atardecer. Dado que los invitados norteamericanos eran una gran curiosidad, estaban constantemente rodeados de otros, que les hacían preguntas. La estadounidense más popular, de lejos, era la perra Lady. Los niños se agolpaban y se empujaban para tener la oportunidad de abrazarla y acariciarla. Lady se mantuvo reposando como una reina y aceptaba la adulación como si no fuera más que su legítimo derecho.

* * *

A la mañana siguiente, los estadounidenses se fueron temprano a bordo de los helicópteros mientras los aldeanos se despidieron. Todo había terminado demasiado pronto. Prometieron llamar, escribir y volver, algún día. Por supuesto, los aldeanos prometieron visitar América, pronto, sabiendo muy bien la improbabilidad de que tal cosa sucediera. Irse fue triste para todos, excepto para Lady, por supuesto, que estaba lista para algunas caricias.

*   *   *

Epílogo

Grace y Michael Sr. se apresuraron a regresar de la iglesia. "El Padre O'Malley estaba en buena forma esta mañana, ¿no?" dijo Mick, en un intento de provocar a su esposa.

"Oh, no lo sé," dijo Grace. "Hubo algunas observaciones que no me gustaron tanto."

"¿Por ejemplo?" preguntó Mick.

-Bueno, ya sabes, todas esas cosas sobre San Pablo y sus locas ideas sobre las mujeres. ¡Honestamente!"

"Ahora, Gracie, sabes que no podemos escoger lo que escuchamos del evangelio," dijo Mick con una sonrisa astuta.

"Humph," burló Grace.

"Las mujeres deben obedecer a sus maridos," Mick la provocó.

"¿Ah sí? Pues los hombres deben honrar a sus esposas," replicó Grace.

"¡Oh, pero yo lo hago!" insistió Mick.

"Humph," Grace lo menospreció.

Mick se rió, "¿Te molesté, no?"

"¡Bien! ¡Lo juro! ¡Recuerda quién es el jefe, Michael McBride!" Grace estaba más que un poco molesta.

"Vamos, Gracie, ¿no puedes soportar una broma?"

"Por supuesto que puedo."

"Buento, ¿y entonces?"

Grace logró una sonrisa coja.

Mick llevó el auto a su garaje. Al salir del coche se apresuró a ayudar a salir Grace desde su asiento y a entrar en la casa, abriendo la puerta con un floreo. Con un poco de alivio, Grace sirvió una taza de café para Mick y la puso sobre la mesa de la cocina con un periódico dominical.

"Gracias, Gracie, querida," dijo Mick. "Eres una esposa maravillosa, mi querida amiga, y te amo con todo mi corazón. ¿Puedo tener un rollo de canela?"

Grace puso un rollo en un platillo, lo calentó durante diez segundos y lo besó en su calva. Ella sirvió el rollo con una servilleta y un tenedor. "Solo uno," dijo, "no sea que estropees la cena."

"Gracias, querida," dijo Mick. "Entonces, ¿cuántos invitados tienes en nuestra lista para hoy?"

"Los mismos veintiún adultos y cuatro niños de siempre," respondió Grace. "Los Mulholland's, Juli y Mike, Doreen y Leroy, Mary Beth y Sammy, Lars y Nola, el Almirante Lee, Rick Jacobs, los panaderos, los Nelsons, nuestras hijas y sus esposos y los nietos."

"Eso hace veintidós adultos y dos niños, Gracie."

"Oh, bueno, funciona para mí," replicó ella.

"La mesa tiene veinte, cara de muñeca."

"¿Quieres sentarte con los nietos?"

"Yo lo haré, si quieres," dijo Mick.

"Me gusta eso. Vamos a hacerlo," Grace estuvo de acuerdo.

Pronto todos llegaron en medio de un bullicio de saludos alegres. Cuando los invitados esuvieron reunidos en la mesa, excepto Juli y Mike, Mick hizo su anuncio. Con un brazo alrededor de Juliette, dijo, "Amigos, tengo noticias felices hoy. Esta hermosa joven, para mi eterno deleite, ha aceptado convertirme en mi nuera. Estoy aliviado de que Mike finalmente se lo haya propuesto." Todos rieron y aplaudieron. "Y así, en honor a la ocasión, Gracie y yo vamos a disfrutar de la compañía de nuestros dos nietos para la cena. Mike, te invito a tomar mi lugar en la cabecera de la mesa y Juli, puedes sentarte a su derecha. Disfruten su comida."

Grace y Mick salieron de la habitación, de la mano para la cocina. "Hola, niños," dijo Mick. "¿Podemos unirnos a ustedes?"

El Fin

Lista de Personajes en orden de aparición

Prólogo: Presidente Gerard Bigelow, secretaria Sra. Beth Terry, Secretaria de Prensa.

Capítulo 1

Teniente Detective Michael "Mike" McBride, Jr., Michael "Pop" "Mick" McBride Sr., Grace "Gracie" McBride, Leroy Bratowski, compañero de Mike, la novia de Leroy Doreen Middleton, Juliette Carolle, novia de Mike, Capitán Allen Baker, jefe de la policía de la Ciudad de Carson.

Capítulo 2

Max Middleton-ex esposo de Doreen, y sus hijos Bobby, LeAnn.

Capítulo 3

Comandante Albert "Bert" Nelson, Patrulla Fronteriza, Oficial Anne Cory. Patrulla Fronteriza.

Capítulo 4

Teniente Lars Caruthers, Departamento de Policía de San Francisco, Divisón de Narcóticos, Nola Kingston, DEA, Almirante Francis "Buck" Lee, Guardia Costera de los Estados Unidos, su esposa, Eleanor "Ellie" Lee, Charles McArthur, de la ATF de Filadelfia.

Capítulo 5

Sargento Sam (Departamento de Policía de la Ciudad de Carson) y Suzanne Mulholland, Francisco Pisarro, inmigrante.

Capítulo 7

Mel, Doris, Clare, Barb, Robert, Don, June, Shirl- miembros de AA.

Capítulo 8

Editor Mark Ridenour, Jay Hendricks – ancla televisiva.

Capítulo 9

Martha Ruston, directora de la escuela.

Capítulo 10

Propietario de la tienda de armas.

Capítulo 11

Evelyn Baker, la esposa del Capitán. Mary Beth Baker, Sammy Monroe. Amy Winters, Juez Jarcanzo, Consita, novia de Francisco, Senador Rush Weed, Senadora Madeleine Simpson, Diputado John Wyatt, Gob. Alicia Holbrook.

Capítulo 12

Abogado Bernie Witherspoon.

Capítulo 14

La esposa de Bert Nelson, Karen, sus hijos-Adele & Timmy, Asistente, Bill.

Capítulo 16

Ben Bertram, periodista, Sec. de Seguridad Nacional, su asistente. Eugenia Barrymore, Juez Orthel, T J Cromley, agente de la ATF agent, Periodista Maida Graciano, Director de la ATF Orville, Rick Jacobs- sobrino de John Jacobs.

Capítulo 17

Tres agentes del FBI, guardias locales, comandante.

Capítulo 18.

Fiscal Blissfield, Fiscal del Distrito de la Ciudad de Carson.

Capítulo 19

Dr. Melrose, consejero.

Capítulo 20

Sargento Hal Hardy, Departamento de Policía de la Ciudad de Carson.

Capítulo 22

Desiree Parker, Jefa del Cartel de Drogas de la Costa Oeste.

Capítulo 25

Sarah Jane Bigelow, hija del Presidente.

Capítulo 26

Abuelo Pisarro, los Aldeanos.

Querido Lector,

Si te gustó La Guerras Cartel, por favor tómate un tiempo para publicar alguna especie de reseña en el sitio web en el que compraste el libro y/o en Amazon.com. También, háblale a tus amigos sobre las maravillosas historias de la serie McBride. Gracias. La editorial.

En agradecimiento, visite nuestro sitio web para ordenar un libro gratuito de regalo y ver los muchos libros **entretenidos** de nuestro catálogo. Visítanos en www.MercerPublications.com.

Sigue leyendo para echar un vistazo al próximo emocionante libro de las aventuras de Mike McBride.

Ordena el emocionante desenlace de la Serie de McBride,

"La Pandilla Busto"

Quinto Libro de la Serie McBride,
Por Dorothy May Mercer

Disponible en Amazon.com, MercerPublications.com, Baker and Taylor, Barnes and Noble, y en cualquier lugar que venda buenos libros.

Celebra los cumpleaños y días festivos con el regalo de un libro.

Por favor, pasa la página para obtener una vista previa de "El Fracaso de la Pandilla".

Extracto: "La Pandilla Busto", Quinto libro, Serie de McBride

Capítulo Uno - Hollywood, CA

La música aumentó cuando los créditos finales aparecieron en la gigantesca pantalla de cine. El resplandor, las estrellas, el público de la noche de apertura se puso de pie en aplausos espontáneos. Las enormes lámparas de cristal se iluminaron gradualmente. Gritos de "Autor, autor", puntuaron los silbidos y aplausos.

Amigos impulsaron a Francisco hacia adelante y lo empujaron hasta los escalones del escenario.

Un foco color de rosa lo buscó, provocándolo a detenerse por un momento y parpadear.

Sombreando sus ojos, Francisco señaló hacia la estrella, sentada en la primera fila, entre celebridades de Hollywood. "Vamos, Tom" dijo Francisco, "Ven aquí".

Un latino atractivo e inmaculadamente vestido, que protagonizaba el papel de Francisco Pisarro en la producción, dio un paso adelante. Tom Crescendo no necesitaba la urgencia de aceptar la atención. Saltó los escalones y se metió en el centro de atención con Francisco, sonriendo con una sonrisa cegadora, y levantando la mano hacia la multitud, en reconocimiento.

Los dos se movieron al centro del escenario y procedieron hacer varias reverencias. Francisco, habiendo recuperado su aplomo, invitó a otros miembros del elenco a unirse a ellos. Cada uno acepto los aplausos con una elegante reverencia. Los hombres juntaron sus dos manos en dirección a la multitud animadora; Las mujeres soplaron besos. Por fin, la celebridad más grande que la vida, el productor-director, Steven Spinetta, subió al escenario. Se inclinó, dio las gracias a la audiencia y luego se giró y aplaudió al elenco.

Spinetta había invertido una buena parte de su considerable fortuna en esta película. Conocido por sus fantásticas superproducciones, Spinetta se había alejado de su género habitual para hacer la película "Norte de Arizona", basada en la novela más vendida de Francisco Pisarro, "False Promises". Broken Dreams," la historia del desgarrador viaje de un humilde emigrante a América, basado en la verdadera experiencia de Francisco.

* * *

En la posterior recepción y cena de gala, Steven se aseguró de que los medios y los políticos más influyentes fueran invitados. Uno de sus invitados susurró: "¿Has oído que Spinetta gastó unos 100.000 dólares en esta fiesta?"

Spinetta era un maestro de la publicidad y del tiempo. Podía conocer la dirección y el estado de ánimo del país incluso antes de que los políticos más astutos lo percibieran. Algo profundo estaba pasando en el sentimiento público. Comenzó con el lanzamiento de la apasionante narrativa de Francisco Pisarro y siguió creciendo en todo el país con su gira de libros. Como el libro subió al número uno y se quedó allí por quince semanas, Spinetta hizo una oferta para obtener los derechos de la película. Dijo al agente de Francisco: "No me importa lo que cueste, quiero ese libro. Lo que sea que alguien ofrezca, lo superaré en cincuenta mil dólares." Finalmente, pagó un millón quinientos mil por los derechos de producción de la película.

El mismo Spinetta era un ciudadano naturalizado. Había sido un exitoso cineasta en su Italia natal antes de llegar a América. Habiendo alcanzado la cima del éxito en su país adoptivo, ahora se proponía devolverle algo.

El libro de Pisarro despertó la comprensión del lector sobre las complejas cuestiones de la inmigración y la seguridad fronteriza. La solución perfecta todavía no se había propuesto, pero el debate seguía avanzando. *Ahora*, Spinetta esperaba, *mi película le dará alas.*

Entre los políticos en la recepción de gala destacaba la senadora júnior de Nuevo México, la senadora Madeleine Simpson. Estaba junto a la gobernadora Alicia Holbrook, también de Nuevo México. La gobernadora sonrió, "Felicitaciones por su exitosa audiencia en la exposición,

Madeleine. Ciertamente has puesto a Washington en su sitio."[13]

"Gracias. Usted también está haciendo un buen trabajo en seguridad fronteriza."

"Gracias."

"Entonces, dime, Alicia, ¿qué te pareció la película?"

"Fue muy impresionante. Como gobernadora de un estado fronterizo, aprendí algunas cosas que no sabía acerca de la persecución del típico emigrante a manos de los carteles y funcionarios corruptos. Algunas de esas cosas fueron difíciles de ver."

"Sí, estoy de acuerdo, era bastante gráfico en algunas partes." respondió la Senadora Simpson. "Sin embargo, creo que fue un retrato exacto, ¿no lo crees?"

"Sí, lo fue; Sin embargo, creo que la situación real es incluso peor que la película."

"¿Oh en serio?"

"Me temo que sí."

"Bueno, será interesante ver qué tan bien le va a la película cuando se lance al público," dijo Madeleine.

"Tengo entendido que el estreno está programado para el viernes por la noche en las grandes ciudades y será transmitida en todas partes dentro de dos semanas. Spinetta quiere dar tiempo a los críticos para publicar sus reseñas."

"Te diste cuenta de que Steven es un ciudadano naturalizado, ¿no?", agregó Alicia.

"Supongo que lo había olvidado," dijo Madeleine. "Eso explica su interés por la cuestión de la inmigración". Hizo una pausa, pensativa. "¿Qué crees que está tratando de lograr?, ¿De qué lado está?"

"Solo es eso, Madeleine, él no está de ningún lado. Simplemente quiere hacer avanzar la discusión y tal vez abrir algunas mentes."

---

[13] "La Guerras Cartel," Capítulo 16, pp.131-133

"Se supone que Steven es el maestro del tiempo. Tal vez vea algo que no vemos."

"¿Quieres decir, como una solución a nuestro problema fronterizo?"

"No solo eso, él está pensando en grande: una solución a nuestro problema de tráfico ilícito de drogas, el problema de la violencia, nuestro problema de adicción, nuestro problema económico, nuestro hinchado gobierno federal, la deuda nacional, el desempleo, los derechos de los estados, el bienestar, los impuestos, la educación, la defensa nacional..." Madeleine estaba marcándolos con sus dedos. "Me estoy quedando sin dedos," se rio ella.

"Sí, claro," Alicia rio. "O bien, quítate los zapatos o cambia a una gaseosa de jengibre."

"Esto *es* gaseosa de jengibre," Madeleine se unió en la risa.

* * *

Juliette Carolle y Mike McBride estaban de camino a casa desde la recepción de Spinetta. Era tarde por la noche y estaban en un estado de ánimo tranquilo. Planeaban conducir hasta cansarse y luego detenerse por la noche, con la esperanza de llegar a casa en la Ciudad de Carson al día siguiente por la noche.

Para Juliette, una reportera de televisión de KXM TV, este era su día libre. Ella fue al evento como la invitada de su prometido, el Teniente Detective de la Ciudad de Carson Michael McBride, Jr.

Mike había hecho amistad con Francisco Pisarro cuando Francisco intentó entrar al país ilegalmente. Los dos se habían mantenido en contacto desde entonces.

Mike y Juliette habían asistido a la misma escuela secundaria en la Ciudad de Carson, Nuevo México. Mike era un héroe del fútbol y campeón estatal de kickboxing y Juliette era la flaca patito feo de primer año, con los ojos sobre el apuesto joven mayor.

Solo años después Mike se dio cuenta de su existencia. Era un policía en servicio, enviado a la casa de los padres de ella por un asalto e intento de secuestro. Allí la conoció, ahora adulta, un cisne precioso. Siguieron chocando entre sí durante toda la investigación. Una cosa llevó a la otra. Salieron. Mike se enamoró desesperadamente de ella y le propuso matrimonio.

Juliette tomó la mano de Mike sobre el asiento. El Teniente Detective Michael James McBride, Jr. soltó el volante con la mano derecha y alcanzó la suya. Él la miró y sonrió. "Estabas hermosa esta noche," dijo.

"Gracias, querido" respondió Juliette. "Te ves guapo en tu uniforme de policía. Debes usarlo más a menudo."

"Por ti, podría convencerme," comentó con una sonrisa.

"¿Lo usarás en nuestra boda?", preguntó Juliette.

"Lo que tú quieras," respondió con agrado. "Tú estás a cargo."

"Oh, ¿de verdad?", preguntó Juli. "Me parece que Grace y Nan están haciendo cosas."

Mike se echó a reír, "Bueno, sí, nuestras madres están deseando que llegue," admitió, apretando su mano. "¿Te molesta?"

"Bueno, supongo que no... pero, es *nuestra* boda, después de todo."

Mike jugueteó con su anillo de compromiso por un momento. "Supongo que tenemos que dejarles pensar que lo están haciendo a su manera, al menos una parte del tiempo. ¿Qué nos importa?"

"Supongo," confesó Juli, "pero, no me tiene que gustar, ¿verdad?"

"Ah, la antigua batalla entre las madres. Vamos a dejar que peleen mientras planeamos nuestra luna de miel," sugirió Mike.

"Michael McBride, ¿a dónde iremos en nuestra luna de miel?"

"Bueno, hay muchas posibilidades, cualquiera de todas estaría bien para mí, siempre y cuando estemos juntos".

"¿Podrías ser un poco más específico?"

"Um, bueno, diría que en un lugar tranquilo, cómodo, exótico, y privado, muy privado." Pensó por un momento, "¿Te gustaría ir al sur?"

"Por supuesto."

"¿Qué tan al sur?"

"Dondequiera" dijo Juli.

"¿Qué tal sobre las montañas?" preguntó Mike.

"¿Alguna montaña en particular?"

"Bueno, sí, estaba pensando en lo divertido que sería ir al Village Resort de Francisco Pisarro."

"Te refieres a las Serranías Azules de América del Sur; ¿En serio?"

Mike le sonrió y asintió.

"¡Me encantaría!" dijo Juli. Se inclinó y lo besó en la mejilla.

Juliette suspiró, sonrió, se echó hacia atrás y suprimió un bostezo.

El tráfico se había reducido a un grupo de faros ocasionales. *No hay muchas ciudades a lo largo de este desértico tramo de la carretera*, observó Mike. "¿Por qué no inclinas tu asiento y cierras los ojos, cariño?" sugirió Mike. "Me detendré por la noche tan pronto como lleguemos a la próxima ciudad."

"¿Estás seguro de que no te importa?"

"De ningún modo."

Juliette alcanzó detrás del asiento una almohada, y se movió durante unos momentos, poniéndose cómoda. Mike encendió una música suave y concentró su atención en los faros, aburrido en la noche oscura. En poco tiempo, oyó la respiración rítmica de Juli. Una niebla ligera comenzó a caer.

* * *

Juliette se despertó con un sobresalto. "¿Qué está pasando?" Ella se sentó, parpadeando para enfocar sus ojos. "¿Mike?"

"Espera," dijo Mike, mientras aplicaba los frenos y luchaba con las ruedas. El coche patinó hasta detenerse en el resbaladizo pavimento.

"¿Qué es eso?" Juli entrecerró los ojos en la noche.

"Eso estuvo cerca" dijo Mike. "Parece ser que hubo un accidente más adelante."

"Oh, no," dijo Juli. "Quizá deberías seguir adelante." Buscó su móvil. "¿Debo informarlo?"

Mike aseguró el automóvil, lo puso en baja velocidad, y avanzó hacia adelante, con la esperanza de evitar cualquier vidrio roto. *Algo no se ve bien*. "No estoy seguro de lo que ha pasado aquí, Juli, pero será mejor que lo informes, por si acaso". La niebla oscureció su visión. "Oh, oh, ¿qué es esto?"

"No estoy recibiendo ninguna señal, Mike. ¡Dios mío! Hay un cuerpo tendido en el camino", Juli jadeó.

Mike detuvo el automóvil, dejando el motor encendido. Salió de la puerta y corrió hacia la persona caída. Juliette salió de su lado del automóvil, esperando encontrar una señal más fuerte del teléfono celular. Vio a Mike inclinarse sobre la figura que yacía en el camino. Ella vislumbró una oscura forma moviéndose hacia la espalda de Mike. Ella gritó de forma alarmada. Mike miró hacia arriba y se movió hacia los lados para evitar el golpe. El impacto de un arma de fuego se deslizó por un lado de su cabeza. Momentáneamente desorientado, solo logró sacar su Glock 22, antes de que el segundo golpe lo dejara inconsciente. Cuando Juli soltó un grito y se dirigió hacia Mike, una mano sujetó su boca y un brazo comprimió fuertemente su pecho. Oyó un aterrador golpe cuando Mike cayó al suelo.

Juliette dio patadas y golpes, usando todas las maniobras que Mike le había enseñado. Intentó morderle la mano. Un paño cubrió su boca. Sintió un vil olor y contuvo el aliento.

Pronto sus pulmones reventarían. Solo había un último truco para intentar. De repente, soltó toda su fuerza muscular y se desplomó. Por un momento, la mano se deslizó y el brazo cedió. Juli cayó en una montaña en el pavimento, golpeándose dolorosamente la barbilla y la nariz. Le costó toda su determinación contener sus manos para no amortiguar su caída. Sus pulmones se soltaron con un "suspiro" y succionaron de nuevo con la misma rapidez. Juliette permanecía inmóvil.

Podía oír los pasos de su asaltante. Juli se hizo la muerta. Este la empujó con la punta de su bota. "Está lista, jefe," dijo. "¿Quieres llevarla?"

"No, solo amárrala y ayúdame a cargar a este en el camión."

Juli sintió que su cuerpo rodaba sobre su estómago; Sus manos fueron jaladas, cruzadas y atadas detrás de ella. Ella hizo todo lo posible para permitir un poco de espacio entre sus muñecas. Rápidamente, sus pies estuvieron atados. Entonces, oyó pasos retrocediendo. Se oyeron más gruñidos y rozaduras, y luego un motor arrancó. *¡Oh Dios mío, se están llevando a Mike! ¿Qué puedo hacer?*

Tan pronto como el motor se desvaneció en la distancia, Juli comenzó a trabajar en sus ataduras. No podía alcanzar sus pies. *Maldición, debía haber trabajado más duro en esas lecciones de ballet.* Ella había logrado hacer un poco de juego en sus manos. Trató de mover las cuerdas de un lado a otro, hacia arriba y hacia abajo, con la esperanza de estirarlas. ¿Habrá un poco más de juego en las cuerdas, ahora, o solo era su imaginación? *Tal vez si mis manos se mojan, puedo deslizar una hacia fuera.* Después de varios intentos, hizo una pausa para recuperar el aliento. *Esto no funciona. ¿Qué sigue? Tal vez pueda levantarme de rodillas. ¿Pero cómo?*

Juli pudo levantar la cabeza para mirar un poco. Podía doblar las rodillas, pero, tendida en su estómago con las manos atadas detrás de ella, estaba desamparada como una tortuga de espalda.

Ella dobló las rodillas hacia su espalda y balanceó sus pies hacia adelante y hacia atrás trabajando hasta tomar poco de impulso, tratando de rodar sobre su lado. *Ah*, gritó mientras rodaba sobre su brazo dolorido. *Esto no ayuda. Trataré de rodar sobre mi espalda.* Una vez más, ella usó sus piernas para impulsarse sobre su espalda. Ella golpeó su codo lesionado y aterrizó en sus manos. *¡Ouch! ¡Oh, eso es inteligente!* Se quedó allí jadeando por un momento, y luego continuó tirando de sus brazos. Un brazo se le empezó a adormecerle. *Al menos no duele tanto.* Rodó un poco sobre un brazo para quitarle la presión al otro. Luego empezó a mover sus manos de un lado a otro. Ella tiró y tenso de la cuerda alrededor de sus pies.

Tengo que seguir intentándolo. Oh, pobre Mike. ¿Qué te van a hacer?

A lo lejos, oyó un ruido. A medida que se acercaba, ella lo reconocía como un camión. Pronto los faros iluminaron el coche de Mike. No podía oír nada más por el golpeteo de su corazón. *¿Han vuelto por de mí? ¡Oh, Dios mío!* El sonido de los frenos de aire lleno de terror su corazón. Ella entró en pánico, retorciéndose en el pavimento luchando contra sus ataduras.

El camión se detuvo, a no más de cincuenta pies de distancia de ella. Un reflector barrió la zona, brilló en el coche durante unos segundos y se detuvo en Juli, cegándola. Ella empezó a sollozar. No había escapatoria.

El tiempo se detuvo. ¿Cuánto tiempo había estado acostada en la lluvia? ¿Horas... minutos... segundos? Escuchó el golpear de una puerta, luego el sonido de pesadas botas que se le acercaban. Ella se esforzó por ver, pero fue atravesada por el foco de luz como una mosca en un alfiler. Incapaz de ver el cuerpo del hombre, oyó que sus botas se detenían junto a su cabeza. Una mano la alcanzó desde círculo de luz. Juliette se estremeció e intentó escapar. La mano la tocó. Ella gritó.

"Deténgase, señora. ¿Quiere dejar de hacer eso?", dijo la voz de un hombre.

Juliette sollozó y se estremeció.

"Está bien, vale, siga llorando. La voy a soltar. Entonces podrá decirme cómo se metió en este lío, ¿de acuerdo?"

Juli sintió que él tomaba sus manos. Se arrodilló junto a ella y le cortó las cuerdas con un gran cuchillo. El hombre siguió hablando, esperando que se tranquilizara. "Ahora, señora, le quitare esto de aquí en un minuto. Solo espere. Estoy trabajando en estas cuerdas. Ahí tiene."

Las manos de Juli salieron libres. Rápidamente rodó sobre sus codos e intentó alejarse.

"¡Hey! Whoa, señora, ¡no podrá irse muy lejos con los pies atados!"

En pánico, Juli se agachó y agarró los nudos. Sus dedos estaban muy entumecidos; No podía hacer que funcionaran. Trató de alcanzarlos con sus dientes.

"Mire, señora, quienquiera que sea, no voy a hacerle daño, a menos que intente hacerme daño primero. Ya he llamado a la policía, así que no tiene sentido intentar escapar. Estarán aquí en cualquier momento. Ahora, relájese y déjeme ayudarla."

Juli respiró y limpió sus ojos y nariz. "¿Quién es usted?" preguntó.

"Solo soy un camionero solitario que está aquí en medio de la nada, tratando de ganarse la vida. Ahora, si no le importa, estoy con el tiempo ajustado. ¿No ve que está frenando mi avance? Si tan solo usted cooperara, la ayudaré a volver a su automóvil. ¿Entiende?"

"Oh," dijo Juli. "Pensé que eras otra persona."

"¿Te refieres a los malos que te ataron en primer lugar?"

"Ellos se llevaron a mi Mike".

"¿Quién es Mike?"

"Mi prometido," dijo Juli, sus dientes rechinaron.

"Unos tipos malos se llevaron a Mike y la dejaron aquí, toda atada, ¿sin escapatoria?"

Juli asintió con la cabeza, "Así es."

"Bueno, escuche," dijo mientras le quitaba las cuerdas. "Le puede doler un poco cuando intente pararse; Déjeme ayudarla, ¿entiende?"

Juli necesitaba ayuda para ponerse de pie. Ella se tambaleó un poco mientras la ayudaban a su coche. Intentó subir, tropezó y estaba a punto de caer, cuando su buen samaritano la atrapó justo a tiempo.

Él la levantó suavemente sobre el asiento y metió sus piernas dentro. "Aquí tiene, señorita; relájese hasta que llegue el TEM."

"Muchas gracias," dijo Juli, recordando sus modales.

"Siéntese bien. Daré la vuelta y encenderé el calentador para usted. ¿Tiene alguna manta aquí?"

"En la parte trasera, creo."

El hombre se acercó, giró el calentador a toda velocidad y apunto las salidas hacia Juli. Luego abrió la cajuela, encontró una manta, un botiquín de primeros auxilios y agua embotellada. Volviendo, dijo, "¿Está sangrando en alguna parte, Señora?"

"Creo que me lastimé la cara y el brazo."

"Déjeme ver." Él inspeccionó su brazo. "Sí, tiene un poco de sangrado aquí. Le haré un vendaje, pero no voy a limpiarlo. Dejaremos eso para los de TEM." Él abrió una compresa y cubrió el sangrado. "¿Puede mantenerlo en su sitio?"

Juliette colocó los dedos en el vendaje.

"Solo haga presión sobre eso," dijo él. "Ah, escucho las sirenas, llegando. Estarás bien, ahora. Me voy a seguir mi camino. Buena suerte."

"Pero espere," ella protestó. "¿Cuál es tu nombre? Quiero darte las gracias adecuadamente."

"Llámame, El Rey de la Carretera'", pronunció, mientras se alejaba, montó en su palacio de viaje, y se alejó, sonando amistosamente la bocina.

Ella ni siquiera supo su nombre.

Capítulo Dos-Sede Del Cartel

Mike se desplomó en una dura silla, su cuerpo flojo estaba sostenido por cuerdas. Dos hombres se retiraron, observándolo.

"¿Qué piensas, hombre? ¿Reaccionará pronto?"

"Cielos, estúpido, quizás ya lo golpeaste demasiado."

El estúpido golpeó al primer hombre en su brazo, "Imbécil, te dije que dejes de llamarme así. No soy estúpido, ¿Me escuchaste?"

"Hee-hee, los llamo como los veo", dijo Dum Guy.

La respiración de Mike era regular y poco profunda. Escuchó atentamente, asegurándose de no dar muestras de haber despertado. *Puedo lidiar con estos chicos. Sin sudar. ¿Quiénes diablos son ellos? Mike se preguntó ¿Dónde está Juli? Tengo que salir de aquí y encontrarla. Uff, mi cabeza me está matando.*

Mike oyó dos pasos marchándose. Una puerta cerrada; Una cerradura encajada en su sitio. Rápidamente, se puso a trabajar con una mano para alcanzar debajo de su correa. *Bueno, no encontraron mi cuchillo.* Sacando el cuchillo de su escondite, cortó apresuradamente sus ataduras y devolvió el cuchillo. Se estiró y froto sus brazos para que la sangre volviera a fluir.

Se volvió y cogió la silla, con la intención de colocarla debajo de la puerta. Demasiado tarde, la puerta se abrió tras él. Con un rápido movimiento, Mike agarró la silla y la giró con todas sus fuerzas. Se estrelló con un ruido repugnante contra la puerta y se rompió en trozos.

"¡Maldita mierda, Mike, guarda las piezas!" Rick Jacobs se agachó y se cubrió la cabeza con las manos.

Mike lo miró con desconfianza, sosteniéndose en una pata rota de la silla. "¿Qué diablos haces aquí?"

Querido lector,

Para continuar leyendo esta emocionante novela, "El Fracaso de la Pandilla", el Quinto Libro, de la Serie McBride, pídela en formato eBook o imprímela desde www.MercerPublications.com, o amazon.com, o Baker and Taylor, Barnes and Noble, o donde sea que vendan buenos libros.

"La Pandilla Busto" completa la Serie McBride. Amarás a los nuevos cachorros de Lady, y la emoción de Suzanne y Sam por la llegada de su bebé. No querrás perderte las aventuras de Mike y el final emocionante de su guerra contra los carteles de la droga y la culminación de su romance con Juliette.